I0642601

Colleen J. McElroy

Gesù
e Martedì Grasso
e altri racconti
brevi

Traduzione italiana di
Elisabetta Soro

M E DITORE
ELIGRANA

Colleen J. McElroy
Gesù e Martedì Grasso e altri racconti brevi
On demand. 4

Copyright © Meligrana Editore, 2015
Copyright © Colleen J. McElroy, 2015
Copyright © Elisabetta Soro, 2015
Tutti i diritti riservati – All rights reserved

Meligrana Editore
Via della Vittoria, 14
89861 Tropea (VV) – Italy
Tel. (+ 39) 0963 600007 – (+ 39) 338 6157041
www.meligranaeditore.com
info@meligranaeditore.com

I edizione (Amazon): marzo 2015
ISBN: 9788868151225

Un breve incantesimo in riva al fiume

QUELLA MATTINA PRESTO PRIMA CHE IL SOLE rischiarasse la fila di aceri appena a est del meleto selvatico, Cressy Pruitt era entrata nella zona ombrosa dietro il pollaio, dove la vecchia gallina bisbetica, Eelly, amava fare il nido. Cressy la allontanò dalla cassa delle uova, le raccolse tutte tranne due e le mise nella tasca del grembiule. Eelly chiocciò e spavaldamente si riadagiò sopra quelle rimaste. Mentre Cressy attraversava l'aia, scelse una grassa e pigra gallina marrone, la afferrò al volo con una mano e la tenne a distanza col braccio disteso. Mama Lou aveva già deciso di fare uno stufato per cena e Cressy sapeva che prendendo una gallina avrebbe fatto innervosire le altre. Gli uccelli svolazzavano in tutte le direzioni. Prima che il loro severo, pavido schiamazzare potesse raggiungere il picco più alto, prima che Titbeak, il gallo, strillasse un secondo chicchirichì di avvertimento, Cressy aveva spezzato il collo della gallina.

Più tardi, mentre camminava lungo il bordo dei binari ferroviari, notò la macchia rossa di sangue tingere la sabbia grossolana sotto le sue unghie. Cressy aggrottò le sopracciglia, poi sputò sulle grosse dita tozze e le sfregò nell'ammasso lanoso di capelli dietro l'orecchio sinistro, dove una delle sue folte trecce si era sciolta. Doveva risistemarsi i capelli prima di rientrare da casa di Miz[1] Greenlove con l'oca grassa e l'amamelide che Mama Lou l'aveva mandata a prendere. Si trovava solo a mezzo miglio da Big Creek River e una volta là avrebbe potuto lavarsi le mani per bene.

Nella frangia di alberi che costeggiavano i binari della ferrovia, sentì il grido di un codirosso o un usignolo.

---

[1] *Miz* e *Pap* erano titoli di cortesia utilizzati per rivolgersi, in presenza o meno, a donne e uomini adulti con il dovuto rispetto (n.d.t.).

Cressy si fermò per un momento. L'uccello ripeté il suo richiamo. Sentì una mucca muggire nel pascolo dietro il boschetto di alberi. Gli insetti ronzavano intorno ad una pozza ombreggiata di acqua stagnante appena dietro il ciglio ghiaioso della parigina ferroviaria. C'erano altri rumori, a malapena percepibili e confusi. L'uccello canterellò di nuovo e si sentì il fruscio delle foglie trascinate dal vento lontano dall'albero. Decise che doveva essere stato un codirosso quando lo vide svolazzare nell'olmeto successivo, il suo volo leggero come quello di una farfalla.

Gettò il sacco di juta pieno di patate e cipolle sull'altra spalla. "Non trascinare quel sacco nel fango," l'aveva avvisata Mama Lou. "Miz Greenlove non prenderà radici tritate in cambio delle medicine e tuo padre ne ha bisogno. Ha una brutta laringite."

La casa di Miz Greenlove era a ovest di quella di Pap Thacher. Miz Greenlove e Pap Thacher erano gli abitanti più vecchi nella vallata. Alcuni dicevano che Miz Greenlove avesse circa novant'anni, ma nessuno sapeva esattamente quanti ne avesse Pap Thacher. Era sempre stato un vecchio nero brizzolato, come adesso. Mama Lou diceva che la gente parlava di Pap Thacher fino al Sud Carolina. Pap Thacher era stato uno dei primi neri liberi nella vallata. Per ben due volte era stato cacciato dai predoni di Quantrill; all'inizio della guerra civile aveva aiutato gli schiavi ad attraversare la pianura durante il loro viaggio verso il Canada, e quando la famiglia di Cressy si era trasferita dall'Alabama nella vallata, l'anno in cui era nata Cressy e due anni dopo la Guerra Civile, Pap Thacher li aveva aiutati a stabilirsi nei dieci acri scoscesi che adesso coltivavano. Era un vecchio scaltro ed era convinto che nessun decreto presidenziale avrebbe mai potuto tenere al sicuro un solo nero dai predoni ribelli che avevano attraversato così spesso il confine del Missouri. Così aveva diligentemente radunato uno sparuto gruppo di famiglie tra i tanti neri che fuggivano verso nord o si dirigevano a ovest attraverso le Grandi Pianure. Adesso altre sei famiglie coltivavano la terra intorno al terreno di Pap Thacher e i neri costellavano le rive di Big Creek River da Granville a Deepwater.

Pap Thacher conosceva tutti e tutti conoscevano Miz Greenlove perché prima o poi, tutti, incluso Pap Thacher, erano stati abbastanza male da far visita a Miz Greenlove per una medicina. Talvolta Mama Lou mandava Cressy da Miz Greenlove solo con qualcosa da mangiare, ma più spesso doveva andare a prendere una medicina come tutti gli altri. Ad ogni modo, Cressy andava a casa di Miz Greenlove ogni settimana e ogni settimana Mama Lou la avvisava di stare attenta.

Per Cressy, il viaggio verso casa di Miz Greenlove era il momento per dimenticare tutte le faccende di casa. Salì sulla rotaia di ferro e per il restante quarto di miglio camminò sulla striscia bollente dei binari, bilanciando l'andatura con il peso oscillante del sacco di juta e la striscia di metallo che congiungeva tutte le città alle sue spalle verso Sedalia a Est e St. Joseph a Nord. Poi sentì il trambusto del treno pomeridiano vibrare sotto i suoi piedi nudi. Cressy camminò sulle rotaie per un paio di metri ancora prima di saltare giù lontano dalla traversina e dal letto di ghiaia. Poteva sentire l'eco di quella grande cosa di legno mentre entrava nel tunnel vicino alla fattoria di Pap Thacher. Cressy oltrepassò un albero sradicato, si sedette e aspettò. Trascinò il sacco di juta sul terreno di fronte ai suoi piedi e raccolse un paio di ranuncoli dal colore vivace che crescevano in una macchia di cespugli appena dietro il tronco di albero. Dopo che ebbe raccolto cinque o sei fiori, misurando ogni stemma per essere certa che fossero tutti alla stessa lunghezza, il treno uscì dal tunnel e risalì il burrone verso la collina, dove lei sedeva. Alzò la testa aspettando il fischio che segnalava il passaggio del treno attraverso Big Creek River. La vibrazione pulsante delle ruote motrici le fece capire che il treno aveva acquistato velocità. Poteva perfino vedere gli sbuffi di fumo mentre la locomotiva si dirigeva verso la salita impervia, ma non ci fu alcun fischio.

Poi sentì gli spari.

Erano pochi in principio, ma mentre il treno si avvicinava, sentì sette o otto spari in rapida successione. Cressy si alzò. Tutti i rumori intorno sembrarono riassorbirsi nello spazio tra i binari del treno. Vide la locomotiva fendere in due le ombre che segnavano il boschetto di alberi dove aveva sentito il codirosso, poi il treno andò a tutta birra, emettendo sbuffi di fumo nero dalla sua ciminiera mentre si dirigeva verso Sedalia o St. Joseph. Ma non si scorgeva nessuno dal finestrino della cabina e nessuno tirava la leva del fischio mentre il treno proseguiva a tutta velocità. Sentì un altro sparo, il suono era così vicino che Cressy sobbalzò, tenendo stretti i fiori fino a che uno o due stemmi si ruppero. Quindi lo vide. Era un uomo bianco, alto che si trascinava strisciante lungo il bordo del carro merci a metà della lunghezza del treno. Quando si alzò, riuscì a vedere il fucile nella sua mano, lungo e infido come un serpente.

La risacca del vento provocato dal passaggio del treno le sollevò l'orlo della gonna di cotone. Questo movimento dovette attirare l'attenzione dell'uomo, perché in quel momento stette ritto e la fissò. Cressy rimase immobile. Il fruscio del vento sollevò nuovamente la sua gonna, questa volta trascinando il bordo dalle caviglie impolverate e le dita dei piedi nudi quasi fino alle ginocchia. La figura vestita di nero sollevò il cappello, fece un cenno con la testa, quindi si voltò, cadde sulle ginocchia e strisciò all'interno del vagone attraverso una porta situata dall'altra parte del treno. Ma durante quella frazione di secondo, Cressy era certa che i suoi occhi fossero penetrati nella sua anima. Immediatamente dopo che l'uomo scomparve, Cressy udì altri spari. Un'altra figura apparve all'improvviso sul bordo della prima delle tre carrozze passeggeri. Cressy sentì qualcuno urlare, quindi del baccano e altri spari. Afferrò il sacco di juta e corse. Non si fermò fino a che non raggiunse il ponticello a Big Creek River.

Pensò che le ginocchia non avrebbero smesso di tremare, ma il suo petto stava affannando così tanto che dovette fermarsi. Cadde a terra sul bordo del piccolo corso d'acqua e si tese in avanti per prenderne un po' con le mani. Solo allora realizzò che stava ancora stringendo i fiori. Il riflesso della sua faccia nera sudata e quel mazzetto ispido di fiori tremolanti nel suo pugno stretto la fecero ridere. Rise così forte, che vacillò all'indietro sui suoi talloni e ruzzolò. Quindi lasciò i fiori, si riassettò in ginocchio e guardò nuovamente nell'acqua. Stava ancora ridendo sommessamente, ma stavolta quel volto le era familiare.

"Guarda quelle guancette rotonde," diceva Mama Lou. "E quella bocca. Le labbra appicciate come la bocca di una trota mentre succhia le mosche," rideva.

Cressy fece gli occhi storti, raggrinzì il naso largo e gonfiò le sue guance fino a che diventarono tonde come delle grosse prugne viola. Sorrise a quell'immagine nera distesa sulla superficie dell'acqua, quindi riprovò la faccia. Quando riuscì ad alleviare il nodo stretto nello stomaco, si pese in avanti e increspò l'acqua per pulire lo strato di sporco. Stava per raccoglierne un po' col palmo della mano quando vide quella lunga striscia sottile insinuarsi lungo la corrente. Era rosso vermiglio come un nastro e a Cressy tornò in mente il sangue che aveva visto gocciolare dal cervo al quale suo padre aveva sparato l'inverno precedente. L'aveva sorpreso a sorseggiare acqua nell'Indian Pond e quando cadde, atterrò nel bassofondo paludoso dello stagno. Cressy si ricordò come la corrente avesse spinto il sangue lontano dal corpo e come l'avesse trascinato nella parte profonda dello stagno disegnando un rivolo simile a un ramo di vite rossa brillante.

Guardò verso la sorgente. Alla base della transenna ferroviaria c'era un nugolo di gramigna officinale, i suoi fili d'erba appuntiti ammuffivano sulla riva del lago. In quel punto esatto la striscia di sangue intorbidiva l'acqua in una gradazione di rosso più opaca. Diede uno sguardo furtivo. L'erba era scura e uniforme e ondeggiava leggermente sotto la forza della corrente del fiume. Poi sentì i cavalli.

Cressy era già in mezzo agli alberi dall'altra parte del ponticello quando gli uomini svoltarono l'angolo. Poté vederli chiaramente e salvo che loro non si spostassero nel mezzo del ponticello, lei era ben nascosta.

"Laggiù," disse uno degli uomini. Gli altri lo seguirono. Uno di loro conduceva un cavallo senza cavaliere.

"Non lo vedo, Bradshaw," gridò un altro. Fu allora che Cressy riconobbe l'uomo che l'aveva fissata da sopra il treno.

I cavalli si fermarono e gli uomini si sporsero in avanti. Cressy non era sicura di quanti fossero. Non aveva imparato a contare bene e aveva seri problemi ogni volta che qualcuno le metteva fretta. Ma riconobbe l'individuo del treno e sapeva da dove arrivavano quegli uomini.

Pap Thacher aveva lavorato sulla ferrovia quando la stavano costruendo. Le aveva spiegato come il treno dovesse rallentare quando raggiungeva il raccordo a circa due miglia oltre il confine. "Quello è il momento in cui devono agire," aveva detto. "A est verso Sedalia così possono caricare il bestiame diretto verso Kansas City, o a nord verso St. Joseph. Lassù a St. Joseph, hanno un grande deposito. Ma devono capire in quale direzione devono andare quando raggiungono quel raccordo lassù vicino a Big Creek."

Pap Thacher aveva spiegato a Cressy che il treno quando raggiungeva il raccordo rallentava a sufficienza per permettere a qualcuno di salire o scendere. Cressy era sicura che gli uomini fossero saltati giù dal treno in prossimità del raccordo, e adesso avevano cambiato direzione per cercare chiunque avesse fatto scorrere quella linea di sangue giù verso la metà del fiume.

"Bradshaw, spostati un po' più giù," gridò l'uomo con il

fucile. "Io e Clint andiamo a controllare più su."

Prima che potessero girare i cavalli, un altro uomo, quello che teneva il cavallo senza cavaliere, sventolò una sciarpa viola e li chiamò. Si trovava alla base della transenna della ferrovia e Cressy capì che aveva trovato quello che stavano cercando. Gli altri si spostarono verso la transenna, ma l'uomo che Cressy aveva riconosciuto girò il suo cavallo e si inginocchiò vicino al luogo dove lei era stata solo pochi minuti prima. Il cavallo dell'uomo le ostruiva la vista, ma quando lui si alzò, poté vedere la sua testa – quel largo cappello orlato, i baffi, lunghi e lisci attaccati all'estremità del suo mento, e quegli occhi stretti in una fessura. Stava guardando oltre il fiume, scrutando il sentiero che conduceva lontano dal ponticello.

Gli altri uomini lo chiamarono nuovamente. Cressy riuscì a vederli sollevare dalla palude erbosa la sagoma floscia di un uomo. La addossarono sul cavallo e chiamarono l'uomo che stava in piedi vicino alla sponda del fiume. Lui gli fece cenno con la mano, ma non volse lo sguardo dagli alberi in cui Cressy si stava nascondendo. Lei trattenne il respiro. Quindi lo vide rimontare sul suo cavallo. E notò il mazzo sbrindellato di ranuncoli nella sua mano. Lui sollevò il cappello nella sua direzione, sorrise, lo rimise a posto e si avviò verso la zona paludosa alla base della transenna. Cressy tirò su il sacco di juta e corse. Questa volta, non si fermò fino a che non raggiunse la veranda di casa di Miz Greenlove.

L'intera vallata mormorava sulla rapina del treno. Alcuni dicevano che quegli uomini avevano ucciso tutti sul treno, mentre altri dicevano che tutti i rapinatori erano stati uccisi. Alcuni raccontavano anche di come il treno fosse stato fatto esplodere prima che lasciasse il tunnel a North Forks. Cressy non disse una parola. Non era così sciocca da interrompere suo padre quando parlava. Anche se aveva quindici anni ed era "quasi una donna," come diceva sempre Mama Lou, sapeva che suo padre l'avrebbe sculacciata prima di permetterle di rimbeccare. Ma Cressy aveva visto gli uomini e si tappò le orecchie quando sentì la gente dire quanti di loro erano stati uccisi.

Pap Thacher prese il carro verso Pittsville e parlò con alcuni amici della ferrovia. Tornò due giorni dopo e raccontò che sul treno era stata uccisa solo una persona. "Un giovanotto del Texas," raccontò loro Pap Thacher. "Ad ogni modo ho sentito dire che stava causando problemi. Uno di quegli stupidi Ribelli che si sta ancora vantando di aver sconfitto Sherman e di come, quando il sud vincerà, farà lavorare i suoi negracci due volte più duramente di quanto fece suo padre."

Tutti gli anziani dicevano "um-hum" e "Signore-Signore" e ancora, "Grazie Gesù", e Cressy sapeva che non si davano per niente pensiero sentendo che quell'uomo era morto. Il racconto di Pap Thacher zittì tutti coloro che volevano raccontare che sul treno erano stati uccisi tutti e in ogni caso nessuno prestava più attenzione alla storia del treno che era stato fatto saltare in aria, ma Cressy era la sola a sapere cosa fosse successo ai rapinatori.

"Sono ricercati in sei stati," disse Pap Thacher. "Mi hanno detto che stanno rapinando treni da quando avevano all'incirca dodici anni."

"Mi hanno raccontato che i ragazzi di James sono tornati," disse il figlio di Miz Ada.

"Hanno portato con loro alcuni dei ragazzi di Isom Dart."

Pap Thacher lo guardò in cagnesco. Tutti sapevano cosa pensasse Pap Thacher di Isom Dart. Pap Thacher viveva da solo adesso. Sua moglie era morta da cinque anni. Il figlio maggiore era stato ucciso in una guerriglia locale nel territorio minerario del Dakota, e il suo unico altro figlio era fuggito per raggiungere il fuorilegge nero, Isom Dart.

"Ora," polemizzò Pap Thacher. "Nessuno di loro aveva più di dieci o dodici anni. Giovanotti bianchi. Inesperti, ho sentito."

Cressy sorrise e contò i ranuncoli.

Ma per le settimane successive, Mama Lou incrociò le sue grosse braccia nere sul petto e non le permise di andare da Miz Greenlove. Mama Lou era la nonna di Cressy. La madre di Cressy era morta l'anno in cui lei era nata, quando faceva troppo freddo anche per trovare legna da ardere, e Mama Lou permetteva a Cressy di fare qualunque cosa volesse. Il padre di Cressy la sgridava tanto e certe volte usava una bacchetta di salice, ma Mama Lou le diceva che somigliava troppo a sua madre perché suo padre si infuriasse davvero con lei. Eppure, entrambi la tennero lontana da casa di Miz Greenlove dopo la rapina del treno Wichita-Sedalia/St. Joseph.

"Ho sentito che stanno ancora bighellonando giù vicino al raccordo," disse Mama Lou, ma passata una nuova luna, Cressy riprese a fare il viaggio come aveva sempre fatto e Mama Lou a raccomandarle di tenere il sacco di juta fuori dal fango come aveva sempre fatto.

Cressy pensava di avere quasi dimenticato l'uomo col fucile fino a che Mama Lou e suo padre la portarono a Granville. Non andavano spesso a Granville, così solo l'idea di entrare in un negozio o di camminare per una via dove le case erano schierate sulla strada come i carri quando il pastore peregrinante metteva la tenda a North Forks, la eccitò a tal punto che Mama Lou la minacciò di lasciarla a casa. Cressy tentò di stare calma tutta la mattina, ma dal momento in cui suo padre imbrigliò il cavallo al carro, dovette incrociare i piedi e annodare il suo vestito alle mani per non avere la tentazione di lanciarsi sul sedile prima che Mama Lou si fosse sistemata.

Erano rimasti in città quasi tutto il giorno quando il padre la portò nei negozi di Applegate's Feed e Grain. Suo padre stava comprando un nuovo morso per il bardotto mentre lei girovagava per strada. Se suo padre fosse stato attento, le avrebbe detto di tornare indietro e sedersi nel carro con Mama Lou. "Non dimenticare chi sei," le diceva suo padre ogni volta che andavano in città. "La gente non pensa ad altro che ad appenderti come un

13

pollo più di quanto non pensi ad alzarsi ogni mattina. Si ricordano ancora come si mette un marchio sulla pelle nera."

Ma suo padre era intento a guardare una scatola piena di anelli da sella, quindi lei poté passeggiare liberamente per strada. Stava fissando alcune fotografie sul muro esterno del saloon quando vide il suo volto. Una donna bianca si accostò alla porta e si sventolò. Quando vide Cressy guardare le fotografie, disse, "Non parlare con nessuno di questi uomini, ragazza. Non distinguono il bene dal male. Credo sparino alle negrette come te per fare pratica," rise la donna.

Cressy fissò la faccia dell'uomo. Lui si trovava esattamente al centro in mezzo a un gruppo di persone, ma nessuno degli altri uomini aveva baffi lunghi come i suoi e nessuno aveva occhi che penetravano diritto dentro di lei. Sapeva che era lui anche senza il largo cappello e il fucile. La donna iniziò a raccontarle cosa ciascuno di loro avesse fatto.

"Quello ha rapinato una banca. E quello ha ucciso quaranta uomini su ad Abilene. Quello ha cavalcato con calma dal Texas al Wyoming solo per sparare a uno sceriffo. Penso abbiano abbastanza sceriffi nel Texas. E quello là, quello con i denti da cavallo, ha commesso ogni tipo di crimine che è impossibile che si cacci ancora nei guai. Ora sta cercando di fare soldi sui problemi degli altri." La donna si tenne lo stomaco e si sventolò ancora più in fretta, ridendo alla vista degli occhi sbarrati di Cressy.

Solo allora il padre la richiamò nel negozio di generi alimentari, le braccia incrociate sul petto e la sua figura nera tarchiata piantata nel mezzo del vialetto come quei tronconi d'albero che sradicava sempre dai campi.

"Devo andare," disse Cressy.

"Non vuoi sentire degli altri?" chiese la donna. Il suo dito stava indicando l'immagine dell'uomo che Cressy aveva visto tenere i ranuncoli giù vicino a Big Creek

14

River.

Cressy scosse la testa. "Mio padre si arrabbierà molto se non torno immediatamente," disse. Diede un ultimo sguardo alla foto, quindi andò via.

Suo padre le urlò contro lungo tutta la strada verso casa, e la settimana successiva Mama Lou disse che lui non voleva nemmeno che andasse a casa di Miz Greenlove perché era troppo testarda, ma dopo che Mama Lou le fece promettere di stare attenta, la mandò comunque a casa di Miz Greenlove.

Cressy sapeva che Mama Lou la stava guardando, così sollevò il sacco di juta sulla sua spalla e ne sorresse la parte inferiore con entrambe le mani. Non appena svoltò la curva nella strada, si rilassò. Aveva appena raggiunto la radura vicino a Big Creek River quando si ricordò dell'avvertimento di Mama Lou. Ma era un giorno tranquillo. Aveva oltrepassato il crinale dei campi, camminato lungo i binari della ferrovia e deviato tra i boschi senza procurare nemmeno un tremito agli animaletti e agli uccelli che facevano casa nella vallata. Da quando c'era stata la rapina, aveva imparato ad attraversare velocemente il fiume e non importava quanta sete avesse, non si fermava mai a bere. Quando Cressy raggiunse l'altro lato del ponticello, si voltò e guardò la riva opposta.

Non lo sentì. Era là, l'aria impregnata con l'odore pungente di sudore, di cavallo e di tabacco.

Lei sapeva chi era già prima di voltarsi. L'uomo aveva una mano sulle briglia del cavallo e l'altra, tesa verso lei, stava stringendo un mazzo di fiori gialli. Sorrideva. Cressy fece scivolare i piedi sul terreno arato del sentiero. Fissò il suo sguardo al di là dell'uomo tra gli alberi, tra i cespugli vicino al sentiero e nella folta foresta.

"Non c'è nessuno," disse lui. "Solo io."

La testa di Cressy ebbe una scossa come se cercasse di evitare il suono della sua voce, ma i suoi occhi la tenevano ferma. Lui affettò l'aria con i fiori, spingendoli verso di lei come se Cressy non li avesse visti. Cressy scosse la testa. L'uomo sospirò e lasciò cadere le briglia del cavallo. Avanzò. Cressy fece un passo indietro. Era come se il suo movimento l'avesse fatto trasalire tanto quanto la voce di lui aveva fatto trasalire lei. Rimasero entrambi fermi per un momento, quindi l'uomo tirò indietro la testa e rise.

Cressy lo fissava. Non aveva sentito così tanto baccano dall'ultima volta che Mama Lou l'aveva portata ad un revival nella tenda del predicatore itinerante. Uno stormo di passeri di bosco mulinava lontano dagli alberi e gli scoiattoli schiamazzavano sui rami più alti man mano che il suono della sua risata si gonfiava nell'aria come il bucato sulla corda. Quando l'uomo rideva, i suoi baffi si allontanavano dalle labbra in semi cerchi come due sottili schegge nere di una luna scura. Improvvisamente come aveva iniziato, smise, ingoiando il suono in larghi bocconi come se avesse voluto ingoiare un tozzo di focaccia di granturco asciutta. Quindi guardò i fiori nella sua mano, sogghignò e li lanciò tra i cespugli oltre il sentiero. Quando sollevò il cappello per asciugare il sudore dalla fronte dove la fascia scolorita aveva disegnato un rigagnolo, Cressy si voltò per correre. Ma prima che riuscisse a fare tre passi, lui la afferrò alla vita e la tirò a sé. Lei gettò il sacco di juta oltre la sua testa e sentì un rumore sordo come se avesse sbattuto sulla schiena di quell'uomo. Lui non indietreggiò. Al contrario sghignazzò. Cressy lo colpì di nuovo, tirando il sacco sulla sua spalla e tracciando un arco completo verso le reni. Quando lo sollevò per la terza volta, lui disse, "Basta," la sua voce profonda e forte come quella di suo padre quando direzionava i cavalli per evitare i tronconi d'albero. Cressy lasciò cadere il suo braccio.

L'uomo tirò via il sacco dalla sua mano, quindi la sollevò da terra. La trasportò con facilità, una mano intorno alla vita, l'altra sotto le ginocchia. Cressy sentì il suo stomaco torcersi in gola. L'uomo sorrise, i suoi occhi non si staccavano mai dal suo volto. Quando raggiunsero i

16

cespugli, la adagiò lentamente per terra. Cressy voleva muoversi, correre, ma non riusciva a ricordare come si facesse. L'uomo si tolse il cappello e il panciotto. Poi tirò il bordo della maglietta fuori dai pantaloni.

Cressy udì un impercettibile rumore, come di un animale che miagola. L'uomo mise la mano sulla bocca di Cressy. "Shhh," disse. Poi iniziò a sbottonarle la camicetta.

Cressy voleva nascondersi. Non importava in quanti modi muovesse le sue mani, non sarebbe mai riuscita a coprire il suo corpo. L'uomo gemette e tirò su la gonna di Cressy. Lei pensava che l'avrebbe uccisa. Voleva morire, voleva chiudere gli occhi e svegliarsi in un'altra mattina nel suo giaciglio in un angolo della stanza di Mama Lou. Ma niente era poi così semplice. Durante tutto quel tempo, mentre l'uomo la spingeva contro la boscaglia spinosa, non sentì altri suoni eccetto il suo respiro. Sapeva di tabacco e unguento, l'odore polveroso dei cavalli che avevano corso troppo sotto l'olio della sella di cuoio. Sapeva degli odori forti della palude come le scie che lasciano gli opossum quando li sorprendi di notte. Cressy sentiva il cuore in gola e quando si sollevò dal groviglio di erbacce vicino alla sua testa, la sua bocca bruciava col sapore della bile. L'uomo gemette e si fermò. Quando sentì Cressy che iniziava a sollevarsi di nuovo, s'inginocchiò vicino a lei e asciugò il liquido acido dalle sue labbra con la coda della camicia. Poi si spostò. Cressy tenne gli occhi chiusi. Lo sentiva tirare e strattonare il ruvido materiale che indossava, poi sentì qualcosa di freddo e umido cadere sul suo petto nudo e lo sentì andare via.

Dopo molto tempo che lui si era allontanato, Cressy aprì gli occhi. I ranuncoli stesi sulla sua pelle nera nuda come la falena che talvolta trovava di mattina sul legno scuro del tavolo della cucina. Cressy si scostò dalla ripugnante pozza di vomito vicino alla sua testa e pianse sommessamente. Infine zoppicò verso il fiume e si lavò. Tirò via le lappole dalle grosse trecce della sua testa ricciuta e asciugò il suo volto con l'orlo della gonna. Quando vide che la gonna era macchiata di sangue, entrò con decisione nell'acqua fino a che non fu immersa fino alla cintola. Dopo che individuò il sacco di juta, lo sollevò sulle spalle e andò verso casa di Miz Greenlove.

L'uomo incontrò Cressy nei boschi di tanto in tanto per tutta l'estate. Ogni volta compariva e basta. Ogni volta portava un mazzetto di fiori. All'inizio Cressy piangeva, ma non scappava più. Presto nemmeno pianse più. La teneva per mano e la conduceva dietro il sentiero. Una volta le spiegò perché la prima volta avesse sanguinato. Una volta la fece salire sul suo cavallo e la portò dietro di lui quasi fino alla porta di casa di Miz Greenlove. Dopo un po' Cressy aveva imparato a dare a Mama Lou nuove spiegazioni circa il suo ritardo nel tornare da casa di Miz Greenlove.

Per tutta l'estate, le notizie sulle rapine ai treni raggiunsero la vallata. Cressy non diceva nulla. A metà estate, Pap Thacher fece un'altra visita a Pittsville. Tornò con le notizie di una rapina in una banca a Holden, una rapina a un treno vicino a Odessa e un'altra vicino a Liberty. Cressy ascoltò l'uomo mentre le raccontava del caldo secco dei campi vicino a Odessa. Non disse nulla di Liberty e Golden, ma quando non lo vide per diverse settimane e quando sentì che c'erano state una serie di rapine vicino ad Atchinson, sapeva che si stava muovendo verso nord.

Talvolta sulla strada per casa di Miz Greenlove, il treno pomeridiano la superava mentre si dirigeva verso il ponticello. Si fermava e lo osservava scivolar via, sorridendo alla mano guantata che la salutava dalla cabina. Da metà ottobre, Cressy divenne svogliata e anche il suono del fischio del treno non riusciva a rallegrarla. Mama Lou la mandò da Miz Greenlove e sebbene Cressy prendesse le medicine che Mama Lou l'aveva mandata a prendere, non migliorò nemmeno un po'. Una mattina, Mama Lou vide Cressy gettare la sua colazione nel porcile dietro il fienile. Mama Lou iniziò a osservare la ragazza come se dovesse allargarsi da un minuto all'altro. Ma giunse novembre prima che suo padre notasse qualche cambiamento.

"Dev'essere stato uno dei ragazzi di Miz Ada," gridò. "Devi dirmi quale?"

Cressy non disse nulla.

La settimana successiva, il padre mandò a chiamare Pap Thacher. Una mattina presto, Cressy vide il carro del vecchio svoltare la curva nella strada alla fine del cortile. Si avvicinò alla veranda anteriore. Mama Lou stava già nel cortile e suo padre era sul vano della porta dietro di lei. Dal momento in cui Pap Thacher era sceso dal carro, Cressy aveva già raggiunto il granaio. Diede da mangiare alla mucca da latte e pulì la stalla. Quando sentì Pap Thacher avvicinarsi alla porta lei si stava dirigendo verso la zona ombrosa dietro il pollaio dove la vecchia bisbetica, Eelly, amava fare il nido.

"Non so bene cosa dirti, ragazzina," borbottò Pap Thacher. Allisciò gli ispidi baffi grigi sul mento, drizzò la testa e la guardò in modo che il suo lateo occhio grigio, quello che era stato accecato da uno dei predoni di Quantrill, fosse nell'ombra. "Mi aspetto che rimanga alla larga dalla gente fino a che il predicatore arriverà da queste parti la primavera prossima."

Cressy annuì.

"Sei l'unica figlia che ha tuo padre," aggiunse. "Di sicuro vorrai aiutarlo a capire chi stai frequentando."

Cressy lo fissò. Dopo un po', Pap Thatcher tornò zoppicante al carro e Cressy lo vide scuotere la testa. Suo padre la guardò dall'altra parte del cortile, poi Pap Thacher gli diede una pacca sulla spalla, salì sul carro e andò via.

Dopo questo, suo padre sembrò stancarsi di farle sempre le stesse domande. In primavera, Cressy divenne così pesante col bambino, che doveva usare tutte le sue energie per spostarsi dal letto, quello che suo padre aveva costruito una volta scoperto ciò che le era successo, alla cucina dove stava seduta per la maggior parte della giornata a cucire insieme brandelli di cotone sopra una nuova trapunta per il letto o a tagliarli in quadrati regolari per il bambino. Per risparmiare Mama Lou aveva chiesto un po' di stoffa a tutte le donne del vicinato e sedeva nell'angolo opposto, sospirando e cantando gospel.

Miz Ada venne a casa diverse volte, portò anche uno o due dei suoi figli. I ragazzi guardavano Cressy con occhi nuovi, ma Cressy non diceva nulla. In primavera, Miz Ada stava facendole visita molto spesso, era come se lei stessa si sentisse in colpa per la condizione di Cressy.

Ogni mattina Cressy si alzava, si trascinava dal letto alla cucina e quando le giornate si facevano calde, alla veranda anteriore. Una mattina di aprile inoltrato quando il sole era particolarmente splendente, Cressy si sedette nel solito posto nella veranda. Il sole era ancora freddo, ma se piazzava la sedia in direzione dei suoi raggi, riusciva a stare in veranda per ore. Ad ogni modo non voleva entrare in casa. Miz Ada era arrivata con un po' di brodo e uno dei figli di Miz Ada stava aspettando nel carretto che sua madre finisse la visita. Cressy non aveva parlato col ragazzo sebbene sapesse che la stava fissando.

Era seduta nella veranda, la testa girata dall'altra parte rispetto al ragazzo, quando li sentì entrare a cavallo nel cortile. Il ragazzo si alzò nel carretto e urlò, "Ehi," e Miz Ada corse alla porta, Mama Lou subito dietro di lei. Cressy riusciva a sentire il rumore del bardotto di suo padre oltre la curva sul sentiero sotto la casa. Sapeva che doveva averli visti quando avevano superato la strada costeggiando il campo.

Ce n'erano quattro, ma il cortile sembrava pieno di uomini. Mama Lou passò avanti a Miz Ada e sussurrò, "Signore abbi pietà. Cosa vogliono questi bianchi?" Cressy si tirò su dalla sedia. Quando si spostò, i cavalli scalciarono e nitrirono, ma gli uomini li tennero a freno e gli diedero delle pacchette sul collo fino a che non si calmarono. Cressy si ricordò di quello con la sciarpa viola, ma non riconobbe gli altri tre. Quindi vide un'altra sagoma cavalcare sul sentiero.

Il cappello nero era tirato giù sugli occhi; i baffi cadevano sul bordo del mento e cullava il fucile nel suo avambraccio. Cressy stava già per andare verso i gradini quando sentì suo padre intimarle di fermarsi. Mama Lou continuava solamente a ripetere, "Signore abbi pietà. Signore abbi pietà," e Miz Ada fece cenno al suo ragazzo di scendere dal carretto.

L'uomo scese da cavallo e consegnò il fucile a uno degli altri uomini. Cressy si appoggiò alla trave quando lo vide zoppicare, ma lui sorrise e le andò incontro. Quando raggiunse la veranda, sollevò il cappello verso Mama Lou, dicendo, "Signora" come se si conoscessero da una vita. Cressy riusciva a vedere suo padre oltre il granaio, e quando l'uomo vide che stava guardando in quella direzione, sorrise anche di più.

"Bradshaw," disse, "scendete dai cavalli. Hanno bisogno di riposare. Sedetevi un po', ripartiremo presto." Quindi l'uomo guardò nuovamente Cressy e tese la mano per aiutarla a scendere i gradini.

Cressy era appena riuscita a raggiungere l'ultimo gradino quando Bradshaw e gli altri uomini spinsero i loro cavalli oltre l'olmeto nell'angolo del cortile. Cressy prese la mano dell'uomo e lo condusse verso una panca sul retro della casa vicino al pozzo.

Inizialmente, la guardò senza dire una parola e scosse la testa. Quindi le chiese se stava bene, quando sarebbe nato il bambino e se avesse bisogno di qualcosa. Cressy rispose subito di sì, poi di no, ma per la prima volta in tanti mesi, sorrise. Lui le diede una spilla, una pietra nera piatta a forma di uovo con un fiore intagliato nel centro. "Mi piacerebbe se tu chiamassi il bambino Sam," disse.

Le raccontò di com'era stato sparato, delle miglia di territorio che aveva visto, dei rigidi inverni nel Dakota e delle miglia di sentieri che avevano tagliato tornando a casa attraverso le pianure. Cressy gli lasciò tenere la sua mano mentre ascoltava gli schiamazzi di Titbeak che allontanava le galline dagli zoccoli dei cavalli. Quindi vide suo padre in piedi nell'angolo della casa che li fissava. L'uomo si alzò in piedi. "Mi chiamo Sam," disse. "Sam Packer." Il padre annuì.

"Vengo per vedere... " l'uomo fece una pausa.

Cressy lo vide accigliarsi, guardarla, quindi di nuovo rivolgersi a suo padre. "Cressy," sussurrò lei. L'uomo scosse la testa e si accigliò di nuovo. "Sono Cressy," gli disse lei.

Prima che potesse dire qualcos'altro, suo padre disse, "credo che gli altri vogliano andare via"

Cressy lo seguì nel cortile anteriore. Sorrise quando le mise in mano un sacchetto e lo guardò salire sul suo cavallo, storcendo la bocca per il dolore che la gamba gli causava quando si metteva in sella. Poi partirono. Cressy si spostò nella veranda, la spilla e il sacchetto di cuoio infilati nella tasca della gonna. Sentì Mama Lou e suo padre che la interrogavano, ma non si mosse. Dopo un po', Miz Ada e suo figlio tornarono al carretto e se ne andarono. Rimasero girati a fissarla mentre lasciavano il cortile.

Prima che andasse a letto, Cressy diede i soldi a Mama Lou. Fissò la spilla dentro la camicetta e quella notte dormì profondamente.

Alcuni dicono che negli anni, Sam Packer fece regolari visite a casa di Cressy Pruitt. Alcuni dicono che Cressy e Sam ebbero numerosi bambini, che Sam portò alcuni di loro in Oklahoma e che Cressy non li vide più. La gente che abita vicino a Pap Thacher, quelli che ancora parlano con Miz Ada e non credono che uno dei suoi ragazzi abbia avuto a che fare con il bambino di Cressy, raccontano agli stranieri che hanno visto una fotografia di Cressy e Sam Packer. Secondo loro, quei due stanno nella veranda di Mama Lou con tre, quattro, non si sa quanti membri della banda di Sam intorno. Si dice che quegli uomini siano mordaci come i denti sulla lama di una sega, stando distesi sullo steccato della veranda o stravaccati nella sedia di Mama Lou come se fossero loro i padroni di casa. I fucili sono in bella vista e sembrano così a loro agio, che non usano le magliette, solo mutandoni, bianco sporco e tagliati su ogni spalla da larghe bretelle. E Cressy sta appoggiata a Sam Packer.

Da ciò che questa gente racconta, Cressy sta aspettando un altro bambino, o forse è perché il primo bambino ha inforcato il suo giro vita come se stesse cavalcando. Tutti concordano che Cressy è tonda come una zucca e vicino alla figura smilza di Sam Packer, la sua faccia color nocciola sembra anche più scura.

Pap Thacher dice che ha sentito che Sam Packer si è beccato una pallottola da uno sceriffo giù a Bloomfield, Nebraska, la stessa settimana che il bambino di Cressy è nato, ma anche se la gente nella vallata è propensa a credere a Pap Thacher, si chiedono ancora se Cressy Pruitt sappia dove si trova Sam Packer.

Chiunque con un po' di insistenza avrebbe potuto chiedere a Cressy stessa.

Il figlio di Cressy aveva quattro anni l'ultima volta che lei vide Sam Packer. A quel tempo, Jesse James[2] era morto da tre anni; Cole Younger[3] e i suoi ragazzi avevano attraversato i confini del Kansas; la ferrovia aveva assunto gli uomini di Pinkerton per controllare i treni, e la tratta

---

[2] Jesse James fu attivo con la sua banda negli anni appena successivi alla Guerra di secessione in quanto ex soldato confederato. Rapinò banche e impedì la costruzione di una grande ferrovia nel suo paese, il Missouri, diventando un eroe agli occhi dei contadini del Sud, oltraggiati dai soldati dell'Unione (n.d.t.).

[3] Thomas Coleman "Cole" Younger (15 gennaio 1844 – 21 marzo 1916) fu un guerrigliero confederato durante la Guerra Civile Americana e più tardi un fuorilegge che operò nell'allora famosa banda di James-Younger (n.d.t.).

Wichita-Sedalia/St. Joseph non era stata assalita per tutta l'estate. Cressy aveva preso in prestito il carro di Pap Thacher e si stava recando a Granville per fare alcune commissioni per Mama Lou. Quando giunse vicino al raccordo a nord di Big Creek River, poté sentire il treno scoppiettare verso lei in lontananza. I cavalli di Pap Thacher accelerarono e con suo figlio affianco, decise di non correre dei rischi con la giumenta.

Il treno rallentò quando raggiunse il raccordo e quando la locomotiva passò oltre, facendo una piccola pausa come se il treno non avesse deciso quale bivio prendere, suo figlio ridacchiò e salutò. Il fischio stridente fece trasalire il cavallo, ma lei lo tenne alle briglie e schioccò la lingua fino a che non si calmò. Quando guardò nuovamente in alto, l'ultimo dei vagoni stava scivolando oltre, e il treno stava camminando talmente piano, non più veloce dell'andatura del cavallo, che poté vedere chiaramente i volti dei passeggeri nei finestrini.

Lui era seduto nell'ultima carrozza passeggeri, il largo cappello orlato ribaltato dietro la testa come se l'avesse appena spostato dagli occhi. I suoi baffi incorniciavano la sua bocca in piatti archi lucenti, ma non stava sorridendo. Doveva averla vista ancor prima che lei lo vide. Non appena lei gli fece cenno, lui sollevò una mano, poi l'altra. La mano vicino al finestrino era forte come lei la ricordava, ma l'altra era legata al polso di un altro uomo, l'orrendo bagliore delle manette tremolanti nella luce. Poi sparì.

Appena il passato il treno, Cressy frustò il cavallo attraverso i sentieri. Il carretto procedette a scosse, le sue ruote stridevano contro il molle terriccio che delimitava la montagnola della ferrovia. Il movimento improvviso fece vacillare suo figlio sul sedile, ma si riassestò subito e afferrò la gonna della mamma prima di ruzzolare all'indietro. Cressy lo sentì ridacchiare nuovamente, e nel rado groviglio di alberi dall'altra parte della strada, sentì il chiacchiericcio arrabbiato degli uccelli spaventati.

Volarono lontano dal boschetto, disperdendosi in tutte le direzioni, ma Cressy non si preoccupò stavolta di capire se riusciva a riconoscerli.

I limiti di Jason Packard

NEL 1928, EAST ST. LOUIS ERA SIMILE A UN GRAFFIO IN UNA VECCHIA macchina a propulsione elastica lungo l'autostrada che si estende tra Chicago e St. Louis. In quei giorni la città somigliava a un boccone masticato, a metà tra uno squallido paesetto dell'ovest e le fabbriche abusive di gin di una grande città, che lasciava un'increspatura nel solco tracciato da un carretto in una strada stretta e dissestata che si estendeva su entrambe le rive del Mississippi, utile ai gangsters che avevano bisogno di spostare le proprie merci attraverso il confine di stato. Era una città in cui i gangsters neri stavano a stretto contatto con i gangsters bianchi ed entrambi riuscivano a portare via un po' di soldi agli onesti cittadini che volevano un assaggio di ciò che faceva ruggire gli anni '20. East St. Louis calzava a pennello per Jason Packard.

Per gran parte del 1927 e fino al 1928, Jason Packard era sopravvissuto pensando a se stesso come a una chimerica estensione nera del pianoforte di ragtime nel retrobottega di Miz Bea Weeks. Prima di quegli anni, Jason era stato a metà strada tra il vedere se stesso come un pappone, un nero che sapeva come comportarsi con i criminali, e uno sbandato, uno senza arte né parte, qualcosa che suo padre si era lasciato alle spalle la notte in cui il vecchio morì in un accampamento per vagabondi vicino a Macon, in Georgia. "Un negro scavafossi," gli diceva suo padre con tono rabbioso. "La gente non ti pensa se non come un negro scavafossi. Nato nella sporcizia e destinato a morire nello stesso modo." Quando Jason aveva trovato suo padre che giaceva nell'erba bagnata vicino ai binari ferroviari, aveva provato a trovare qualche traccia di sé nel volto di quell'uomo morto. Tutto ciò che vide era un vecchio, simile a tutti gli altri fannulloni che aveva visto zoppicare giù per i vicoli ciechi e nelle aree urbane decadenti.

"Ma l'abito non fa il monaco," così avrebbe detto suo

padre.

Il padre di Jason era stato l'ultimo nato schiavo nella Piantagione di Sudacres. Nel 1862, la nonna di Jason aveva messo al mondo suo padre, aveva stretto i denti sulla cinghia di cuoio usata da tutte le donne schiave di Sudacres, e in un lamento finale, aveva spinto il bambino fuori dal suo ventre umido e oleoso dritto sul pavimento sporco di quella capanna. E a fine settembre, due anni prima che Sherman marciasse su Atlanta, la nonna di Jason aveva raccolto il suo fagotto di abiti, legato il bambino ai suoi fianchi e, liberata dalla Proclamazione Presidenziale, camminò per quaranta miglia di strada sterrata nella contea successiva prima che la luna pallida potesse raggiungere il suo zenit. Per i successivi sei anni, aveva continuato a spostarsi, dirigendosi sempre verso nord ed est, allontanandosi sempre da Sudacres. E ogni volta che si fermava, diventava più severa. Più di una volta, il padre di Jason era caduto sotto i colpi della sua mano, e più di una volta, ogni volta che Jason osava disobbedirgli, la forza delle braccia ossute di sua nonna aveva riempito la copia sputata di suo padre come un riflesso allo specchio.

"Ho rotto parecchie teste da qui a Memphis," era solita dire a Jason. "E ragazzo, t'insegnerò per bene qual è il tuo posto, anche se dovrò frustare il tuo di dietro e piangere lungo tutta la strada verso la tua tomba."

Jason pensava di non aver ancora trovato il suo posto fino a che non incontrò Regina Blackwell, e quando vide l'espressione nei suoi occhi, arricciarsi come un nastro, come un velo sottile o come una nuvola polverosa nata nel deserto e spinta attraverso il Sahara, ancora non capì che Regina Blackwell non aveva intenzione di accontentarsi di East St. Louis.

East St. Louis distava solo cinque minuti a piedi al di là dell'Eads Bridge[4] sulla sponda del Missouri e pochi

---

[4] L'Eads Bridge è una strada a ponte combinata a una ferrovia

chilometri di autostrada se ci si dirigeva verso Springfield, Bloomington, Kankakee, e su verso Chicago. Le sue strade pianeggianti erano omogeneamente divise in edifici fatiscenti, la desolazione di una cittadina provinciale e una grama esistenza da gente povera. A Regina Blackwell non andava bene nessun lato. Regina Blackwell era nata in una misera fattoria vicino a Cahokia, una città così piccola che non si trovava in nessuna cartina eccetto quelle più vecchie. Jason si trovava a East St. Louis da sette mesi quando vide Regina Blackwell. E non appena la vide, iniziò a corteggiarla.

Fino a quel momento, i contatti di Jason con le donne si erano limitati a dei veloci accoppiamenti in lotti sfitti, dietro le recinzioni, o in cucine che facevano da salottini privati pieni di donne mulatte e nere che si guadagnavano da vivere facendo ciò che loro permettevano a Jason di fare gratis. Jason aveva un modo con quelle donne, non un atteggiamento da bel chiacchierone sdolcinato, ma un atteggiamento da pianista, faceva un certo movimento con la testa mentre le sue dita scivolavano sui tasti e un ghigno diabolico si allargava sul suo volto. Niente di tutto ciò in realtà lo rendeva avvenente, ma erano i suoi modi da ragazzino impertinente ad attrarre le donne. Jason non era un gran che da vedere, ma sapeva far ridere una donna.

Fisicamente, somigliava poco a suo padre, la cui mole poteva inondare una stanza con forme confuse, o alla nonna paterna, la cui bellezza statuaria non aveva lasciato alcuna traccia su Jason. Jason aveva la pelle color sabbia ed era svelto come un gracile topo del deserto, una zanzara gialla. Ma quando era assorto nel ritmo del ragtime e la sua testa levigata come una cipolla respirava rumorosamente e si muoveva a scatti sopra la tastiera in sincopatura fuori tempo, le donne si avvicinavano, pronte

che passa sopra il fiume Mississippi e collega St. Louis e East St. Louis, nell'Illinois (n.d.t.).

a poggiarsi su di lui o a versargli un sorso dalla loro bottiglia preferita.

"Qui sulla punta delle dita ho tutto quello che volete, dai balli figurati alle danze country," si vantava Jason. "Portatemi al piano una bella pupa dagli occhi a mandorla e ve la faccio sgambettare per tutta la notte."

Ma più di ogni altro, Jason Packard riconosceva le debolezze della sua apparenza e intuitivamente tentava di correggere quei difetti circondandosi di un panorama rigoglioso di belle donne. Regina Blackwell doveva essere il centrotavola di quel panorama, e per un momento, Jason credette fermamente di averla conquistata, di avere tra le mani l'anello di congiunzione tra ciò che era e ciò che desiderava essere. Nel suo mondo, tutte le donne erano rozzamente trasformate in bene e male, senza vie di mezzo. Jason non aveva conosciuto sua madre, una ragazza indiana, forse Cherokee o Choctaw, che era morta durante il parto, e a malapena ricordava il volto della nonna, l'immagine offuscata dai troppi accampamenti ferroviari una volta che aveva iniziato a viaggiare col padre all'età di otto anni. Quando incontrò Regina Blackwell, Jason aveva lavorato in bordelli e spacci clandestini dalla Florida a New York, da New York a Chicago, e dal confine col Texas agli stati centro-occidentali. Aveva lavorato in posti come bordelli, covi, palchi e bettole, e quando la fortuna l'abbandonava e non riusciva più ad essere assunto come pianista, faceva il mazziere per brevi periodi, o il contrabbandiere, sebbene non ci mettesse il cuore. Ma in tutto questo tempo, non si era mai avvicinato ai gusti di Regina Blackwell, quindi era semplicemente naturale che lui la vedesse adatta al suo concetto di bene, che significava che doveva volere ciò che lui voleva. Non gli venne mai in mente che Regina potesse non essere ciò che lui presumeva fosse fino a che non ebbe un altro posto verso cui voltarsi. Il tipo di donna che voleva Jason era un vago ricordo, un improvviso rumore di risata, un improvviso bagliore di pelle morbida o la simmetria carnosa di anche e cosce che gli restituivano le rauche melodie di sua nonna. Regina Blackwell stava cantando la prima volta che lui la vide nella chiesa di Rock of Ages.

Jason non era praticante, ma una delle ragazze della casa di Miz Bea Weeks era stata presa dall'urgenza di visitare Nostro Signore. "Un fuoco luminoso," lo chiamò lei. "Una luce che mi chiama," aveva detto mentre spingeva un giovane cliente bianco nella sua stanza. Jason era certo che quel sentimento sarebbe svanito, ma per le notti successive, quando non stava a gambe aperte nel suo squallido letto, la ragazza si sedeva vicino al pianoforte e lo supplicava con i suoi occhi grandi come la luna e la bocca piena di impercettibili piagnucolii.

"Non riesco più a tollerare le tenebre," aveva detto. "Riesco a sentire la Sua voce. Lilbeth... Lilbeth, vieni, mi senti?" Poi aveva sollevato la camicia attillata in vita ed era rabbrividita. "Non ti creerò problemi, Jason. Non ci saranno problemi per te, Jason. Lo prometto." I suoi occhi erano diventati lucidi e Jason aveva visto quel qualcosa di impercettibile e sinuoso che danzava dentro loro.

Era per compiacere Lilbeth, disse inizialmente a se stesso. Per sei domeniche di fila era andato alla Rock of Ages Church e per sei domeniche, non aveva mai tolto gli occhi di dosso alla solista del coro, un angelo dal colore ramato del centesimo la cui voce era così limpida, che attirò anche l'attenzione della scuola domenicale[5] per bambini. Quando Regina cantava, le donne dell'associazione di beneficienza si gonfiavano d'orgoglio come piccioni e non si stancavano di asciugare le lacrime

---

[5] La "Sunday school" è una classe speciale tenuta la mattina prima o dopo la funzione domenicale nelle chiese protestanti durante la quale i partecipanti leggono e studiano i testi della Bibbia. Normalmente le classi sono organizzate per gruppi d'età (n.d.t.).

dalle loro morbide guance a ostrica. Di domenica, tutti sembravano scordarsi che Regina durante tutta la settimana andava in giro in silenzio col volto simile a quello di una prugna secca. Di domenica, le sorelle di Regina dimenticavano che sotto la veste blu del coro con le pieghe meticolosamente inamidate, lei stava probabilmente indossando qualcuno dei loro capi preferiti che aveva preso in prestito da una di loro e che non avrebbe mai restituito. E Jason si sedette là per tutte quelle domeniche e lasciò che le note vorticose della bella voce da soprano di Regina lo avvolgessero in una vita che segnò la fine dei suoi giorni come viaggiatore ragtime.

Jason Packard e Regina Blackwell si sposarono il 4 agosto del 1928, e sebbene nessuno nella famiglia di Regina accettasse Jason, riuscivano a stento ignorarlo. Era tirato a lucido fino alle ossa – i suoi abiti sempre perfetti, le sue camice sempre inamidate e le sue calze, ogni volta che alzava i pantaloni e strisciava i piedi per fare sfoggio di nuove mosse di danza, erano bianche come la crema. Ma la sua pelle era secca come una pera troppo matura, il risultato di tanti anni in cui aveva dormito di giorno e lavorato la notte in stanze piene di fumo dove beveva gin scadente in tazze da tè.

"Ho sentito dire che suoni il piano," aveva bofonchiato il padre di Regina quando era stato presentato a Jason.

Jason aveva annuito e si era appoggiato indietro, lasciando che le sue braccia si stendessero per la lunghezza del divano. Aveva bisogno di un atteggiamento sereno con i praticanti, specialmente quelli, come il padre di Regina, che erano stati educati al duro lavoro e avevano i muscoli per provarlo. A Jason tornò in mente suo padre e gli uomini che lavoravano con lui negli accampamenti ferroviari e nei capannoni di scarico e carico, uomini che erano così muscolosi che la loro pelle si increspava come l'acqua blu nerastra della palude quando sollevavano un'ascia per dividere un tronco o lanciare delle casse sulla superficie piatta dei carrelli. Quando il padre di Regina si chinò in avanti, Jason rovinò quel movimento incrociando le gambe e agganciando le sue mani al suo taschino. Quando cambiò posizione, il bagliore dell'oro della catena dell'orologio che aveva acquistato da uno dei clienti di Lilbeth, provocò una risatina alla sorella più piccola di Regina.

Jason sorrise furbescamente. "Suono il piano da quando me ne sono andato da casa di papà," disse loro. "Boston e pianoforte. Questo è il mio stile. Lo faccio da un sacco. Metto da parte abbastanza grana da campare tranquillamente per un bel pezzo e anche di più." Aveva sorriso mentre i genitori di Regina lo osservavano.

"Noi crediamo nella Sobrietà," aveva detto la madre di Regina. "La chiesa non permette il bere e il gioco d'azzardo." Il resto della famiglia aveva annuito e fissava Jason. Non avevano creduto che Regina facesse sul serio fino a che non parteciparono al matrimonio. Una volta il padre di Regina aveva mormorato, "Trattala bene, ragazzo, e non distogliere gli occhi dal Signore," e un'altra volta, la madre di Regina aveva sussurrato qualcosa circa la necessità di rimandare le nozze in primavera. Regina aveva annuito pazientemente.

Fu una cerimonia semplice. Regina e Jason sarebbero potuti essere una coppia di una delle foto di nozze di James Van der Zee a Harlem tornati nuovamente in vita: Jason nel suo miglior corredo da pianista, e Regina sotto un'acconciatura principesca di capelli intrecciati alla francese che faceva apparire Jason anche più basso di quanto non fosse. In un lato della chiesa, Regina aveva sistemato la sua famiglia in fila come se andassero a un funerale invece che a un matrimonio. I parenti più stretti erano seduti in prima fila, seguiti da zii e zie, nipoti, cugini in primo grado e i parenti che contavano poco nelle bancate finali fino a Raybird Blackwell, la pecorella smarrita della famiglia, un cugino di terzo grado che era risaputo bevesse e giocasse d'azzardo senza sentirsi minimamente in peccato. Ma tutti loro, dai genitori di

Regina a Raybird Blackwell, deliberatamente evitavano di guardare dalla parte della chiesa di Jason dove la fila dei suoi pochi seguaci era rappresentata da Miz Bea Weeks, Lilbeth, e Buford LaDonk, il suo più caro amico pianista e l'unico uomo che cercava di risparmiare più di Jason con i contrabbandieri.

Sullo sfondo del silenzio palpitante su un lato della stanza e la vivace commozione delle bancate adiacenti, Regina rispose "Lo voglio," come se le due parole fossero un'aria, e subito dopo, lei e Jason vennero spediti dalla chiesa al Lincoln Roadster di Miz Bea Weeks. La sorella maggiore di Regina non vide più la giacca in broccato che Regina aveva preso dal suo armadio quella mattina.

La mattina in cui Regina Blackwell divenne Regina Packard, non pensò più alla fattoria vicino a Cahokia o al coro della Rock of Ages Church. Quella mattina, decise che era diventata più grande qualunque cosa intendessero con questo i rispettabili Blackwell. "Lui è il pastore e noi siamo il Suo gregge," urlava il predicatore, mentre la famiglia di Regina guardava dall'alto in basso chiunque non dicesse "Amen" e "Sì Signore." Ma Regina aveva notato che quello stesso predicatore agguantava i migliori pezzi di pollo che sua madre aveva messo da parte per la sua visita serale domenicale. E aveva visto suo padre stringere forte le sue mani fino a che non diventarono nero cenere, senza guadagnare abbastanza da un paio di acri di terra per sfamare la sua famiglia. Aveva visto sua madre cantare le lodi al Signore, picchiare i figli, e tagliare ossa del collo e cipolle come se una cosa non fosse differente dall'altra. Regina aveva aspettato fino a che i tempi non fossero maturi per lasciare casa della madre, e adesso che era arrivato Jason, era sul punto di tirarsi indietro.

Il primo anno, si trasferirono in una locanda a circa mezzo miglio da Miz Bea Weeks e sebbene Regina non mancasse mai a una prova del coro o a un rito religioso, Jason, più spesso che mai, si trascinava dallo spazio nero come il fumo del sonno per trovarla che fissava la zona fangosa tra Eads Bridge e St. Louis dall'altra parte del fiume.

"Difficilmente riuscirai a vedere qualcosa da qua," le diceva Jason. "Avanti, torna a letto e coccoliamoci."

Qualche volta aveva lasciato che le tende cadessero ed era strisciata vicino a lui senza dire una parola. Talora era rimasta là, impressa nella merlettata luce grigia di un cielo nuvoloso del Missouri come se fosse stata ritagliata in un cartoncino nero. A Jason tornò in mente la sagoma che aveva comprato da un venditore delle bancarelle al luna-park quell'estate. Aveva osservato le dita dell'uomo piegare e attorcigliare velocemente la carta attraverso le lame taglienti delle sue forbici fino a che, come per magia, era apparso il profilo di Regina dal modello di ritagli e curve. Qualche volta Jason sentiva che se non avesse forzato Regina via dalla finestra, sarebbe rimasta congelata sul vetro per sempre, i suoi occhi rivolti lontano da lui, verso il ponte e la città che si trovavano più in là.

Nei giorni in cui sembrava decisa a non voltarsi verso lui, gli ci vollero diversi minuti per rompere l'incantesimo di quegli edifici grigi stile castello dall'altra parte del fiume. E anche allora, lei barcollava sul bordo di quell'ipnotica linea dell'orizzonte, riluttante ad andarsene, a tornare dalla parte dell'Illinois e da Jason. Lanciava sempre un ultimo sguardo amorevole alla città.

"Mio zio Cohee lavora laggiù nella Market Street," mormorava, e Jason la guardava oscillare verso quell'altro mondo.

"Hanno un sacco di case a schiera che salgono al di là di Chouteau," gli diceva. "Dicono che hanno i tram e ogni cosa."

Il mese successivo, Jason iniziò a lavorare per più ore da Miz Bea Weeks e talvolta, nei pomeriggi di sole, aveva messo da parte abbastanza soldi per portare Lilbeth e Regina dall'altra parte del fiume a fare acquisti nei negozi lungo la Market Street. Lilbeth camminava con leggerezza, la sua testa sempre scoperta per lasciar scaldare dal sole il groviglio intrecciato di capelli crespi e grossi che facevano ombra alla sua faccia scura. Ma Regina, indossando un morbido cappello a campana, camminava un po' più in là, e sebbene spendesse entusiasticamente i soldi che Jason le aveva dato, raramente parlava con Lilbeth una volta attraversato il fiume.

"Non sapremo mai quanti di questi uomini che vediamo sono stati nel letto di quella donna," tirava su col naso quando Jason la rimproverava. Quindi gesticolava rivolta verso le panchine dove diversi vecchietti sonnecchiavano al sole vicino alla fontana Wedding of the Rivers[6] fuori dalla Union Station. "Forse è andata a letto con qualcuno di loro," sussurrava Regina.

Eppure, Jason vide Lilbeth e Regina allungare la mano per prendere lo stesso cappello o lo stesso pezzo di merletto color écru. Regina non vestiva più come una coltivatrice di Cahokia nelle tonalità intrecciate di marrone e beige in un pregevole tessuto di cotone e lana. Ora, come Lilbeth, preferiva la seta artificiale e il crespo di Cina in colori che lasciavano muovere i suoi abiti con un loro ritmo, e lasciavano Jason abbagliato dallo sfarfallio delle lucenti perline lunghe e strette, di quelle minute o dei laccetti di cristalli neri. Una volta, quando un commerciante gli fece acquistare una mela che Regina aveva preso e poi deciso che non voleva, Jason aveva visto nel suo volto lo stesso tipo di testardaggine che vedeva negli occhi delle ragazze al Miz Bea Weeks'. Regina aveva tenuto duro, voltando le spalle all'uomo, il cui inglese era impregnato di suoni del nord Italia quando urlava insulti sul fatto di avere la frutta toccata dalle sue

---

[6] Il nome della fontana ricorda quello di un lago che si origina dall'unione del fiume Chena e il Tanana. Il fondo limoso del Tanana a contatto con le acque limpide del Chena creano delle nuvole di limo evidenziando una netta linea di demarcazione tra i due (n.d.t.).

mani nere. Ma Jason aveva pagato, gettando il nichelino sul bordo del carretto mentre l'italiano sputava per terra per respingere ogni maleficio che Regina poteva avergli lanciato sui suoi prodotti.

Ancora niente sembrava raffreddarla dalla sua febbre per St. Louis. Nemmeno il giorno in cui Buford distrattamente aveva riportato la macchina a East St. Louis e li aveva lasciati bloccati al confine col Missouri, troppo distanti dal quartiere nero della città per trovare una stanza, e troppo dentro al quartiere bianco per trovare un taxi. Jason aveva insegnato a Regina come dormire sotto la pioggia, i giornali piegati sotto la testa e la sporgenza del molo d'imbarco come riparo. Regina era rimasta tranquilla ma lui sapeva che non avrebbe mai dormito. Anche al buio riusciva a sentire che i suoi occhi erano aperti, che lo stavano guardando, sebbene non gli parlò quella notte, o in nessun altra occasione, di ciò che era successo.

"La ragazza di Miz Mildred sta lavorando all'uscita della Lindell Road," gli disse. "Si dice che abbia una camera sul retro della casa e che possa andare in città due volte al mese. Non deve fare nient'altro se non badare a tre bambini. Quel povero bianco porta sempre sua moglie da qualche parte fuori, così la ragazza di Miz Mildred non deve cucinare per nessuno eccetto quel vecchio e i suoi bambini. Si dice che non ci sia molto da fare. Puliscono altre persone. Ho sentito che c'è un'altra famiglia che cerca una coppia – marito e moglie. Le ho detto che siamo sposati, Jason. Jason... mi senti?"

Jason si accucciò nel mezzo del letto e tirò la coperta sotto il mento. "Non ho intenzione di mendicare per nessun bianco," bofonchiò. "Suonerò il piano con sole cinque dita di una mano fino a che ghiaccerà l'inferno prima di fare quel tipo di lavoro."

Jason mantenne la sua promessa fino a che Buford LaDonk iniziò a lavorare dall'altra parte del fiume come imbonitore in uno degli spacci clandestini di alcolici lungo

Lafayette.

"Hai una brava donna laggiù," gli disse Buford una sera. "Ma somigli a LICKETY-SPLUP.[7] Più metti giù, meno tiri su. È meglio che porti la tua scatola nei quartieri alti e lasci che la Piccola Eva metta giù qualche soldo. Puoi racimolare più monete suonando per le pollastrelle dei quartieri alti bianchi che facendo il solito giro a casa di Bea Weeks. Metti qualche bettola in questi tasti, Fratello. Per quanto tempo starai nella taverna indecente di Bea Weeks? Lascia che si trovi qualcun altro."

"Ora taci e basta, Buford. Jason non ha bisogno di una bettola," interruppe Regina. "Abbiamo dei piani che non includono le bettole. Vero, Jason?"

Jason guardò le sue mani e cercò di immaginare le sue dita muoversi senza la musica.

"Non riesco a far fare il salto di qualità al fondoschiena nero," continuò Buford. "East St. Louis non è niente se non un luogo di passaggio. I suoi contrabbandieri di rum hanno solo bisogno di un luogo per comprare una scopata prima di dirigersi verso Chicago. Ma amico, il proibizionismo, non ci sarà per sempre. Ricorda le mie parole."

"Non capisco niente a parte il ragtime," gli disse Jason. "Nei quartieri alti, vogliono grinta. E io so solo come tenere i tasti in movimento."

Buford rise. "Imparerai a ingegnarti come non mai. E potresti fare un po' di gioco d'azzardo. Sei sempre bravo con le carte."

Attraverso il mulinello di fumo blu-grigiastro del sigaro di Buford, Jason riusciva a intravvedere Regina dimenarsi sulla sedia. La brillante pelata nera di Buford luccicava come una palla da biliardo nella luce, e il cappotto a

---

[7] Una canzone della tradizione folclorica afroamericana riproposta da Auburn Ala nel 1915-1916. Veniva cantata dai giocatori d'azzardo neri: *Lickety splup Lickety splup, De more you put down, de less you pick up* (n.d.t.).

righine grigie era cosparso di cenere e chiazze di gin scadente. Nella luce diffusa dalla finestra, Regina sembrò fluttuare nel morbido colletto del suo abito rosso scuro. Sebbene avesse lasciato calare sull'orecchio una corta ciocca di capelli, aveva un aspetto smagrito che lo irritava.

"Mio zio Cohee ha un figlio nato dalla seconda moglie che si chiama Raybird Blackwell," iniziò Regina. "Raybird dice che può trovarci una casa, Jason. E io ho visto un sofà carino giù nella Market Street la settimana scorsa."

Prima che Jason potesse rispondere, Buford iniziò a ridere. "Immagino fosse meglio fare binari," ridacchiò. "La gente inizia a mettere in mostra la sua stirpe dalla parte sposata, e MI SA che è tempo per un vecchio pianista di assumersi le sue responsabilità."

Jason arrotolò la sigaretta tra il pollice e l'indice, e sebbene la sua testa stretta pizzicasse l'aria in segno di accordo, non fece alcun movimento per mostrare a Buford la strada verso la porta. Alcuni frammenti di progetti sfiorarono la sua pelle come la rogna secca, come lo scoppiettio di un languore profondo nella sua gola, ma qualunque cosa Jason pensasse era sempre collegata alle corde sottili di un pianoforte verticale.

"Credo di potere ancora fare qualcosa al Bea Weeks per molti venerdì e sabato notte," borbottò.

Buford emise un rumore, un suono gutturale che era quasi una parola.

Jason si ricordò di suo padre che rise più forte di tutti nel vedere suo figlio alle prese con l'impacchettare le casse sul molo di carico. "Mezzacartuccia," gli urlava suo padre, un'esplosione roca, come lo sferragliamento dei tasti del pianoforte quando scoppiava una lite nel salotto sul retro e qualcuno veniva scagliato contro la tastiera.

Regina accompagnò Buford alla porta. "Puoi farci visita ogni volta che vorrai, Buford. Spero di non dovere aspettare troppo tempo prima di organizzare una di quelle grandi cene e invitare tutti. Ho già messo gli occhi su un gran bel vecchio tavolo. Per otto persone. Jason e io renderemo queste stanze una vera casa."

Buford si voltò per salutare Jason, ma si fermò a metà quando vide Jason alzarsi dalla sedia. "Accompagno Buford," mormorò Jason, "Torno subito."

Quando passò vicino a Regina, lei disse, "Non starci troppo, Jason," e sorrise dolcemente.

Jason era a metà strada nel corridoio prima che Buford lo raggiungesse. Dietro di loro riuscivano a sentire Regina che cantava mentre ritirava le tazze e i bicchieri che avevano usato. Più lei cantava a voce alta, più Jason camminava in fretta. Erano lontani tre isolati quando Jason rallentò e Buford riuscì a raggiungerlo. Jason sentì Buford che gli parlava, ma raramente lui gli rispondeva e quando lo faceva era un mezzo borbottio che Buford non riusciva a capire chiaramente. Quando giunsero a Bond Street, presero un autobus economico e si diressero verso la Settima e l'Eads Bridge. Buford parlava e Jason guardava fuori dal finestrino, cercando di ricordare come avesse intuito che era ora di voltare pagina, di lasciare una città perché il suo tempo era finito. Nel momento in cui giunsero alla riva del Missouri, anche l'autista del pulmino si era accorto del silenzio di Jason, e lo osservava dal suo specchietto retrovisore, controllandolo come per dire che aveva già preso troppi clienti senza soldi diretti in città. L'uomo apparve ovviamente sollevato quando Buford lo pagò, srotolando i soldi della tariffa da un impressionante rotolo di biglietti.

Buford disse, "Non passerà molto tempo prima che debba cercarti un lavoro che ti faccia guadagnare un bel po' di grana. E in ogni caso al Bea Weeks vanno quattro gatti. Io ho messo gli occhi su un lavoro in un albergo. Potresti suonare il piano nei fine settimana, ma non sarai legato ai tasti. Sarai uno spirito libero."

Jason sollevò la testa come se avesse sentito qualcuno chiamare il suo nome, ma Buford non notò il suo gesto. "Non è niente di particolare," continuò Buford. "solo per scroccare un po' di monete. Mi hanno detto che alcuni ragazzi hanno tirato su un gioco di poker laggiù su Chouteau." Stavolta Buford colse lo sguardo fisso di Jason, e tirò su i pantaloni fino a che non si strinsero nel cavallo e poté vedere la lunghezza intera dei suoi copri scarpa, una marca che aveva deciso di adottare dopo che aveva sentito che i grandi teppisti di Harlem la usavano. Poi rise e fece un piccolo doppio passo. "Um-hum. Si guadagno soldi. Quando ti deciderai, Jason, a lanciarti su qualcosa che ti faccia guadagnare? Sei forse troppo preso a tirar su famiglia?"

Buford concluse il suo mezzo passo con un giro, e dietro di lui Jason poté vedere diverse chiatte che si affrettavano verso i porti ai piedi di Jefferson Street. Dietro, vide i pallidi barlumi di luce dalla parte della riva dell'Illinois. Il vento sferzava il fiume in una schiumosa fanghiglia. Jason sollevò il suo colletto per ripararsi dal gelido soffio.

"Regina è una brava donna," disse a Buford.

"Non ho mai detto che non lo fosse," rispose lui. "Ho visto molte BRAVE donne nella mia vita. Soprattutto la notte," rise Buford. "Scendi a Chouteau con me?" chiese. "C'è una festa in casa,[8] aperta a tutti se sei interessato."

Jason alzò le spalle. Non era l'idea di una bagnarola di gin e le carte che lo facevano esitare. La città era piena di bar clandestini e Jason sapeva che i contrabbandieri avevano bisogno di un buon pianista rag per addolcire il liquore amaro e scadente che vendevano. Ma c'era Regina. Quando Jason la teneva tra le braccia, lei si districava nelle tenebre silenziose, e Jason udiva la bambina nella sua voce. Quando cantava per lui, gli veniva la pelle d'oca a ogni nota, ma non riusciva a starle lontano. Quelle notti in

---

[8] Nel testo: *rent party* altrimenti detto "house party", una festa pubblica organizzata in una casa privata in cui gli inquilini noleggiano un musicista o un complessino per suonare e in cambio chiedono ai partecipanti dei soldi per pagare il loro affitto. Quest'usanza nacque ad Harlem durante gli anni '20 ed ebbe il merito di diffondere la musica jazz e blues (n.d.t.).

cui lavorava da Miz Bea Weeks, il canto di Regina sembrava soffocarlo. E ora, stava in piedi in un angolo piovoso al limite della sezione per quelli di colore di St. Louis, la voce di Regina era la più alta nella sua testa. Si scrollò di dosso quel suono, ma quando aprì la bocca per parlare, il vento soffiò improvvisamente sporco nell'aria e si trovò quasi a soffocare nella graniglia che si era depositata nella sua bocca.

"Tranquillo, Amico," disse Buford mentre batteva Jason sulle spalle. "Abbiamo molto tempo. Questa festa durerà fino al mattino. Vado a prendere un po' di spiccioli. C'è molto spazio anche per te, Amico."

Seguì Buford in una bettola sul retro stretto in mezzo a un isolato pieno di palazzi in arenaria. La festicciola era entrata nel vivo quando arrivarono. Era una bella casa, c'era abbastanza gente per recuperare l'affitto per diversi appartamenti con i soldi avanzati per il cibo da esibire alla prossima festa. In un angolo, un pianoforte verticale era quasi nascosto sotto pile di giacche, cataste di bicchieri usati e piatti piani riempiti di pezzi di cibo incrostati e cenere. Per un attimo, Jason fu sul punto di andarsene, poi Buford indicò Raybird Blackwell. Raybird stava versando da bere nelle tazze da tè cinesi, ogni goccio di gin acquoso si abbinava al tintinnio delle monete nel vasetto di vetro piazzato alla fine del tavolo.

"Bene chiudo il becco," disse Buford. "Sembra che alcuni dei Cristiani abbiano raggiunto l'altra parte. Non è uno della parentela di tua moglie quello che sto guardando?"

Prima che Jason potesse rispondergli, Raybird li individuò. "Heilà," chiamò Jason. "L'ho detto a Regina che saresti venuto presto da queste parti. Sei pronto a lavorare per me? Ne facciamo un'impresa di famiglia."

"Pensavo che Regina fosse la sola Blackwell che dovessi sopportare," disse Jason. Buford rise di cuore, e Raybird ridacchiò. Jason fissò Raybird per un momento, poi placò la collera guardandosi di nuovo intorno alla stanza.

Quando Raybird vide Jason adocchiare il piano, sbuffò, "Non facciamo musica qua, ragazzo. Questa è una casa del DENARO."[9]

Questa volta Jason voltò le spalle a Raybird e guardò ancora la stanza per farsi un'idea più precisa. Due dei sei tavoli erano già attorniati da giocatori di poker, e nell'angolo, tre uomini aspettavano seduti sulle sedie disposte in fila lungo il muro per l'apertura di un nuovo tavolo. Una donnona nera con gli occhi grigio chiari — gli occhi del diavolo, come diceva Miz Bea Weeks — si muoveva intorno ai tavoli con un vassoio di bicchierini. I suoi movimenti erano a scatti, non fluidi movimenti felini propri delle donne al Bea Weeks, e quando ghignò verso Jason, la sua faccia non aveva quel sorriso pulito che Jason vedeva in Lilbeth. Il ghigno di questa donna era sottile e tagliente come quello di un rasoio.

"Quella è Dru," gli disse Raybird. "Lei pulisce qua."

"Sì," rise Buford, "se hai lo stomaco, pulisce anche te."

Raybird strinse gli occhi. "Dovresti saperlo tu, Buford. Ma non siamo qui per raccontare le tirate di Dru. Voi ragazzi siete qui per guardare, giocare o fare?"

"Per fare," disse Buford.

Jason guardò la faccia di Raybird cambiare espressione da una severa cautela a un sorriso aperto. Era lo stesso movimento che aveva visto fare a Regina ogniqualvolta le permetteva di fargli cambiare idea. Malgrado le guance gonfie di Raybird e gli occhi cerchiati di rosso, lui era, chiaramente, un Blackwell, e quando sorrideva, quel profilo sottilmente levigato dei Blackwell era palesemente visibile.

---

[9] Si fa riferimento allo zodiaco che è suddiviso in dodici parti, case astrologiche, che rappresentano i diversi settori della vita. La seconda Casa viene definita tradizionalmente la "Casa del Denaro" e rappresenta il mondo dell'avere: denaro, possedimenti, ma anche il bagaglio di conoscenze e emozioni (n.d.t.).

"Tutto questo non va contro il tuo rango, Raybird?" chiese Jason. "Pensavo che la tua gente fosse sobria."

"Quello che vedi non è ciò che sono io oggi," disse Raybird. "Non devo bere per vendere." Jason borbottò. "Non hai imparato nulla guardando quei ragazzi nella zona est? Non prendono dal tesoro nella loro stessa casa. Non ti arricchisci bevendo dal tuo stesso brodo. Questa è la mia casa." Raybird fece una pausa, e Jason lo guardò e alzò le spalle. "Non crederai che Anheuser e Griesedich[10] siano diventati ricchi bevendo il loro stesso liquore scadente, vero?" Aggiunse Raybird. Jason disse, "Un-hun," e scosse la testa. "Bene ora che ti sei ricordato come dire sì e no, guardi o fai affari?"

"Sono dentro," sospirò Jason, e guardò Buford rilassarsi finalmente.

"Bè, perché non l'hai detto dall'inizio," rise Raybird.

"Dru! Hey donna. Aprici un altro tavolo. Non può esserci il locale pieno ogni sera," aggiunse mentre Dru iniziava lentamente a sistemare un terzo tavolo, "ma ci sarà un cambiamento da fare la maggior parte delle sere finché la gente avrà bisogno di racimolare i soldi per l'affitto. C'è solo una cosa da ricordare, la casa prende il settimo vincitore — sei a uno."

Jason fece di sì con la testa, e quella notte, e per le notti successive fino a un mese, tentò di lasciare che il fruscio e il frullio delle carte riempissero la sua testa con quella musica che tanto voleva suonare. Cercò di pensare a se stesso come se avesse fatto un passo avanti rispetto al Miz Bea Weeks, in una casa del denaro come aveva detto

---

[10] La Anheuser-Busch è una azienda statunitense attiva nella produzione di bevande alcoliche e analcoliche. La compagnia è stata per oltre un secolo, insieme alla Griesedieck Brothers Beer, uno dei principali produttori americani di birra. Entrambe le aziende ebbero origine a St. Louis nel Missouri intorno al 1860 e produssero per un breve periodo anche dei liquori (n.d.t.).

Raybird. Ma il modo di giocare a poker di Raybird era austero e grossolano. Le monete erano rese viscide dal sudore e le banconote erano così macchiate, che Jason contava male una scommessa almeno una volta a notte. Non c'erano donne scaltre a servire i giochi di Raybird Blackwell. Nessuna donna la cui voce sottile solleticasse la sua nuca quando sussurravano "Salve." C'era Dru, il suo alito sempre un po' rancido per il suo pasto giornaliero a base di cipolle e cavoli, e le sue labbra sempre un po' pallide per la farina fine di granoturco che mangiava mentre lavorava ai tavoli della stanza privata. Dru era una donna di campagna, la sua pelle marrone ghiaiosa come la terra vecchia, e la sua voce resa più profonda dal bere. A Jason mancavano le ragazze di Miz Bea. E qui, il pianoforte stava in un mucchio decadente appena fuori dalla sua portata nell'angolo lontano.

Dall'inizio del 1929, Jason lavorò nell'osteria di Raybird la notte e si occupava di scommesse clandestine di giorno. Regina stava ancora in piedi vicino alla finestra, ma adesso Jason parlava di quando si sarebbero potuti permettere di affittare un appartamento sull'altro lato del Missouri. Lui parlava e Regina contava i soldi, li metteva sotto chiave nella scatola portavalori nel cassetto della scrivania, poi stava in piedi vicino alla finestra, sognante. Jason aveva solo un sogno, e nel suo sogno, stava sempre suonando un pianoforte da ragtime.

Talvolta quando Regina si allontanava dalla finestra, trovava Jason accigliato. Una volta, quando lei gli chiese il perché, lui disse, "Mi ricordi un po' mia nonna. Quando quella donna aveva in mente una cosa dava il massimo. Era anche avara. Una donna Fulani[11]. Credeva nelle sue radici e negli incantesimi. Sempre in cerca di nuovo oro per le sue orecchie e le sue braccia. Aspettava che la luna le dicesse quando aggiungere un po' di scintillio. Aveva

---

[11] Etnia nomade dell'Africa occidentale, dedita alla pastorizia e al commercio (n.d.t.).

tre o quattro orecchini. Diceva che il numero degli orecchini poteva dire di uno schiavo quante volte era scappato. Ma i bracciali, erano il suo orgoglio e la sua gioia. Le chiamava fascette. Aveva il braccio pieno, e quando camminava, suonavano un motivetto, un tintinnio come a tenere lontana la Nera Signora."

Regina lo interruppe. "Questi sono racconti di paese, Jason. Perché vuoi riportare a galla questa roba di paese?"

"Stavo solo pensando a una melodia," disse Jason. "Era un po' come il suono di un pianoforte il modo in cui i suoi braccialetti tintinnavano. Ping, ping-ping... "

"Non andremo mai da nessuna parte se l'unica cosa che sai fare è raccontare storie."

Lei rabbrividì e tornò alla finestra, spingendo le tende da parte così da riuscire a dare un'ultima occhiata al cielo prima che la luce si affievolisse. "Non sto aspettando che la luna mi dica niente," disse, e tremò di nuovo. Ma quando Jason si avvicinò alla finestra e le mise le braccia intorno, lei lo tenne vicino, calmata dal calore del suo corpo e dimenticando, per un momento, cosa sognava che la stesse aspettando dall'altra parte del fiume.

Dalla fine del 1929, Jason iniziò a visualizzare un progetto per la sua vita, uno che avrebbe, senza dubbio, avuto un seguito se il traffico illegale di rum avesse tenuto in piedi gli affari di Bea Weeks. Ma i tempi erano duri, e più di un uomo si trovò senza lavoro dalla fine di quell'anno. E in quell'anno, Buford LaDonk iniziò a fare visita a Regina nei giorni in cui Jason si occupava delle scommesse clandestine per Raybird Blackwell. Poi Buford aiutò Regina a trovare l'appartamento che voleva, un luogo, come Regina gli disse con decisione, dove le camere erano troppo piccole per il pianoforte.

"E mi sono trovata anche un lavoro, Jason," gli disse il giorno in cui lo portò a vedere il nuovo appartamento. Buford e Raybird andarono con loro.

"E' in un albergo," aggiunse Raybird, e Buford disse, "Sai che stanno assumendo più neri per fare le pulizie adesso. Si dice che i folletti[12] chiedano troppo."

"Ho controllato io stesso," gli disse Raybird mentre Buford strizzava l'occhio e disse, "dimmi che hanno bisogno anche di un guardiano laggiù."

Jason li guardò entrambi di traverso, ma Buford bighellonava sul vano della porta come se non avesse notato il suo sguardo, le gambe incrociate alle caviglie e i copri scarpa impolverati di grigio dallo sporco della città. Raybird si girò dall'altra parte e fissò fuori dalla finestra le macchine che si dirigevano verso Market Street e il fiume.

"Non è un gran lavoro, ma possiamo usarlo per mettere da parte i soldi per i mobili," disse Regina.

Jason si ricordò di avere visto la faccia marrone letame dell'uomo che spazzava il portico dell'albergo del marinaio vicino al pontile di sbarco. Ovunque l'uomo catturasse lo sguardo di Jason, faceva un sorriso con i denti sporgenti e gridava, "Hey, Fratello."

"Posso mettere da parte i soldi lavorando con ciò che so fare. Aggiungerò un po' di musica ai tavoli da gioco di Raybird, e lui potrà fare soldi a palate. C'è già un pianoforte che non è mai stato usato," disse Jason a Regina.

Lei si accostò più vicina. "Questa potrebbe essere la tua ultima notte da Raybird, Jason caro. Gliel'ho già detto. Non ho ragione, Raybird?"

"L'ha fatto," disse lui.

"E immagino che potremmo mettere da parte dei soldi se Raybird venisse a trasferirsi da noi. Potrebbe avere la stanza in più. Per un po' almeno," aggiunse in fretta.

Buford faceva quasi le fusa. "E' tutto in famiglia, Jason. Solo un po' di affari di famiglia, come dice sempre Raybird."

"Miz Bea Weeks non ha mai trovato un altro pianista,"

---

[12] Nel testo: *paddy*, dispregiativo che indica persona irlandese o di origine irlandese. È l'equivalente di "nigger" per una persona di colore (n.d.t.).

interruppe Jason. "Potrei tornare là dopo stanotte. Io e Buford, potremmo trovare un compromesso."

Buford alzò la mano per fermare Jason prima che potesse dire qualcos'altro. "Amico, io sono fuori dal giro. Mi sto dirigendo a Kansas city. Ho sentito dire che Moten e i suoi ragazzi stanno suonando jazz. Si stanno allontanando dal ragtime"

"Io non mi trasferisco a Kansas City," disse Regina con fermezza.

"Ti aspetti che stia qua e faccia affari con Raybird per sempre?" chiese Jason.

"Ho messo gli occhi su un nuovo tipo di lavoro. Bisogna darci sotto a Chicago. Ho intenzione di tenere il mio di dietro sul binario," ridacchiò Raybird.

"Hai sentito, Jason?" Disse Regina in tono amorevole. "Raybird ha dei progetti."

Jason non disse niente.

La bocca di Regina si strinse. "Jason, non farai mai soldi nel bordello di Bea Weeks. A quella donna non interessa nulla di te. Non hai bisogno di suonare il piano. È meglio che mi ascolti, Jason Packard."

"Sì," le fece eco Buford. "La donna ha colto nel segno."

"Quanti soldi sono rimasti?" chiese Jason. "SE stiamo qua, posso trovarmi una vecchia bettola a buon prezzo. Qualcosa che qualcuno ha fretta di vendere. La adatto a qualunque spazio in più di cui abbiamo bisogno," disse, e guardò dritto verso Raybird.

"Spero non faccia danni chiedendo in giro, Cugi," Raybird disse a Regina. "Gli do un po' di tempo."

"Vedremo," borbottò Regina, e come si voltò dall'altra parte, la collana di perline di cristalli neri che aveva intorno al collo sembrò assorbire tutta la luce traboccante dalla finestra piombata con i vetri opachi del pannello della porta anteriore. In quel momento, Jason si ricordò che era passato un po' di tempo dall'ultima volta che aveva sentito Regina cantare.

Una settimana dopo, Raybird Blackwell chiuse la sala da

gioco e iniziò a far funzionare l'albergo. "Tutto ciò che devo fare è pulire l'ingresso e assicurarmi che la scatola del ghiaccio sia piena," gli disse Raybird. "Ho ancora le mie scommesse la mattina, ma adesso sono pulito agli occhi della legge."

"Amico, ci sono dei tizi che darebbero qualunque cosa pur di stare al tuo posto," Buford disse a Jason. "Regina è la cosa più carina che abbia visto in giro da un sacco di tempo. Ma la tua donna ha la mente intrappolata nella VITA FAMILIARE. Hai bisogno di riflettere su quanto questo t'interessi veramente."

Buford gli offrì un posto con il gruppo Moten a Kansas City, ma Jason non poteva più rischiare di lasciare Regina più di quanto non potesse rischiare di accettare il lavoro nell'albergo di Raybird. Era in gabbia, intrappolato tra dove stava e un qualche posto lontano. In quei giorni quando si trovava vicino al litorale, riusciva a vedere l'Eads Bridge sollevarsi dalla banchina e gonfiarsi in una collinetta sopra il fiume prima di immergersi nelle piane fangose di East St. Louis. Imparò a leggere le ombre del ponte, quando le luci cambiavano il colore del cerchione d'acciaio e quando la sua larghezza sembrava crescere nel cielo se i banchi di nuvole avevano la giusta sfumatura di grigio. Regina non guardò più verso il ponte, e Jason non riuscì più ad attirare la sua attenzione là.

Sempre più spesso, lasciava la casa al crepuscolo e rientrava al sorgere del sole. Sempre più spesso, rientrava in una casa vuota, e si scervellava, seduto sul sofà di crine di cavallo guardando le luci fioche delle auto dirigersi verso il viale che portava al ponte oppure attraversare la città verso la Union Station. Talvolta pensava a Buford LaDonk, a come potesse raggiungerlo a Kansas City, ma più spesso che mai, Jason sedeva in silenzio, i suoi pensieri non diretti verso qualche posto in particolare.

Una mattina, dopo una notte di giocate a poker nella stanza privata sul retro, Jason tornò a casa e la trovò stranamente silenziosa. In un primo momento, percepì una quiete come se nessuno fosse stato in quelle stanze per mesi. Poi notò i cassetti della scrivania e il ripostiglio aperti, le scatole dei cappelli attaccati a strane angolature sopra fili di grucce, e nella cucina, un unico bicchiere, decentrato nel mezzo del lavabo così che l'acqua gocciolava sul suo bordo. Quando Jason vide la stanza di Raybird vuota, capì che Raybird si era trasferito al nord portando con sé Regina.

Regina aveva lasciato solo i mobili più ingombranti, qualunque cosa che non potesse essere spostata velocemente. E aveva lasciato gli abiti di Jason, accuratamente piegati e sistemati come se quello rappresentasse il suo ultimo gesto da moglie. Per un po', Jason sedette sull'orlo dello sgabello rosso-vino e pianse silenziosamente, poi lasciò l'appartamento. Era ad alcuni isolati di distanza quando pensò di tornare per i suoi abiti, ma il vento aveva iniziato a soffiare verso il fiume, e Jason lo seguì.

In un primo momento, disse a se stesso che aveva solo bisogno di pensare, che dopo un po', sarebbe tornato indietro dall'altra parte del fiume e avrebbe fatto visita al Miz Bea Weeks, ma ogni notte, girovagava per le vie del centro e prima che la luna diventasse traslucente con la luce grigia, camminava verso l'argine, verso i pontili di carico e i depositi, e là, sotto una sporgenza, trovava un posto per dormire. Per un po', riuscì a trovare dei lavoretti in alcune delle bettole in cui lui e Buford avevano lavorato, ma sempre, il piano lo tradiva e la notte finiva a strimpellare delle note che non avevano una melodia eccetto quella della follia. In queste notti, Jason sognava Regina, si immaginava ad annusare il suo profumo ancora nascosto tra le pieghe del suo corpo. E in un periodo in cui metà della nazione stava iniziando a sognare le file di pane,[13] Jason non aveva problemi a perdersi nei suoi

---

[13] Ci si riferisce all'inizio della Grande Depressione quando i cittadini erano costretti a fare delle lunghe file per ricevere un

miseri sogni.

Da qualche parte nel pantano dei negozi della Market Street, tra le bancarelle di frutta fresca, i pontili di carico e i bar, Jason Packard divenne vecchio. Alcuni giorni quando il sole raggiungeva il litorale, quando sembrava realmente dar vita alle statue di fronte alla Union Station, paralizzate nell'atto di ballare nella fontana Wedding of the Rivers, quando rifletteva il bagliore dell'oro degli orecchini di qualche donna, Jason sedeva sulla panchina del parco e lasciava che le sue dita trascinassero l'aria in motivi di ragtime che si ricordava per metà. I bambini passavano alla larga da lui e le donne di chiesa durante la loro passeggiata domenicale, scuotevano la testa e si chiedevano perché alcune nobili donne nere non avessero potuto metterlo sulla retta via. Ma gli altri vecchi, coloro che avevano conosciuto la bagnarola di gin, le feste nelle case private, e quanto fosse facile viaggiare prima che i tempi diventassero duri, facevano cenno di sì con la testa e talvolta, se avevano avuto abbastanza da mangiare o erano freschi di bevuta, si tiravano su i pantaloni, il cavallo stretto, e danzavano un passo da ragtime sulle note di Jason.

po' di cibo dalle associazioni caritatevoli (n.d.t.).

Jeremy Franklin Simmons

JEREMY FRANKLIN SIMMONS E' UNO SCIOCCO E TUTTI nel quartiere lo sanno. Fern me l'ha detto più e più volte di stare lontano da Jeremy.

"Il figlio dei Simmons è proprio un poco di buono," dice.

"Vuole fare troppo il grande," aggiunge lo Zio Dell.

E Margay di sicuro dirà qualcosa come, "Il più scemo degli scemi."

Margay è mia madre, ma non la chiamo mai Madre o Mamma, e tutti, anche i cugini, chiamano mia nonna Mamma, proprio come chiamano mio nonno Papi. Io ero stata addirittura chiamata come mia nonna, ma il nonno, che aveva scelto l'altra parte del mio nome, mi chiama Jo-Jo, e così tutti gli altri, a meno che non sia nei guai, allora mi chiamano Josephine Ethel Barron. Io e Margay viviamo in tre stanze al piano superiore dell'immobile senza ascensore di Fern. Mia zia Fern affitta camere al secondo piano dove mia zia Maddie stava prima di sposarsi e trasferirsi in Texas. E zia Fern e lo zio Dell vivono al primo piano. Io trascorro un sacco di tempo al primo piano aiutando Fern a cucinare o a trasportare cose su e giù per le scale quando lei deve pulire le stanze al secondo piano. Zio Dell è taciturno quando è là, anche se la maggior parte del tempo sta fuori essendo lui un facchino nel vagone del treno sulla ferrovia, ma quando c'è mi dà un nichelino così posso andare al negozio del vecchio Farrow per la caramella. A Margay non dispiace che resti laggiù tanto a lungo, ma mi dice sempre di non dare fastidio.

"Se ronzi attorno alla faccia della gente come una mosca, verrai schiacciata."

Tutti loro pensano che Jeremy sia un vecchio moscone che ha bisogno di essere schiacciato, ma Jeremy Franklin Simmons è il ragazzino più grande dell'isolato, un grasso ragazzino dalla testa lucida che non viene mai invitato da nessuna parte ma che riesce a comparire ovunque, e tutti hanno paura di lui tranne Bumpsy Pritchard e, forse, Monica Frasier. Quando Jeremy si mette nei guai, anche tutti gli altri sono nei guai. È sempre più volgare di chiunque altro, richiama sempre l'attenzione, spinge sempre le cose troppo in là, e sembra essere sempre nei dintorni quando qualcuno si fa male. Jeremy Franklin Simmons riesce a rendere i giochi più monotoni entusiasmanti, ma qualunque cosa faccia, le cose si mettono sempre male.

Così trascorro ore interminabili ad ascoltare Fern e Margay che mi dicono quanto sia stupido stare intorno a un gran coglione come Jeremy, come dovrei essere abbastanza saggia da non avere bisogno che qualcuno mi dica cosa fare quando quel qualcuno stesso non sa nemmeno distinguere il bene dal male.

"È troppo stupido per trovare il suo culo al buio con una torcia e una mappa," dicono, e non posso dire loro quanto la follia di Jeremy dall'alluce varo possa insegnarmi di più sul bene e il male di qualunque predicatore, come il solo guardare Jeremy nei guai mi tenga al sicuro. Non posso dire niente, e loro vanno avanti accusandomi di cercare di coprire Jeremy.

"Chi s'assomiglia si piglia," dice Margay.

Persino lo zio Dell ebbe qualcosa da dire una volta che vide Jeremy fare il pagliaccio in giro vicino ai binari di Hodiman. Lo zio Dell mi stava portando in centro sul filobus. Il papà di Woodrow Payne ha una nuova DeSoto del 1949, ma io preferisco andare in centro con lo zio Dell sul filobus piuttosto che viaggiare con il grasso Woodrow qualsiasi giorno della settimana.

"Ho visto quel ragazzo, Jeremy, correre in mezzo alla strada come un pollo con la testa tagliata," mi disse Zio Dell. "Correva diritto di fronte al filobus, correva proprio in mezzo alla strada con un vecchio cagnone rognoso nelle sue braccia. Non andate a fare gli stupidi a Hodiman, Jo-Jo. Questa gente viene in questa zona a bere e non sai cosa può accadere," disse, agitando le mani verso le taverne che costeggiavano entrambi i lati dei binari.

"Quei ragazzi sono sempre qui, zio Dell," gli dissi.

"Lasciali stare dove vogliono stare."

"Sì, zio Dell," risposi io, perché sapevo che qualunque cosa avessi detto sui binari di Hodiman mi sarei messa nei guai. Si può vedere un po' di tutto giù a Hodiman, anche delle cose che non vuoi vedere. Mamma chiama la gente che frequenta quel posto "la feccia."

Mamma non parla mai con nessuno dei binari di Hodiman tranne il signor B-B, perché mamma dice che il signor B-B non ha sempre vissuto vicino ai binari. Mamma dice che il signor B-B non è sempre stato uno straccivendolo. Lei dice che è stato solo vittima dei tempi difficili, e ogni volta che lo vede, lei scuote la testa e dice, "Questo poveretto sicuramente ha avuto le sue prove e tribolazioni." In inverno trova sempre un paio di stracci e bottiglie da dargli così il suo carrello non sembra troppo vuoto, ma in ogni caso lei non parla con il signor B-B quando si trova giù a Hodiman. Dice che una volta che la gente entra nei bassifondi fa cose strane, e si deve stare alla larga da loro.

Una volta andai a piedi vicino a Hodiman con Monica Frasier e Rosalind Washington, ma non siamo andate molto lontano. Avevamo appena girato l'angolo quando un vecchio si sporse da un portone, diffondendo un odore di whisky e di anni di sporcizia. "Dove andate, piccole graziose creature?" disse. Mi ricordai quello che la mamma mi diceva, ed ebbi così paura che feci subito marcia indietro e mi diressi verso casa. Monica disse che ero una fifona, ma lei e Rosalind stavano camminando più veloci di me. Un'altra volta, Jeremy e Bumpsy Pritchard vennero inseguiti per tutta la strada fino a casa da un vecchio di Hodiman, e mamma disse, "Sicuramente è una gran fortuna che quel vecchio non li abbia presi."

Credo che la cosa peggiore che possa accadere a qualcuno è finire la propria vita sui binari, quindi lo zio

Dell davvero non aveva bisogno di mettermi in guardia, e io certamente non volevo parlare di Jeremy o Bumpsy o di uno qualsiasi degli altri ragazzi e di quello che facevano là fuori. Trovano sempre dei barattoli di gassosa e roba simile, e il resto di noi li aiutano a venderli. Con tutti quei soldi ci si compra un sacco di fumetti e Kool-aid[14] dal vecchio Farrow. Credo che se non fosse per il negozio del vecchio Farrow, noi non penseremmo per niente ai binari di Hodiman, ma non volevo dirlo allo zio Dell. Inoltre, lo zio Dell mi porta in centro ogni volta che ha più di tre o quattro giorni liberi dal lavoro in ferrovia, e non voglio sconvolgere quest'abitudine in alcun modo.

Lo zio Dell mi piace tanto quasi quanto mi piace il nonno, ma lo zio Dell è così taciturno la maggior parte del tempo, che non riesco a capire se io gli piaccio veramente oppure no. L'unica cosa che mi dice la maggior parte del tempo è, "Hey, Jo-Jo," oppure "Vuoi un nichelino, Jo-Jo?" oppure "Andiamo in centro, Jo-Jo." Prendiamo il filobus lungo tutta la strada fino alla città e ritorno senza dire una parola, e se scendiamo lui mi compra qualcosa. "Vuoi questo, Jo-Jo? " dice, ma non mi parla mai veramente come fa il nonno. Il nonno parla la maggior parte del tempo, mostrandomi ogni cosa e spiegandomi come funziona e a cosa serve. Ogni volta che andiamo a fare una passeggiata o in centro sul filobus, tutti pensano che il nonno sia mio padre, perché ci somigliamo così tanto, e il nonno non dice mai sì o no. "Questa è proprio la mia bambina Jo-Jo." Poi prende la mia mano dentro il suo grande pugno e dice, "Dai, Jo-Jo, dobbiamo andare a fare una visita." Devo saltellare per stare al passo con lui. So solo che il nonno potrebbe camminare tranquillamente per tutto il paese senza stancarsi.

A volte lo zio Dell mi dice di stare attenta ai ragazzi, come se dovesse dirlo quando il nonno non è nei

---

[14] *Kool-Aid* è una bevanda saporita di proprietà della Kraft Foods Company e prodotta dalla filiale messicana (n.d.t.).

dintorni, o perché non ho un padre che mi dica queste cose, ma credo che la maggior parte del tempo lo dica perché Fern gli dice di farlo. A peggiorare le cose, Fern crede per metà alla voce messa in giro da Mildred Harris che mi piace Jeremy Franklin Simmons, e non importa cosa quella vecchia bugiarda di Mildred dica, non vorrei Jeremy Franklin Simmons nemmeno morta, anche se ho provato a immaginarlo più grande di circa sei anni e con più capelli in quella sua testa a forma di proiettile. Ma tutto questo era prima che Jeremy Franklin Simmons mangiasse quel topo.

Tutto ebbe inizio ad agosto quando avevamo fatto i soliti giochi estivi così tante volte che niente sembrava soddisfarci più. Rosalind era andata in treno a Chicago, ed era piena di "A Chicago fanno questo o quello," "A Chicago puoi andare in questo posto o in quell'altro," "A Chicago vedi questo, ma non vedi mai quello," fino a quando giuro che pensai che Chicago sarebbe diventato il suo secondo nome.

Più lei ci parlava di Chicago, più noi ci sforzavamo di vedere oltre il cimitero tutto bianco non più grande di un francobollo, oltre le ceneri di Ash Hill, oltre la fila di locali notturni e la recinzione della rotaia in acciaio della strada statale. Ma nessuna delle sue storie ci faceva sgranare gli occhi come quella sul circo e la sua gente tatuata, la sua gente esile, alta e grassa, l'uomo serpente, i mangia-fuoco, e la maggior parte di loro, Rosalind disse, erano neri.

Sereatha Higgins era stata al circo da poco, ma nessuno di noi aveva mai visto un nero mangiare fuoco. Ci si chiedeva come si facesse, di quanta pratica si avesse bisogno, e quanto bello dovesse essere avere la folla che acclama e applaude mentre le fiamme scompaiono giù per la gola.

"Io potrei mangiare del fuoco," si vantava Jeremy.

"Tutti potremmo mangiare del fuoco," aggiunse Mildred.

Ma Bumpsy disse, "Non mangiano fuoco, ragazza. Lo

fanno solo credere."

"Allora che cosa è, Signor So Tutto Io?" chiesi.

"E' qualcosa che mischiano per far credere che sia fuoco. È solo un po' di cibo o qualcosa del genere."

"No. A Chicago mangiano il fuoco," disse Rosalind. "Non starebbero lì a mangiare cibo. Inoltre, gli alimenti non bruciano e questa roba bruciava, con le fiamme e tutto il resto."

Rimanemmo in silenzio, cercando di immaginare il fumo che si snodava intorno alle labbra di un uomo e le fiamme che gli leccavano le guance.

"Oh, dai, Rosalind," disse qualcuno, "dicci cosa mangiano realmente."

Parlammo a lungo finché alla fine Woodrow Payne mangiò un intero foglio di giornale, solo per dimostrare che si poteva fare, ma Woodrow Payne mangiava tutto, quindi in realtà non contava. Poi Monica decise di mangiare della terra — non solo della terra vecchia, intendiamoci, ma una terra speciale per la quale Monica spese la maggior parte di una splendida giornata a cercarla. Jeremy diceva che la terra era terra, e fece passare il tutto come una cosa di poco conto, ma potevamo intuire che egli era impressionato come tutto il resto di noi. Non lo ammettevamo, ma non riuscivamo a distinguere un certo tipo di terra dall'altro, tuttavia aiutammo Monica finché non trovò quello che voleva nel giardino di Miz Lucy. Monica diceva di avere un certo fiuto per la terra, come per il giornale migliore, e dal momento che tutti avevano visto Woodrow Payne masticare un giornale come se fosse una Wrigley o una Juicy Fruit[15], Monica probabilmente sapeva di cosa stava parlando.

Alcuni di noi volevano rinunciare dopo che Monica mangiò parte del giardino di Miz Lucy, e la preparazione

---

[15] La Juicy Fruit è una gomma da masticare prodotta dalla William Wrigley Jr. (n.d.t.).

per il primo giorno di scuola ci frenò un po'.

"Voi ragazzi vi state comportando in modo terribilmente strano," mi disse Fern dopo che dovette trascinarmi lontano dal quartiere in modo che potessi andare in centro a comprarmi le scarpe per la scuola. "Non riesco a capire perché vuoi stare a casa quando sai che stiamo andando a comprare delle cose per la scuola. E qui hai già anche i tuoi soldi che ti ha dato lo zio Dell per comprarti quelle porcherie di matite e roba simile. Ti vizia troppo."

Mi appoggiai al finestrino del tram e non risposi.

"La signora Frasier mi ha detto che Monica è stata male di recente. Suppongo che tu non ne sappia niente?"

Guardavo le strade trasformarsi da sporche a pulite mentre ci avvicinavamo ai negozi del centro.

"La madre di Sereatha l'ha trovata che masticava dei righelli. Ha detto che le ha raccontato che tutti voi bambini avete promesso di farlo. Per quale motivo volete masticare dei righelli? Non siate così stupidi. A volte non so che cosa fare con te. Margay dovrebbe starti dietro di più, ma deve lavorare. Tu te ne stai troppo da sola. Con tutti che lavorano tutto il giorno e talvolta tutta la notte, hai troppo tempo per metterti nei guai."

Fern andò avanti fino a quando non arrivammo in centro, ma tutto ciò a cui riuscivo a pensare era come l'avrei persuasa a comprarmi i mocassini al posto delle saddle shoes.[16]

"Forse la scuola ti metterà un po' di sale in zucca," aggiunse, ma questo non sembrava probabile dato che pensavamo alle cose più folli da fare durante l'inverno piuttosto che in estate.

Facevamo un gioco quando il vento freddo soffiava attraverso il fiume e il cortile della scuola era punteggiato da mucchi congelati di ragazzini che avevano intenzione di divertirsi durante la ricreazione, non importa che

---

[16] Tipo di scarpe basse con i lacci, di colore bianco o panna con una striscia di pelle di colore nero o blu (n.d.t.).

tempo ci fosse. Uno di noi, chiunque fosse abbastanza coraggioso o sciocco per essere "Quello," stava in piedi contro il caseggiato e cantilenava, "Tutti, tutti, ammucchiatevi sopra di me," ancora e ancora fino a quando non diventava così freddo o spaventato che finalmente interrompeva la cantilena. A quel punto quello sciocco sfortunato, con la schiena contro il muro di mattoni, il naso umido congelato, veniva assalito da una sbraitante massa puzzolente di dieci o più bambini che correvano in avanti come quelle folle di pagani urlanti che il predicatore intratteneva in questo modo quasi ogni domenica. Il trucco era quello di interrompere la cantilena e filarsela via subito dopo che la folla aveva preso troppa velocità per modificare la sua direzione.

Facevamo quel gioco ogni inverno, ed era stupido come cercare di imparare a mangiare il fuoco, così nessuno si sorprese quando Jimmy Dufree iniziò a mangiare le gomme da cancellare la prima settimana di scuola, assaporando quelle grandi gommose marroni come se stesse mangiando i ginger snaps.[17] La nostra insegnante, la signorina Samples, pose immediatamente fine a questo, ma eravamo partiti di nuovo per il nostro viaggio circense, e da ottobre, io decisi di provare le foglie della siepe.

Mi piace molto di più l'odore di umido delle pareti del seminterrato, una volta ne ho anche leccato una, ma mi ha fatto sputare e sputare fino a quando la bocca mi si è seccata, così ripiegai con le foglie di siepe. Devi mangiare le foglie di siepe tutte d'un colpo, prendere quelle piccole grasse cerate a forma di cuore dai filari di siepi appena tagliati che foderano i marciapiedi, quindi apri bene la bocca e le infili dentro come i fagioli in gelatina, ingoiandole prima che ti venga l'istinto di masticare. In quattro o cinque viaggi, riuscivo a cogliere almeno otto differenti pezzi di siepe prima di essere presa.

---

[17] Dolcetti al ginger e cannella morbidi all'interno e croccanti all'esterno (n.d.t.).

Questo è il problema. La gente nel nostro quartiere si prende particolarmente cura delle proprie siepi, così quando mi aggiro per strada, mangiando lungo il mio cammino oltre casa del signor Tal dei Tali e della signora Tal dei Tali sento delle urla tipo "Vattene da lì!" e "Cosa pensi di fare?" seguirmi fino a raggiungere casa di Monica o di Sereatha, piena fino agli occhi di foglie di siepe. È una fortuna per me che la maggior parte delle persone non riesca realmente a distinguere un bambino da un altro, ma ho scoperto in fretta che è meglio rubacchiare le foglie in prima serata, un momento in cui la luce è così fioca che la gente non ha nemmeno il tempo di iniziare a distinguere la madre di chi bisogna avvertire, un momento in cui le foglie diventano fresche e frizzanti perché l'aria ha appena un accenno di freddo, come un rubinetto quando l'acqua calda e fredda non si miscelano abbastanza ma scorrono quasi lateralmente e l'una dentro l'altra.

A volte quelle vecchie siepi parlano di notte, e poco prima di strappare una foglia, sento ciò che sembra essere un mormorio. Non è chiaro in un primo momento, ma diventa un po' più forte man mano che il mio palmo si muove più vicino. Suona sempre come se quelle siepi dicessero, "Non mi toccare. Non vedi che sono perfetto?" Questo mi spaventa un po', e per un attimo la mia mano si ferma a mezz'aria — poi do uno strappo secco alla foglia, la infilo in bocca e aspetto per vedere se quelle vecchie siepi hanno altro da dire. Quelle che parlano sembrano sempre un po' più dolci.

Ma Bumpsy Pritchard ci superò tutti mangiando un verme. Era solo un vermicello, non c'era così tanto da masticare come le gomme di Jimmy Dufree, ma Bumpsy fu il primo a mangiare qualcosa che era ancora vivo, e pensai che fosse così coraggioso che sognai Bumpsy e il suo sorriso increspato ogni sera per una settimana.

Bumpsy aspettò fino a lunedì, subito dopo la scuola quando tutti stavano ancora gironzolando nel cortile.

Aveva portato il verme in giro in una piccola scatola di sigari per tutto il giorno, ma non ci fece sapere cosa aveva intenzione di fare se non dopo la scuola. Aspettò anche fino a che Sereatha aiutò Mildred a trovare il suo libro di ortografia prima che ci dicesse quello che stava per fare. Quando Bumpsy aprì la scatola, Monica strillò come un maiale punto e Michael Davis iniziò a saltellare su e giù su una gamba come se dovesse andare al bagno. Aveva un berretto rosso e la bocca aperta in una "O" che somigliava a quella foto del cartellone del ragazzo che diceva, "Esigete le Philip Morris!" Jeremy colpì Michael per farlo rimanere fermo, poi si rivolse a Bumpsy e lo sfidò a mangiare il verme.

Bumpsy aspettò per un minuto, lasciando che tutti vedessimo quella cosa dimenarsi dentro la scatola di sigari. Teneva la scatola sotto il mio naso, ma io non saltai né squittii come Monica. Poi mi fece un gran sorriso con le fossette e strizzò l'occhio. Quasi persi la scena di lui che metteva il verme in bocca, perché anche Monica lo vide ammiccare. Lei ridacchiò e mi diede una gomitata fino a quando abbassai la testa e feci un piccolo passo indietro perché non sembrasse che fossi troppo vicina a Bumpsy. Ma tirai su lo sguardo giusto in tempo per vederlo prendere il verme e tirar fuori la lingua, leccando l'aria, mentre quella cosa grigia viscida pendeva dalle sue dita come un pezzo grosso di spaghetti. Poi lo lasciò cadere in bocca e sorrise.

Per un intero minuto non proferimmo parola. Poi Monica iniziò a urlare e a fare suoni simili a dei rutti, Sereatha si strinse la gola e corse fuori dal cortile, e Michael disse che stavolta doveva davvero andare al bagno.

Una settimana dopo, Jeremy Franklin Simmons decise di mangiare un topo. Tutti nel quartiere sapevano del mio rubacchiare le foglie delle siepi, così come sapevamo del giornale di Woodrow Payne, delle gomme da cancellare di Jimmy Dufree, della tazza di terra di Monica e della vecchia erba sporca di Mildred proprio fuori dai lotti sfitti, ma Jeremy Franklin Simmons non aveva nessuna reale concorrenza fino a che Bumpsy Pritchard mangiò quel brutto verme grigio, e Jeremy, che non aveva intenzione di permettere a nessun altro di essere il re del distretto, divenne così folle che mangiò un topo e vomitò per tutta la sala da pranzo.

Il resto di noi stava ancora parlando di ciò che aveva fatto Bumpsy, ma Jeremy era stato silenzioso per tutta la settimana. Il giorno in cui accadde, Bumpsy ci stava raccontando ancora una volta che sapore avesse il verme, quando Jeremy scivolò sul sedile accanto a lui e aprì il suo cestino del pranzo. Non potevi non accorgerti di quella brutta cosa stridula, seduta lì tutta liscia e rosa, come un pezzo grasso di un residuo di qualcosa che nessuno voleva. Quando Monica lo vide tremante tra il panino e una mezza arancia, urlò come al solito. Sapevamo tutti che quel topo veniva dal laboratorio di scienza del quinto anno, e questo era già abbastanza grave, ma prima che potessimo allontanarci dal tavolo, chiamare un insegnante o fare qualcos'altro, Jeremy lo prese per la coda, fece un respiro profondo e il topo non c'era più.

Non riuscivamo a crederci. Bumpsy emise un lungo terribile gracidio e si rovesciò all'indietro nella sedia. Non lo vidi rialzarsi perché i bambini gridavano, rovesciando i vassoi del pranzo e quasi calpestandosi l'un l'altro nel tentativo di allontanarsi dal tavolo. Jeremy continuò a guardare con gli occhi di fuori e sempre peggio di minuto in minuto, poi cadde dall'altra parte del tavolo, soffocando a causa di quella cosa orribile che gli si era incastrata in gola. Non ho mai sentito tanto chiasso, e quando la signora Wilson, che serve la zuppa, gettò il cucchiaio dall'altra parte della stanza, tirò su il grembiule oltre la testa e urlò come un camion dei pompieri sulla via per un allarme rosso, decisi di uscire da lì senza aspettare di vedere per quanto tempo Jeremy avrebbe trattenuto il topo dentro. Non vidi Jeremy star male alla fine, ma quando fummo chiamati nell'ufficio del preside ne sentii senz'altro parlare.

In realtà, fu difficile sentire qualcosa in un primo momento, perché tutti parlavano contemporaneamente. La signorina Samples continuava a piangere e a dire, "Io non so cos'avete in testa. Io non so proprio cos'avete in testa," e dovetti stringere forte le labbra per riuscire a non dirle, "Che in bocca di Jeremy c'era un topo." E la signora Crutcher, la vice-preside, continuò a contorcersi le mani e ad asciugarsi la testa con un piccolo fazzoletto bianco che odorava esattamente come l'alito del signor B-B dopo che stava via per un paio di giorni. Era attenta a evitare di bagnare i suoi capelli tinti di blu-viola, ma ogni tocco lasciava una piccola macchia umida sulla sua pelle. "Oh mio buon Signore, dovranno aprire quel bambino," pianse.

"Ci potete contare," disse Sara Blount. Ma lei era l'infermiera e le piaceva pungerti con gli aghi o versare dello iodio sulle ferite aperte.

"Al quarto anno," disse il signor Martin, "in quarta elementare e vi comportate come se foste ancora all'asilo." Continuava a camminare su e giù e a battere ogni tanto la mano sul tavolo come se stesse cercando di ricordarci che lui era il preside, responsabile di tutti in quella stanza. "Non lascerò perdere!" gridò. "Non lascerò perdere!. Rimettetevi in riga o siete fuori. Sapete cosa voglio dire? Voi tutti sapete che cosa significa, non è vero?"

Lo disse così forte, che anche gli insegnanti si zittirono. Cercai di immaginare che cosa questo significasse nella peggiore delle ipotesi, ma tutto ciò che mi venne in mente fu di essere allontanata insieme a Jeremy Franklin Simmons per il resto della mia vita. Mandata via con lui seduto da un lato e Sara Blount dall'altro. Guardai Mildred, Monica e Bumpsy, ma stavano tutti guardando il pavimento. L'unica che catturò il mio sguardo fu Sereatha, d'altra parte, Sereatha è sempre precisa ed è così praticamente in tutto. Ed era lì, che guardava indietro, la gonna a pieghe appesa in modo preciso e le trecce perfettamente ordinate.

Quel brutto vecchio grembiulino in cotone con arricciatura nell'ordito che Margay mi faceva indossare era già spiegazzato come un rotolo di carta vicino al ginocchio destro, e la mia gamba sporgeva come una scheletrica matita nera con il ginocchio tutto pestato come se qualcuno l'avesse maciullato. Ma Sereatha sedeva dritta come un righello mentre il signor Martin urlava come se si aspettasse che qualcuno crollasse svenuto e mettesse tutto a posto di nuovo. "Siete tutti sospesi per il resto della settimana," disse. "Ciò vi darà tempo per riflettere su quello che avete fatto."

"Io non l'ho fatto. L'ha fatto Jeremy," piagnucolò Sereatha. "Non vedo perché io debba andare a casa."

Il signor Martin si rivoltò contro di lei e puntò il dito come fa il predicatore quando annuncia un comandamento del Signore. "Dio li fa e poi li accoppia. Andrete tutti a casa."

Poi sentii Fern e Margay fuori della porta e capii che si trattava di mera fortuna essere mandata a casa per prima. Gli altri ragazzi mi diedero delle occhiate basse da cuccioli tristi, anche Sereatha, e mi alzai per affrontare le conseguenze.

Per tutta la strada verso casa, mi strattonarono e mi trascinarono, tirandomi le braccia e i capelli e il vestito come se volessero rimettermi in riga come aveva chiesto il signor Martin. Per tutta la strada verso casa cercarono di farmi sentire totalmente responsabile per ciò che il vecchio sciocco Jeremy aveva fatto. Mi fecero la testa ad acqua dall'ufficio del preside dritto fino al salotto di mamma, e quando non stavano sproloquiando, mi tiravano i vestiti o mi davano dei colpetti in testa."

"Sei pazza, ragazza?"

"Non hai sale in zucca?"

"Perché hai lasciato che quel ragazzo mettesse in bocca

quella cosa?"

"Quanto tempo avete impiegato a pensare a una stupidaggine del genere?" "Sei uscita fuori di testa?"

E io cercavo almeno di avere un'aria intelligente in apparenza mentre mi facevano delle domande a cui certamente non potevo rispondere. Infine, lo zio Den e lo zio Roman dissero che non aveva alcun senso stare seduti là a dire quanto fossi stata stupida dal momento che tutti erano d'accordo su questo, e il nonno disse che forse era successo perché non conoscevo niente di meglio, che forse non stavo imparando ciò di cui avevo bisogno in quella scuola, soprattutto con Margay che doveva lavorare tutto il tempo. E la mamma disse, "Sì, Signore, questo è il problema." E disse che si sarebbe personalmente occupata di assicurarsi che andassi dritta a scuola ogni giorno, e in chiesa ogni domenica.

"Tenere il sedere in questa casa è quello che dovresti fare," disse Margay.

"Bè, deve avere una certa istruzione," disse il nonno. "Deve andare a scuola così non rimarrà stupida per tutta la vita." Poi guardò Margay, a lungo e severamente, e la vidi stringere forte le labbra per non rispondere.

Poi la mamma disse, "Andrà a scuola e in chiesa. Qualcuno deve pregare per il ragazzo di Miz Simmons. Starà soffrendo terribilmente in questo momento. Gesù ascolta le preghiere dei bambini, quindi andrà in chiesa."

Fern disse, "Bah... non è questo ciò di cui ha bisogno secondo me," ma parlava solo per parlare perché tutto era stato deciso.

Oh, non avevano ancora finito con me. Mi fecero le ramanzine su come non potessi fare questo e come non potessi fare quello. Zio Dell mi prese anche le mani e mi guardò fisso negli occhi quando mi disse che avevo fatto preoccupare tutti inutilmente. E il nonno mi mise in guardia ancora una volta dal giocare con i bambini selvaggi. Ma la domenica successiva in cui Jeremy Franklin Simmons mangiò il topo, fui messa in prima fila

con gli altri ragazzi e tutti noi seduti lì ad ascoltare il
predicatore sudato durante tutta la sua lunga omelia su
come gli agnelli di Dio troppo spesso si allontanino dal
gregge. Noi chinavamo solamente il capo e cercavamo di
apparire il più possibile buoni. C'erano solo sei di noi,
perché Michael è cattolico, e Monica va alla chiesa
consacrata il sabato, e Jimmy Dufree non va per nulla in
chiesa, ma senza Jeremy, noi tutti sembravamo delle
bambole Raggedy Ann color cioccolato che qualcuno
aveva abbandonato nel primo banco della Chiesa di
Abissinia, come quella foto dello zio Roman in fila per il
programma CCC[18] che la mamma aveva ritagliato e
incorniciato dalla prima pagina del quotidiano Argosy.
Ogni volta che il predicatore iniziava a urlare a proposito
di come una pecorella smarrita facesse preoccupare il
Signore tanto quanto l'intero gregge, sei paia di occhi si
spostavano da una parte all'altra e sei corpi si
divincolavano nei banchi già lucidi.

Le donne di chiesa dietro di noi iniziarono a gridare "Sì
Signore" e "Amen" così forte, che io quasi non riuscii a
sentire Mildred che mi disse di come i medici avessero
fatto un buco nella gola di Jeremy in modo che potesse
respirare mentre estraevano quel topo. E Woodrow Payne
disse che avevano legato Jeremy al letto e avevano
conficcato dei tubi nel suo corpo "anche nelle sue
orecchie," e le signore della chiesa dissero, "Saremo
salvati," e "Lodate il Signore." E mi ricordai di quanti
problemi causava Jeremy ogni volta che sua madre
riusciva a portarlo in chiesa, di quando una domenica
mise persino del sale nel vino e aveva un tale saporaccio,
che tutti volevano sputarlo ma non potevano. Jeremy fu

---

[18] Il Civilian Conservation Corps fu uno dei tanti programmi di
sostegno economico ideato dal presidente Roosevelt
all'indomani della Grande Depressione del 1929 che vide
migliaia di giovani disoccupati impiegati in opere di tutela del
patrimonio naturale e boschivo nelle foreste nazionali (n.d.t.).

colui che ci disse che il vino della chiesa era davvero succo d'uva, e Jeremy fu colui che disegnò una grande immagine del diavolo e l'appuntò sulle spalle del diacono Cole come un cartello con su scritto "prendimi a calci." Ma noi eravamo lì, proprio lì in prima fila, cantando "Gesù è la Luce del Mondo," e pregando per quella pecorella smarrita come se Jeremy non avesse mai fatto nulla di male.

Aspettai fino a quando le donne di chiesa intonarono con voci acute un "Sì Signore" e "Grazie Gesù," quindi diedi una gomitata a Bumpsy Pritchard e dissi, "Tiraci fuori di qui." Con Jeremy fuori dai giochi, sapevo che potevamo contare su Bumpsy per elaborare un piano.

Tutti noi appiccicati insieme, ci coalizzavamo anche con alcuni altri ragazzi di tanto in tanto, ma nessuno di noi deludeva gli altri. Ognuno di noi — Bumpsy, Monica, Rosalind, persino Sereatha — aveva fatto pratica di insulti contro qualcuno quando la ricreazione diventava troppo noiosa e riuscivamo a mettere all'angolo qualche bambino nel cortile. Cantavamo, "Lo farei se potessi ma non posso quindi non lo faccio," oppure "Io odio parlare di tua Mamma, è una vecchia anima buona... " Poi si finiva col prendere in giro quel bambino per il suo più grande punto debole in famiglia, ma se quel bambino si trasferiva in una casa del nostro quartiere, litigavamo con chiunque parlasse male di lui. Noi facevamo ballare la Juba Dance[19] dei Dozens,[20] palmo contro bocca contro coscia in un

---

[19] La *Juba dance*, detta anche *hambone*, originariamente conosciuta come *Pattin' Juba*, è uno stile di danza che include lo sbattere i piedi per terra come anche dare degli schiaffetti e buffetti sulle braccia, gambe, petto e guance (n.d.t.).

[20] "Playing the Dozens" è un termine gergale utilizzato nella tradizione afroamericana nell'ambito del combattimento verbale. "The Dozens" è un gioco che affonda le sue radici nel periodo del commercio degli schiavi a New Orleans quando gli schiavi deformi, generalmente schiavi che erano stati puniti con

colpo-schiaffo-uh-uh-huh che non aveva bisogno di parole. Fern mi picchiava ogni volta che mi beccava a fare la Juba Dance. Ma non abbiamo mai assalito e picchiato qualcuno come i bambini di Cottage Street. E noi non eravamo come quella banda sulla Newstead Avenue che aspettava fino a quando il bambino più forte era a casa malato prima di attaccare briga.

Ora Jeremy stava male e noi eravamo tutti seduti lì come dei duplicati di Sereatha Higgins nei suoi giorni migliori, come se il burro non si sciogliesse in bocca. Così diedi nuovamente una gomitata a Bumpsy e lui iniziò a pizzicare e a dare calci, e dopo un po', la gente si stancò di dire: "State fermi, bambini," e "Vieni qua e siediti accanto a me," e "Basta di dare strattoni." Uno per uno, qualcuna delle donne dell'associazione di beneficienza ci afferrava per il collo e ci faceva percorrere la navata, guanti bianchi alle estremità delle loro braccia nere come torce che ci bloccavano in un percorso verso la stanza della scuola domenicale nel seminterrato dove imparavamo a comportarci. Mildred andò per prima, poi io seguii Rosalind e Bumpsy. Woodrow Payne ci disse che Sereatha lo aveva afferrato per le mutande ed era scivolata fuori dalla panca quando la moglie del diacono Cole lo acchiappò al colletto. "Io non volevo sedermi qui," Sereatha fece il broncio.

Poi Bumpsy disse, "Non abbiamo bisogno di nessuna

---

lo smembramento per qualche disobbedienza, venivano radunati in gruppi economici "da dodici" per la vendita ai futuri proprietari. Il gioco prende spunto dal mercanteggiare e svalutare, sottolineandone i difetti, gli schiavi deformi o imperfetti nelle case d'aste e vede protagonisti due contendenti, generalmente due maschi, che si sfidano nella gara di insulti rivolti alle rispettive famiglie di cui sottolineano difetti fisici e mentali. È una gara di potere, ingegno, auto-controllo, agilità mentale e destrezza. L'abile uso delle parole viene premiato (n.d.t.).

spia, quindi basta che te ne vada e ti sieda, Signorina Sereatha Boccaccia."

Per una volta, Sereatha gli tenne testa e avrebbero avuto una discussione se io non li avessi messi a tacere. "Dateci un taglio," dissi. "Dobbiamo attraversare la città e ritornare prima che vengano qua a prendere il vino." Agitai la mano verso il tavolo pieno di piccoli calici di succo d'uva allineati e pronti per tutti quei peccatori che cantavano e battevano le mani nei banchi di chiesa sopra di noi.

Bumpsy socchiuse gli occhi. "Cosa c'è dall'altra parte della città?" Guardò la fila dei calici, versati in modo uniforme fino all'orlo, e si leccò le labbra.

"Ragazzi, guardatemi!" gridai. "Andiamo dall'altra parte della città per vedere Jeremy."

Quelle parole attirarono proprio la sua attenzione. Mentre gli altri stavano mormorando e piagnucolando, anche con Mildred che legava e slegava i lacci delle sue nuove oxford[21] come se avesse bisogno di far pratica con qualcosa che già sapeva a memoria, riuscii a portarli fuori da lì. Se mi fossi presa la briga di guardare su per le scale dietro di me, avrei visto il nonno, ma in quella circostanza, avevo già abbastanza difficoltà a mantenere Bumpsy lontano dal tavolo del vino e a trattenere Woodrow Payne dall'urlare quando si stracciò le mutande della domenica cercando di fare passare il suo corpo grasso attraverso la finestra del seminterrato. Direttamente dall'altra parte della strada, ci imbattemmo su Jimmy Dufree, che si nascondeva nel suo solito posto dove attendeva che la chiesa si svuotasse. E quando arrivammo a casa di Monica, Sereatha salì, con l'aria innocente, e chiese a Miz Frasier se Monica non potesse venire a casa sua per cena. La mamma di Monica era così sorpresa di vedere quella vecchia boriosa di Sereatha alla

---

[21] È un modello di scarpa - il modello più antico e classico (n.d.t.).

sua porta, che non volle nemmeno sapere a che ora Monica sarebbe tornata a casa.

Andò tutto liscio fino a quando non raggiungemmo i binari di Hodiman. I binari di Hodiman sono come quelle righine sulle cartine durante le lezioni di geografia quando la signorina Samples cerca di insegnarci qualcosa sulla Società delle Nazioni e su come i paesi possono essere suddivisi e messi insieme da qualcuno che traccia una linea in questo o quel modo. Noi eravamo su un lato della linea tracciata e Jeremy era in ospedale sul lato opposto. Non era di questo che avevamo paura. Se volevamo avere paura, tutto quello che dovevamo fare era andare ad Ash Hill sulle nostre bici. Quando corri giù per Ash Hill, puoi scegliere se camminare sulle ceneri di altoforno,[22] sbandare su una macchina, o sbattere contro una lapide nel cimitero sul lato opposto della strada. E quando l'intero quartiere ha appena depositato sulla collina le ceneri della fornace di una settimana, puoi lasciarci dei pezzi di pelle se cadi su qualcuno dei carboni ancora incandescenti. Rosalind ha una grossa cicatrice sulla gamba dallo scorso anno. Quindi se avessimo voluto davvero spaventarci non saremmo giunti fino ai binari di Hodiman a gironzolare, con l'aria da stupidi.

Ciò che ci fermava era non sapere quanto desideravamo vedere quel vecchio stupido di Jeremy Franklin Simmons. Attraversare i binari di Hodiman significava andare contro tutto ciò che ci era stato detto di non fare. Dall'altra parte c'è una città piena di divieti e proibizioni e di bianchi a ricordarcelo. Dall'altra parte ci sono dei posti in cui si perde il proprio nome e si diventa solamente "ragazzo" e "ragazza" o "bambino," e tua mamma deve dire "Sì, signora," e il tuo papà deve attraversare la strada per non

---

[22] Il riscaldamento domestico veniva fornito dal carbone. Dietro ogni casa c'era una fossa per il deposito del carbone usato. Degli operai addetti raccoglievano il carbone scartato e gettavano i rifiuti in una montagnola alla fine dell'isolato (n.d.t.).

incontrare la gente che vuole picchiare. Questo è il lato dove il denaro è disponibile solo in un colore — bianco. Dove niente è rotto o malconcio, e anche i cortili hanno un aspetto omogeneo e piacevole come il latte che il signor Nichols consegna dal caseificio Creamery ogni mattina, il tipo che lui chiama "osmo-genizzato." Questo è il lato in cui viene fatto tutto nel modo giusto, e tutti hanno lo stesso aspetto, e la gente non si interessa per niente di quanti quattrini ha per mangiare o di quanto duramente devi lavorare. Fatta eccezione per il momento in cui Bumpsy aveva rincorso il cavallo del signor B-B quando si liberò dal carretto, o il momento in cui Jeremy ci aveva sfidato, non avevamo mai attraversato i binari di Hodiman senza andare a fare una commissione in uno dei grandi magazzini nei quartieri alti.

Mi inginocchiai e cercai di ammazzare il tempo arrotolando i calzini intorno alle caviglie in modo che uno non si afflosciasse sulla mia scarpa come una barca e l'altro non rimanesse mezzo arrotolato sotto il tallone. Tutti gli altri cominciarono ad agitarsi troppo, poi Rosalind disse: "Qualcuno si nasconde dietro quell'albero," e mi girai e vidi il nonno.

Dissi, "Andiamo," e ci mettemmo tutti ad attraversare correndo i binari di Hodiman, urlando come quelli sciami di vespe che troviamo nel capannone della discarica dietro il magazzino del vecchio Farrow ogni estate.

Giuro, Monica ci portò su una scorciatoia per l'ospedale e Rosalind sapeva come arrivare in pediatria attraverso la cucina dove aveva lavorato sua madre, ma anche così, quando aprimmo la porta delle scale e uscimmo nel corridoio, la prima persona che vidi fu il nonno.

Il nonno disse, "Dove stai andando, bambina?"

Mi voltai per correre, ma c'era un muro di ragazzini tra me e la porta, e tutti stavano fissando mio nonno, che sembrò crescere di almeno sette metri più alto. La bocca di Bumpsy era spalancata, e il suo naso era già umido. Gli occhiali spessi di Rosalind lampeggiavano alla luce come i fari di una Ford, e Sereatha stava contorcendo quel fazzolettino che le piace portare la domenica.

L'unico che si muoveva era Jimmy Dufree, ed era caduto in ginocchio e stava strisciando lungo il corridoio lontano da noi.

Il nonno disse, "Fermo," e Jimmy si bloccò, il suo didietro petò all'aria come un bambino con un carico nel pannolino. "Ho detto, dove state andando?" ripeté il nonno.

"Stiamo andando a trovare Jeremy, Nonno," dissi io. Il nonno continuò a fissare, in attesa. "Stiamo venendo a dirgli che ci manca, Nonno," aggiunsi. Mildred disse, "Sì, ci manca."

"Mettiti in piedi, James Arthur Dufree. Non ti dico che razza di germi ci sono su questo pavimento," disse il nonno.

Bumpsy disse, "Questi bianchi ci faranno vedere Jeremy?"

"Questo non è un ospedale di bianchi, ragazzo," disse Rosalind. "Non c'è nient'altro che gente nera come noi in quest'ospedale. Non è vero?" chiese al nonno.

"Ci faranno vedere Jeremy, non è vero, Nonno?" chiesi io.

"Quanti di voi hanno bisogno di dire a quel ragazzo che vi manca? Non vi possono fare entrare tutti nella sua stanza nello stesso momento," disse il nonno.

Eravamo tutti pronti a lottare per entrare, poi un'infermiera passò spingendo un carrello carico di pentole malcodoranti, asciugamani sgualciti, e tazzine di acqua dall'aspetto buffo. "Io posso aspettare qui fuori," disse Jimmy Dufree. "Anch'io," disse Mildred, e Sereatha e Rosalind annuirono "sì." Feci un respiro profondo e mi avvicinai accanto al nonno. Monica, Bumpsy e Woodrow Payne mi seguirono. Poi, prima che avessimo la possibilità di un ripensamento, il nonno fece tre o quattro passi e ci trascinò nella stanza di Jeremy.

Il letto di Jeremy era proprio al centro di una fila di letti, ma il suo era l'unico avvolto da delle tende. Entrammo con passo malfermo dietro il nonno, cercando di tenere il passo senza urtare l'uno contro l'altro, e quando arrivammo all'apertura delle tende, il nonno si schiarì la gola. Le tende si mossero appena quando Miz Simmons scivolò attraverso l'apertura. Stando accanto al nonno, non sembrava occupare tanto spazio, e dovetti strizzare gli occhi per ricordare che questa piccola donna non aveva nulla a che fare col vecchio casinista Jeremy Franklin Simmons. Stando in quella camera d'ospedale con tutti quegli altri bambini che somigliavano a dei ritagli di bambole di carta nei letti fatti con le scatole delle scarpe, non riuscivo davvero a convincermi che qualcuno di noi avesse a che fare con Jeremy. Il nonno e la signora Simmons stavano parlando, ma le loro voci erano così basse, che non riuscivo a decifrare cosa stessero dicendo. Woodrow Payne era dietro di me, ma continuava a scivolare da una gamba all'altra come fa Michael Davis quando deve andare in bagno, tranne che Woodrow Payne non deve mai andare al bagno quanto Michael Davis. Poi mi resi conto che Woodrow Payne stava muovendo la bocca, ma non riuscivo neppure a sentire quello che stava dicendo.

Pensavo di essere diventata sorda. Riuscivo a vedere le persone che si muovevano intorno.

Le infermiere camminavano avanti e indietro, le braccia e le facce nere, ma il resto coperto di bianco come se i loro corpi non le appartenessero del tutto. Ma non riuscivo a sentire i loro passi. Le tende increspate e le luci sopra il letto si accendevano e si spegnevano, ma non c'era nessun rumore. Ero certa di essere diventata sorda finché non vidi Monica e Bumpsy sopra al letto accanto a Jeremy. Si chinarono in avanti e fissarono il bambino che dormiva nel letto, il viso del ragazzo era tutto gonfio di colore grigio-bruno con delle piccole croste di moccio e lacrime attorno alla bocca e al naso. Poi il ragazzo scoreggiò, un roboante peto silenzioso che suonava come lo scoppiettio dei popcorn in una padella. Monica si tenne il naso e fece marcia indietro contro Bumpsy, che quasi rovesciò un vassoio d'acqua e pillole agganciato sul bordo del letto del ragazzino. Il nonno si voltò e disse, "Shh," e improvvisamente riuscii a sentire tutto forte e chiaro.

"Qual è il problema con questo?" disse qualcuno dietro la tenda che copriva il letto di Jeremy.

"Ha provato a mangiare un topo," qualcun altro rispose.

"Signore buono, questi negri mangiano qualsiasi cosa."

"No, intendo dire che questo topo era ancora vivo."

"Questo è ancora peggio. Cannibali."

Il nonno prese Miz Simmons sotto un braccio e con l'altro tirò indietro le tende. I due uomini bianchi che stavano accanto al letto di Jeremy saltarono come se il nonno avesse tentato di colpirli. "Bene, dottore," uno disse, "penso che abbiamo fatto quanto possibile qui." Il secondo annuì, ma il modo in cui guardò il nonno che gli lanciava uno sguardo truce, poteva dire che non era sicuro di non avere altro da fare.

Chiusero la penna e la misero a posto cercando di passare accanto a noi sfiorandoci appena. Bumpsy diede un calcio alla caviglia a uno di loro in modo così pulito e veloce, che l'uomo non riuscì a capire se avesse inciampato contro la gamba del letto o sopra i suoi piedi. Miz Simmons stava piangendo e il nonno disse, "Venite, bambini. Siamo venuti a fare visita a Jeremy, e non possiamo trattenerci a lungo," quindi guidò Miz Simmons dietro le tende.

Ci voltammo a guardare quei medici camminare lungo la fila di letti, i loro camici bianchi svolazzanti dietro di loro come mantelle. Quando arrivarono alla porta, quello con la faccia preoccupata ci diede un'altra occhiata. A questo punto, noi quattro ci eravamo riuniti in un piccolo gruppo, e quando vedemmo che ci stava guardando, gli facemmo la lingua.

Il nonno mi girò. "Vieni qua. Non comportatevi come delle scimmie di fronte a questi bianchi," disse. "Venite qua e dite ciao a questo bambino così potrà riposare."

Entrammo dentro, ma non c'era molto da dire Ciao. Jeremy sembrava di cera come quelle bottiglie di sciroppo di caramella da un centesimo, e Miz Simmons continuava solo a piangere. Jeremy odorava di medicina e un sacchetto appeso sopra il suo letto continuava a gonfiarsi e sgonfiarsi a tempo con il suo respiro, che faceva "skree-ump, skree-ump" come un vecchio pezzo di ghiaia del tetto che svolazza nella brezza. Monica e Woodrow stavano su un lato del letto, e io stavo dall'altra parte col nonno e Bumpsy. Miz Simmons ci fece avvicinare e parlare con Jeremy uno alla volta. Tenni la mano di Jeremy per pochi minuti, ma era troppo calda e secca per tenerla per molto tempo. E riuscivo a malapena a vedere la sua faccia con tutta quella roba che gli avevano messo attorno per mantenere la testa ferma e per non contorcersi dentro la grande benda attorno al collo.

Non avevano messo nessun tubo nelle sue orecchie, ma Woodrow aveva ragione sui tubi in qualunque altro posto. E quando Jeremy cominciò a tossire, della roba offuscò il loro interno. Poi entrò un'infermiera che ci disse che dovevamo andare via in modo che il dottore potesse visitarlo di nuovo. Sulla via d'uscita, passammo vicino a un medico che si affrettava verso il letto di Jeremy. Era un altro bianco con la faccia preoccupata, ma non uno di quelli che era già stato nella stanza.

"Non c'è nessun medico nero qui, Nonno?" chiesi quando tornammo nel corridoio.

"Nessuno che conosca," disse.

"Jeremy starà meglio?" chiese Woodrow Payne.

"Se si prendono cura di lui," disse il nonno.

"Meglio per loro," disse Bumpsy.

Poi dovemmo spiegare a Mildred e al resto di loro ciò che avevamo visto. Dal momento in cui arrivammo alla porta d'ingresso, avevamo quattro versioni diverse di quanti medici c'erano accanto al letto, e di quanti bambini avessero scoreggiato e quanto forte, e di quanti tubi uscivano da Jeremy, e di quante infermiere c'era bisogno per tenere Jeremy giù così che potesse prendere la sua medicina. Io ero infuriata perché nessuno mi ascoltava.

"Questo non è ciò che è successo, non è vero, Nonno? Diglielo che non è successo così."

Disse il nonno, "Non importa tanto quello che è successo fintantoché, si sa perché è successo."

"Beh, io so che cosa e perché," disse Bumpsy. "So che Jeremy non sarà più in grado di urlarci contro. Lui non sarà in grado di parlare affatto."

"Allora cosa farà?" piagnucolò Sereatha.

"Qualcuno dovrà scrivere tutti i suoi appunti per l'insegnante, perché sapete che Jeremy non riesce a scrivere e la signorina Samples non tollera errori di ortografia."

"Non ho intenzione di scrivere i suoi appunti," disse Mildred. E anche Monica disse lo stesso, ma Woodrow disse che aveva in mente qualcosa. Egli disse che quando Jeremy sarebbe tornato a scuola, noi avremmo pensato a qualcosa. E noi tutti facemmo cenno di sì, e il nonno disse, "Sono sicuro che lo farete. Sì, questa è una delle poche cose in questo mondo di cui posso essere sicuro."

Sole, Vento e Acqua

Il CAVALLO ERA ROSA CON LA CRINIERA BLU.
CRINE blu arricciato tra le sue dita mentre spronava il
cavallo ad avanzare. Joyce Ellen si equilibrava su una
coscia, gli occhi dritti davanti a sé. Il trotto del cavallo era
regolare, la sua andatura perfetta. Un raggio di sole
incorniciava l'orologio e la sottile lancetta in filigrana dei
minuti ticchettava attraverso una foresta di numeri
romani.

"So cavalcare come una piuma," canticchiava sottovoce.
"Il mio cavallo è il vento."

Il morso d'oro nella sua bocca scintillò, e Joyce Ellen
cavalcò nel sole. "Vai avanti, ragazzo. Vai avanti."

Quando la lancetta dei minuti raggiunse le quattro, si
attivarono le suonerie. Joyce Ellen contava la cadenza,
misurando il flusso dei colori che si muovevano veloci
contro un sole incandescente. Il sole ondeggiava davanti a
lei, una palla rossa che diventava sempre più grande e
luminosa di quanto avesse immaginato, il suo pulsare
corrispondeva al movimento della lancetta dei minuti.
L'andatura del cavallo coincideva con quel battito. Joyce
Ellen iniziò a cantare, dondolando lentamente, aggrappata
per l'ultimo tratto del percorso mentre l'orologio a
pendolo si muoveva più veloce, così veloce che doveva
affrettarsi. Il sole era così lontano e il tempo passava così
in fretta.

"Sono leggera come l'aria," canticchiava.

Poi una voce fendé la volta di sole e di ombre.

"Joyce Ellen, stai parlando nuovamente da sola?"

Si sporse in avanti. Il cavallo sbuffò sommessamente.
"Niente, Ma'Emma. Non sto dicendo nulla," mormorò,
torcendo il filo blu intorno alle dita per metterlo al sicuro.

"Stai parlando di nuovo da sola. Stai diventando peggio
di tua nonna."

Joyce Ellen tirò dritto, confinandosi nella foresta alle sue
spalle. Bertie, sua madre, veniva sempre a prenderla

brontolando e rimproverandola per essere rimasta da sola per troppo tempo. Joyce Ellen cercò di pensare a qualcosa da dire, ma la cavalcata l'aveva lasciata a corto di parole.

Bertie guardò la figlia, scuotendo la testa alla vista della ragazza seduta in un fagotto raggomitolato sul pavimento. Joyce Ellen era proprio figlia di Ma'Emma, le somigliava anche. "Un'immagine sputata," dicevano alcune persone. Parrish diceva che Joyce Ellen somigliava così tanto a sua nonna alla sua stessa età, che avrebbero potuto passare per gemelle. Bertie non aveva altra scelta che essere d'accordo con suo cugino. Certamente Joyce Ellen se non altro agiva come la vecchia. Guardava la ragazza lottare per districarsi da quella posizione a gambe incrociate. "So che lei è mia, ma ha così poco di me in lei," pensava Bertie.

Joyce Ellen era tarchiata come sua nonna, la stessa pelle marrone legna, gli stessi occhi ovali e la bocca grande, ma aveva il naso imponente di Bertie. "Nigeriano," diceva la madre di Bertie, ma Parrish diceva, "Dogon," sfoggiando la sua laurea, ed è lì che l'argomento si bloccava. Tutto ciò che sapeva Bertie era che il naso di sua figlia era l'unica cosa che avevano in comune, non importa di quale tribù. Il dorso era pronunciato, non piatto e appena accennato come quello della vecchia, e le narici dilatate come ali. D'altronde, erano una strana coppia, come i calzini spaiati. Bertie era bionda, di pelle chiara con una sfumatura olivastra pallida. Il suo corpo magro e muscoloso era in contrasto con la robustezza di Joyce Ellen. La gente parlava di loro due come se fosse impossibile per Bertie avere una figlia grassa. "Un peccato e una vergogna quando la sua mamma è una così bella donna," dicevano. Abbastanza forte perché anche Bertie sentisse. Senza le narici pronunciate e i capelli crespi fino alla spalla, a distanza, Bertie avrebbe potuto essere scambiata per una ragazza bianca dei quartieri alti abbondantemente abbronzata. "In ogni modo ha il portamento di una di rango. Sempre guardando dall'alto in basso," diceva la gente.

E c'era sempre un piccolo tremito di sorpresa quando la bambina nera bassa e tarchiata di nome Joyce Ellen veniva presentata come la sola e unica figlia di Alberta Mayfield. Sebbene Bertie si trovasse sempre a stendere le braccia all'infuori per fissare un orlo o lisciare un capello ribelle, non sapeva mai realmente come farlo al meglio per la tranquilla ragazza rotonda a cui aveva dato la vita in un freddo giorno di novembre, quattordici anni fa. Nemmeno il trasferimento in città era stato d'aiuto affinché Joyce Ellen conoscesse qualcosa di più della vita di quanto una cittadina di campagna come Pleasant Hill avesse fino ad allora concesso. Ora, se ne stava sulla porta, tenendo a bada la sua impazienza mentre la ragazza giocherellava con un pezzo di corda sfilacciata.

Joyce Ellen esaminò il chiarore opaco sulla sua coscia mentre sua madre continuava a guardarla. La sua pelle era morbida come la crema, non ruvida come quella di sua madre, e la sua rotondità aggiungeva ulteriori archi di luce alla sua carnagione scura. Sembrava spesso cambiare i colori mentre si muoveva da un capo all'altro della stanza, passando da un nero opaco brillante a un intenso marrone fondente. A volte fletteva il braccio solo per vedere i cambiamenti di tonalità della sua pelle. Le piaceva guardare le grinze di grasso piegate e distese all'interno dei gomiti quando muoveva il braccio avanti e indietro. Ora esaminava la coscia destra, dandole dei colpetti per modificarne la sfumatura e anche per occupare il tempo mentre sua madre nella sua mente riordinava le parole per il comando successivo che lei avrebbe dovuto eseguire.

Quando Bertie scosse la testa e lasciò la stanza, Joyce Ellen tirò un sospiro e guardò l'orologio, ma era troppo tardi. La lancetta dei minuti era sulle sette e non poteva tornare indietro. Le ombre dovevano essere precise. Doveva attendere fino a che il sole scivolasse sulla faccia del quadrante in modo che solo la metà dei numeri, tagliati in diagonale dalla luce, brillassero come l'incendio di macchia mentre l'orologio batteva le ore dispari. Quella fu la prima cosa di cui rimase affascinata, la suoneria che si metteva in funzione ai venti minuti e ai cinquanta. Ma'Emma si era rifiutata di farlo aggiustare una volta che aveva iniziato a suonare in quel modo il giorno in cui il nonno morì. L'orologio teneva il tempo perfettamente tranne quella stranezza. Joyce Ellen si chiedeva se fosse riuscita a ritrovare il cavallo. Veniva fuori così di rado questi giorni, non così facilmente come quando era piccola, quando doveva guardare l'orologio in piedi su un cuscino sulla poltrona. Ora doveva utilizzare delle cantilene per farlo iniziare. Bertie le aveva detto che ascoltava troppo le chiacchiere di Ma'Emma sugli spiriti, e Joyce Ellen sapeva che lo faceva, ma non sembrava poterlo evitare. In realtà non riusciva a ricordare quando i racconti della vecchia fossero diventati più reali e meno immaginari, qualcosa che doveva essere interpretato e non solo ascoltato. I racconti le davano sollievo fino a quando non era più Joyce Ellen e non le importava di nient'altro.

La voce rauca di Ma'Emma cominciava e tirava avanti con spiriti e incantesimi tanto a lungo quanto qualcuno era disposto ad ascoltarla. Questo era il motivo per cui si erano trasferite. Bertie aveva insistito. Ma'Emma aveva raccontato di vedere delle cose nella vecchia casa, finché alla fine, anche Joyce Ellen le aveva viste.

Joyce Ellen stava ancora fissando l'orologio quando sentì la nonna chiamarla dalla cucina.

"La cena è pronta, bambina."

Inciampò, aveva il piede sinistro intorpidito. Mise il filo blu in tasca, poi si strofinò la gamba intorpidita e si piegò a metà, si diresse verso la cucina. Mentre entrava dalla porta del salotto, colpì il bordo di una sedia e la mandò a schiantarsi sul tavolino. La lampada sul tavolo vacillò, ma la piccola statuina in vetro di un uomo e una donna cadde a terra, nonostante Joyce Ellen avesse chiuso gli occhi tanto saldamente quanto potevano essere chiusi. Bertie si girò verso il salotto proprio mentre la statuetta andava in mille pezzi.

"Oh, Gesù Bambino, stai attenta. Non posso tenere niente qua intorno senza che tu lo faccia in mille pezzi. Perché devi essere così imbranata?"

Proprio mentre Joyce Ellen iniziava a rispondere, la nonna interruppe. "Non insultare, Bertie. Il Signore odia gli insulti. Il demonio li ama."

"Mamma, Joyce l'ha fatto di nuovo. Ho appena comprato quella cosa e ora l'ha rotta."

"Ne puoi prendere un'altra, Bertie. Ad ogni modo come si chiama quella cosa? Hai un nome per quello. Chiamala in qualche modo e ne potrai trovare un'altra. Bada solo a quel che dici."

"Lei non vede mai nulla se non quei tuoi spiriti, mamma."

"Vede abbastanza. Più di quanto tu abbia mai visto. Lascia in pace la bambina. Tu vieni a mangiare, Joyce Ellen."

Le due donne strillavano, le loro voci si alzavano come il vapore dalle pentole sui bruciatori posteriori. Joyce Ellen versò la limonata in tre bicchieri di plastica, poi si mise a sedere all'estremità del tavolo. La cena era presto stasera, quindi sapeva che sua madre sarebbe uscita di casa prima che facesse buio. Bertie non stava mai molto a casa, tranne che a cena. Lavorava di giorno ed era quasi sempre fuori di notte, o andava a letto presto. Joyce Ellen non vedeva molto sua madre, il che era meglio per entrambe. Avrebbe voluto che Bertie non sapesse che vedeva gli spiriti di Ma'Emma. Ora Bertie la tormentava anche per questo.

Non riusciva a ricordare esattamente quando avesse cominciato a vederli, ma doveva essere più di un anno prima che si trasferissero. Anche quando Joyce Ellen aveva cercato di mantenere segreta la storia degli spiriti a Bertie, anche quando aveva obbedito alla madre e giocato vicino al frutteto piuttosto che in cucina dove lei e Ma'Emma potevano parlare, Bertie non l'aveva lasciata in pace. Divenne persino sospettosa del frutteto, il luogo d'esilio di Joyce Ellen, e disse a Ma'Emma che aveva beccato Joyce Ellen che parlava con le ombre degli alberi come se ci fosse davvero qualcuno là fuori. Ma'Emma aveva accennato un sorriso e aveva detto, "Non si può dire dove siano gli spiriti," ma quando Joyce Ellen vide l'uomo senza testa, Bertie decise che era il momento di lasciare Pleasant Hill.

Ma'Emma aveva parlato dell'uomo senza testa, quello che vaga la notte cercandola. Disse che si poteva incontrarlo ovunque. Bertie se ne andava dalla stanza ogni volta che Ma'Emma iniziava quella storia, ma Joyce Ellen rimaneva e dopo un po', sapeva esattamente che aspetto avesse l'uomo. Una notte, mentre si recava in bagno, Joyce Ellen aveva visto un'ombra che si muoveva.

La sua stanza era nella parte anteriore del corridoio, il bagno sul lato opposto, con le stanze di Bertie e di Ma'Emma nel mezzo. Era rimasta vicino alla porta a guardare l'ombra che si muoveva verso la sua stanza. L'ombra passò oltre la stanza di Bertie e si fermò davanti a quella di Ma'Emma. Rimase lì vicino alla porta di Ma'Emma per un momento. Non era un uomo, ma era un uomo. Era troppo basso per essere un uomo, ma alto abbastanza per essere quasi un uomo. Era largo e continuava a cambiare forme e angolature. Joyce Ellen osservò mentre l'ombra si muoveva verso di lei. Voleva andarsene, ma rimase lì. Doveva superarla per andare al bagno o lasciarsi superare. Trattenne il respiro e senza far rumore recitò le tabelline, quelle difficili, quelle dell'otto e del nove, mentre l'ombra si allontanava lentamente dalla porta di Ma'Emma. Quando le passò oltre, sentì una goccia d'acqua colpirle la guancia, poi sparì.

Non lo disse a Ma'Emma per una settimana e non lo disse mai a Bertie, ma in qualche modo, Bertie l'aveva saputo e si erano trasferite.

Ma'Emma disse che a volte gli spiriti cercavano di inviare messaggi attraverso l'acqua. Ma'Emma disse che tutti gli spiriti tornavano per qualcosa, volevano portarti qualcosa o avvertirti di qualcosa. A volte volevano portarti via, diceva Ma'Emma. E Ma'Emma le dava una tazza di tè alle erbe e le diceva che la prossima volta, lo spirito poteva presentarsi in una forma diversa. La prossima volta poteva darle un messaggio chiaro.

Ma'Emma pensava che Joyce Ellen potesse anche essere in grado di parlare con gli spiriti. "Non molti giovani ci riescono. Le persone anziane come me, ma non molti giovani."

Joyce Ellen sapeva che Bertie si sarebbe voluta trasferire di nuovo se avesse scoperto del cavallo che qualche volta vedeva ancora malgrado si fossero spostate in una casa diversa. Si sedette a tavola, sfregando il livido fresco sulla sua gamba e guardando sua madre. Bertie guardò la coscia grassoccia e grugnì. "L'unica cosa di cui non ha bisogno è il cibo, mamma. Ha bisogno di un po' di buon senso, ma non ha bisogno di cibo."

"Non parlare in questo modo, Bertie. Cercherai il cibo e sarà finito. La gente sgattaiolerà in casa e ti prenderà il cibo. Persone vere, intendo."

"Non cominciare con le tue storie di spiriti, mamma. Questa è un'altra cosa di cui non ha bisogno."

"Mi hai sentito parlare di spiriti? Non sto parlando di spiriti. Loro possono parlare da soli. Sto parlando della gente in strada. Tu tratti il cibo come se ci fosse sempre e la gente pensa che non ti interessi rimanerne senza. Pensano che se te lo sei potuto permettere una volta, puoi comprarne ancora. Prendi tutto ciò che hai. Ci sono molti di loro a cui non importa di mangiare il tuo cibo, di indossare i tuoi abiti o altro."

"Oh mamma, mangiamo. Non voglio sentirne parlare," Bertie scattò.

"No, tu vuoi mangiare solo per poter uscire lì in strada con loro. Lasci me e Joyce Ellen sedute qui al buio mentre tu te ne stai fuori in strada. Senza parlare di cosa ne sarà di noi, sedute qui al buio. Tutte le cose accadono al buio."

"Mamma, ti sto avvisando. Niente spiriti. Nulla accade nel buio che non accada di giorno. Dai, Joyce. È ora di mangiare. Puoi ripulire quel pasticcio nel salotto più tardi."

Joyce Ellen iniziò a sgranocchiare il pane, spalmando il burro a ogni boccone, distribuendolo su tutto il pane come la luce del sole. Sentiva sua madre blaterare delle sue abitudini alimentari, spiegando a Ma'Emma come lei afferrasse il pane come prima cosa, afferrava l'unica cosa che non aveva bisogno di mangiare. Lei teneva gli occhi sul piatto.

Era in un campo di grano. Colse uno scorcio della coda di un coniglio mentre si allontanava a grandi balzi dalla sua vista. Quando si guardò intorno, vide a lato alcuni uccellini in un nido. Riusciva a vedere il tetto di una casa. Un pony era legato al cancello. C'era una luce accesa all'interno della casa, e si diresse verso di essa. Era difficile camminare nell'erba alta, ogni passo era una fatica. Si muoveva lentamente verso la casa. Sembrava diventare più caldo più si avvicinava, un caldo soffocante di un giorno d'estate. Si chiedeva chi abitasse in quella casa, una casetta con una piccola luce che brillava come una singola goccia di pioggia sui vetri.

"Joyce Ellen, mangia il tuo cibo. Diventa freddo."

Trasalì al suono della voce di sua madre.

"Lascia in pace la bambina, Bertie," disse la nonna. "Lei sa quando deve mangiare. A volte c'è più nella mente che nel cibo."

"Mente?" scattò Bertie. "Mamma, mi chiedo dov'è la sua mente. La stai sempre riempiendo di spazzatura e lei sta sempre sognando. Mente!"

Joyce Ellen continuò a sgranocchiare lentamente il pezzo di pane. Prima che se ne rendesse conto, aveva mangiato tutto quello che c'era nel suo piatto e non riusciva a ricordare di che sapore fosse nessuna di quelle cose. Bertie finalmente lasciò la stanza e Ma'Emma si alzò, mormorando mentre armeggiava con la caffettiera, e tastando nella tasca della sua vestaglia in cerca dei fiammiferi. Quando si chinò per accendere il bruciatore a gas, l'ampio dorso della vecchia apparì come una collina coperta di fiori e felci. Le felci ricordavano a Joyce Ellen quelle in vaso sul davanzale. La cucina era a forma di "L" e piuttosto buia, ad eccezione del mattino. Ogni spazio disponibile era coperto di felci, erbe, barattoli di fagioli, pentole, o una delle centinaia di presine che sua nonna aveva lavorato a maglia, alcune dello stesso modello a fiori del vestito di casa che ora indossava. Sarebbe stata una cucina allegra se la carta da parati non fosse stata di un grigio squallido e Bertie non stesse sempre battibeccando.

La grande tavola rotonda sembrava invitare tutti a sedersi e a parlare con la vecchia. La tavola era stata il miglior pezzo del mobilio di Ma'Emma fino a quando lei e il nonno comprarono l'orologio e il grande letto matrimoniale. Ma'Emma le aveva raccontato di come il nonno avesse tagliato egli stesso la legna e avesse modellato il centro intagliato da un ceppo unico. La tavola era un grande cerchio di quercia, il suo piano lucidato e sfregato così spesso, che ora era marroncino chiaro come Bertie, anche se la sua base era robusta e scura come Ma'Emma. Joyce Ellen passò le mani attraverso le venature del legno. Le linee sottili della venatura defluivano attraverso il tavolo come il grano in un campo. La casetta che aveva visto era lì, nelle venature del legno. La stretta screpolatura al centro del tavolo si inclinava verso l'interno come le sponde del letto di un torrente asciutto.

Stava per andare a fare una passeggiata fino al torrente quando la nonna disse, "Stasera nuvoloso, Joyce Ellen, ma la luna non è ancora piena. La notte sarà una bella notte, una notte dormiente se non sale il vento. Muovi quelle nuvole sopra una luna a tre quarti, e non si sa cosa provocherà il vento."

Joyce Ellen lasciò il tavolo e andò nella veranda sul retro. Il cielo era striato di luce e alcuni sottili ciuffetti di nubi trainavano i bordi del sole come pezzi di nastro sbiaditi, ma non c'era alcun segno effettivo di tempo nuvoloso. Si strinse la sciarpa intorno alla testa, si sedette sulle scale di pietra e tirò su le ginocchia davanti a lei. Le ringhiere delle scale dividevano la sua faccia tonda nera in ordinate sezioni sottili. La loro casa era la più alta per diversi isolati e loro vivevano al terzo piano. Sotto di lei, case di legno abitate abusivamente con cortili ingombrati di vecchie parti di automobili, corde per stendere il bucato, e l'erba della prateria a ventaglio verso il mulino di grano. Non riusciva di fatto a vedere il binario di raccordo ferroviario, ma la mattina presto, sentiva i treni caricare. Non c'era nulla al di là del mulino di grano. Solo una prateria piatta colorata di beige che rotolava via da sé stessa.

Seduta nella veranda sul retro, affacciata verso la valle, trovava ancora difficile credere che ci fosse una città dietro di lei, un luogo pieno di persone che non conosceva e non capiva. Ma le piaceva la quiete della veranda anche se qui, ai margini della città, vedeva più persone di quanto non ne avesse mai visto quando vivevano a Pleasant Hill. Non che le mancasse Pleasant Hill. C'era la stessa campagna pianeggiante qui come a Pleasant Hill, ma le mancava il frutteto, il suo luogo segreto dove poteva essere qualunque cosa volesse essere. Qui, tutto ciò che aveva era la veranda sul retro e il vicolo sottostante.

Se alzava la testa, Joyce Ellen riusciva a vedere direttamente al di là del vicolo e sulla strada vicina. La strada era deserta. Era sola e avrebbe compiuto quattordici anni tra due mesi. Quattordici anni, e tutto quello che aveva era Ma'Emma e i suoi spiriti. Da quando si erano trasferite, aveva cercato di farsi degli amici ma era sempre la stessa storia. Non sapeva mai cosa dire, e quando ci provava, veniva fuori sempre in modo sbagliato. A volte semplicemente smettevano di parlare quando lei passava, piccoli gruppi di ragazze che sembravano far scivolare i loro occhi l'una sull'altra ma mai su di lei; piccolo gruppi ridanciani che la lasciavano passare davanti, poi scoppiavano a ridere come se qualcuno avesse raccontato una barzelletta sporca. A volte si trattava di un gomito che le dava un colpetto e la mandava fuori dalla fila per il pranzo, o del fatto che nessuno passava il suo compito davanti quando l'insegnante annunciava la fine di un esercizio. E quando il fotografo della scuola arrivava e lei non riusciva a sorridere senza mostrare gli spazi tra i denti, era inevitabile che ci fossero dei nomignoli. "Ehi bocca di forno," la chiamavano. "Hai lasciato la porta della stalla aperta." Così riandava con la mente a Ma'Emma e agli spiriti di Ma'Emma.

Joyce Ellen guardava il cielo blu svanire nella luce della sera. I gradini stavano diventando più freddi ma l'aria era ancora calda e un po' umida. Pensò di entrare in casa, ma entrare significava un po' di più di Ma'Emma e dei suoi spiriti. Nessun altro ascoltava la vecchia seriamente, eppure tutti, eccetto Bertie, la tolleravano. Il cugino Parrish era peggio di chiunque altro, prendeva in giro Ma'Emma e le faceva ripetere le sue storie anche se non ci credeva minimamente. Disse a Joyce Ellen che ascoltava solo perché faceva felice sua nonna, ma pensava che parlare di spiriti tutto il tempo fosse sciocco. Pensava che la vecchia fosse davvero sola. Joyce Ellen ascoltava Parrish e gli altri, lo zio Isaac, Tommy Langston e lo zio George, parlare di andare a Rippleton solo per stare lontani da quello spettacolo o per sedersi armati di fucile all'interno della sala da gioco[23] di Ike Fletcher mentre i vecchi si scambiavano delle storie sulle loro giornate da facchini nei vagoni letto della ferrovia. Ma nessuno di loro, ad eccezione di Parrish, aveva osato uscire da Pleasant Hill, e Parrish era rimasto a Kansas City solo il tanto giusto per finire il college. Ora trascorreva più

---

[23] Un riferimento ai bar western del 19° secolo in cui i giocatori di poker portavano con sé i propri fucili (n.d.t.).

tempo a scambiare racconti con gli anziani di quanto avesse mai fatto. Ma quei racconti non avevano molto senso per Joyce Ellen come le storie di Ma'Emma. Nessuno credeva negli spiriti di Ma'Emma. Joyce Ellen suppose che fosse l'unica che realmente ci credeva.

Aveva deciso di tornare in casa quando vide il ragazzo arrivare da dietro l'angolo. Non riuscì a vedere la sua faccia in un primo momento, solo il berretto blu scuro incastrato bene su una massa di capelli ricciuti crespi. Poi lui alzò gli occhi e colse uno scorcio di lei, stava lì a fissarla con una radio piatta di plastica incollata all'orecchio. Riusciva a vedere la luce danzare lungo il filo sottile a spirale dell'antenna della radio, la pallina a forma di pisello di colore rosso in cima all'antenna rimbalzava ritmicamente avanti e indietro, ancora e ancora. Mise la mano destra sugli occhi per proteggerli dai raggi diretti del sole che perdeva colore mentre la sua mano sinistra manteneva la radio ancorata al suo orecchio.

Mentre Joyce Ellen lo guardava fisso attraverso l'inferriata del portico, sentì un improvviso flusso di vento che si faceva strada attraverso le assi di legno e arruffava la sciarpa intorno alla sua testa. Il ragazzo portò la mano destra al berretto, stringendolo mentre la raffica di vento minacciava di farlo volare via. Ipotizzò che avesse sedici anni o giù di lì, e nonostante la radio piantata contro il suo orecchio sinistro, immaginò che probabilmente fosse di ritorno da qualche commissione importante. Una cravatta a strisce blu e oro ciondolava vivacemente intorno al colletto aperto della sua camicia e i suoi jeans erano ancora troppo rigidi per trovare le curve precise del suo corpo. Lui le sorrise, ballò qualche passo, poi si spostò verso la parte inferiore delle scale. Quando la porta con la zanzariera si aprì, lui si fermò. La nonna guardò il ragazzo, poi si voltò, riparandosi gli occhi dalla luce pomeridiana mentre esaminava il cielo.

La vecchia si mise a borbottare, agitando la mano libera nella direzione del bordo occidentale della linea dell'orizzonte. Il ragazzo guardò la nonna per un secondo, poi sorrise di nuovo e si girò sui tacchi, allontanandosi dal portico, la pallina rossa rimbalzava avanti e indietro a pochi centimetri sopra il berretto. Joyce Ellen provò a tenere lontano il ronzio delle farneticazioni di sua nonna.

Lo guardò spostarsi lungo il viale, poi girare nel cortile della casa dietro l'angolo. Salì le scale sul retro e quando raggiunse la cima, si voltò a guardarla. Sembrava fosse in grado di vedere meglio il suo volto ora, sebbene fosse più lontano e la luce giocasse degli scherzi con le ombre della scala. Ma lei riuscì a vederlo sorridere poco prima che si voltasse per entrare in casa, l'angolo della luce gli faceva il viso tondo ancora più tondo e lasciava il largo naso piatto lucido come una noce pecan. Il filo sottile dell'antenna ondeggiava avanti e indietro come uno stelo alto di grano al centro di un campo dorato, sollevandosi e cadendo come se il suo movimento avesse tutto il tempo del mondo. Lei guardò la casa un secondo di più mentre la porta si chiudeva alle spalle del ragazzo. L'ultimo bagliore di sole scintillò sul vetro nella parte superiore della porta. Un bagliore entrò dentro. Poi si ricordò che la casa era rimasta vuota per tutta l'estate.

La nonna le parlò direttamente. "Bambina, vieni dentro ora. Preparati per la scuola domani. Il vento sta arrivando e non dice cosa potrebbe agitare. Faresti meglio a venire dentro ora."

Joyce Ellen sedeva immobile. Il sole che perdeva colore trasformava la sua pelle in color legno marrone spento. Provò a respirare regolarmente, avvolgendo se stessa in ogni secondo dei suoi tredici, quasi quattordici anni. Sua nonna parlò di nuovo.

"Vieni dentro, bambina. Domani è il primo giorno di scuola. E poi, ho alcune persone da chiamare e ho bisogno che tu mi faccia il numero. Tutti quei numeri mi confondono sempre."

Joyce Ellen si voltò e sorrise a Ma'Emma. Il viso della vecchia era diventato a scacchi con il riflesso delle ombre della porta a zanzariera, e Joyce Ellen vide che stava guardando l'orizzonte con attenzione. Joyce Ellen si alzò in piedi e andò alla porta, passando sotto il braccio della nonna mentre faceva un passo indietro in casa. "OK, Ma'Emma. Ora vengo dentro. Faccio la tua telefonata, se vuoi."

Entrò nel calore familiare della cucina.

La vecchia diede un ultimo sguardo alla luce del pallido sole, poi disse, "Guarda bambina, il vento si sta già agitando."

Un giorno alla Fattoria

C'ERA SEMPRE ACQUA DA BOLLIRE E BAMBINI da sfamare. Suka non sarebbe mai riuscita a finire tutto in un solo giorno. Anche da bambina a casa di sua nonna, non era mai stata capace di sostenere il ritmo della vecchia.

Si ricordò di tutte le volte in cui la mandavano a raccogliere i bastoncini di legno sbeccato per accendere il fuoco quando arrivava il momento dell'uccisione del maiale. I fratelli più grandi ripulivano velocemente la buca profonda dall'ultimo fuoco così che lei e Gordon l'avrebbero potuta riempire. Poi il nonno correva dietro al maiale. E quando lui raggiungeva il porcile, sembrava sempre che Suka avesse messo dentro solo poche fascine di legna. Quando iniziavano le strida, lei si dirigeva verso la casa. Gordon, suo fratello minore, andava in collera e faceva un casino non appena capiva che avrebbe dovuto portare il resto della legna da solo. Ma Suka riusciva sempre a uscire dal cortile prima che il nonno iniziasse. Sua nonna le urlava contro dalla finestra della cucina mentre lei si dirigeva verso il retro della casa.

"Mary Ellen, Mary Ellen, torna là. Prendi quel tronco così papà può iniziare a lavorare il maiale."

Lei scuoteva la testa e dava un calcio alla terra con i piedi nudi. Le sue dita nere diventavano più sabbiose mano a mano che la terra si disperdeva in piccoli sbuffi, come il fumo della pipa del nonno la sera. La terra si depositava sulle dita dei piedi in fini granelli e le fessure e i bordi delle unghie diventavano del colore delle piccole focaccine tonde fatte con la polvere di lievito semi-cotto.

Faceva cenno con la testa a sua nonna, il capo chino, mentre faceva con i piedi dei piccoli disegni nella polvere. Camminava lentamente verso la casa, scuotendo la testa.

"Mary Ellen, torna là, ci senti? Adesso prendo la cinghia."

Quando arrivava alla porta alzava lo sguardo.

"Ti aiuto a sgranare i piselli, Nonna."

Si sedeva al grande tavolo, il ceppo d'albero liscio e logoro di un tavolo, e si concentrava totalmente sui piselli da sgusciare. Quando i ragazzi mettevano la tinozza sul fuoco, i grugniti aumentavano. E Suka sapeva che il nonno era dentro il porcile, che picchiettava i fianchi dei maiali in cerca di quello pronto, grasso e sodo. Sua nonna borbottava vicino al lavandino.

"Non so cosa fare con te, ragazza. Dobbiamo mangiare. Non possiamo mangiare se non abbiamo cibo."

Sua nonna scuoteva la testa e canticchiava un motivetto di chiesa, intervallando qua e là la melodia con un messaggio triste su come alcuni bambini non sapevano cosa volesse dire comportarsi bene.

Suka non riusciva mai a ricordarsi quanto tempo impiegasse la pentola grande a bollire, ma l'aumentare delle strilla e dei grugniti significava che il nonno aveva trovato il suo maiale. I ragazzi si univano a lui nella caccia, aumentando così il frastuono. Suka esaminava ogni baccello, il baccello rosso e grigio sbiadito e il bordo bitorzoluto del guscio. Passava le dita lungo le protuberanze domandandosi come potevano essere lisci con tutte quelle gobbe, poi domandandosi perché il guscio non fosse o tutto rosso o tutto grigio, e non una combinazione dei due colori. Quindi girava il baccello dalla parte della spaccatura e lo incideva con l'unghia, lasciando che i piselli scivolassero giù per le pareti della loro cellula direttamente dentro la ciotola di sughero.

C'era sempre una montagnola di piselli sul grande tavolo al momento dell'uccisione. I piselli sembravano sempre pronti per essere sgusciati al momento dell'uccisione del maiale. La nonna cantava alla finestra, la sua canzone diveniva più dolce e soave man mano che le urla aumentavano. Lavava via lo sporco dalle rape e dalle cipolle e cantava. Riempiva la ciotola in terracotta di piselli. Talvolta lo schiocco del guscio del pisello quando la sua unghia trovava il dorso da spaccare si univa al grido acuto del maiale quando suo nonno lo pugnalava prima di spurgarlo nella grande tinozza.

L'aveva visto fare una volta. Aveva visto il sangue scorrere nella tinozza, i suoi fratelli danzarvi intorno, discutendo di quanta carne di maiale sarebbe toccata a testa. Aveva visto gli occhi del maiale spegnersi e li aveva visti indurirsi quando suo nonno infine aveva messo il corpo nella tinozza bollente per scorticarlo. L'aveva visto fare solo una volta. Dopodiché, era sempre riuscita ad aiutare la nonna a sgranare i piselli. Quando l'unico rumore che sentiva era il gorgoglio della pentola e l'attizzatoio del nonno colpirne il bordo per impedire che il maiale si attaccasse ai lati, la nonna attenuava il suo canto a un lieve bisbiglio.

Sussurrava intimamente nella sua gola e proseguiva il suo cammino verso il tavolo, asciugava le mani nel suo grande grembiule, e accarezzava le numerose treccine di sua nipote.

"Devi imparare a muoverti più in fretta, bambina. Mantenendo un corpo in movimento mantieni la carne sul tavolo."

Suka non aveva mai imparato veramente. Adesso la chiamavano Suka, Pepesuka o Suka, perché ondeggiava come un panno al vento. Si agitava come il vestito che indossava e il copricapo la faceva somigliare a una regina tribale africana. Suka si rese conto che era rimasta di fronte alla vasca da bagno a pigiare i pannolini inzuppati per almeno cinque minuti. Scosse la testa, si asciugò le mani su una tovaglia e si indirizzò verso la cucina.

I bambini stavano giocando nuovamente con le pentole. Tolse un cucchiaio di metallo dalla bocca di Uzima. Il più piccolo guardò in alto, protestando mestamente. Suka scompigliò la massa di capelli grossi che coprivano la testa di Uzima.

"Fiorellino, Uzima. Mio piccolo fiore. Fiore di mamma."

Kadimu stava sbattendo rumorosamente una pentola per terra e Suka pensava a quanto fosse appropriato il nome

Kadimu per il suo primogenito. Sorrise all'energia del suo bimbo, poi schioccò la lingua verso entrambi mentre controllava le pentole sulla stufa per vedere se si stavano sfreddando. Svuotava l'acqua nelle brocche da cinque galloni quando si sfreddava. Le pentole erano ancora troppo calde. Sospirò. Desiderava un sorso d'acqua, ma era una brava musulmana e poteva aspettare fino a che l'acqua bollita non si fosse sfreddata e si fosse liberata dai germi che la città immetteva nel sistema acquifero che approvvigionava i cittadini neri.

Controllò le credenze. C'erano abbastanza fagioli di soia per pranzo, ma ne avrebbe dovuto sminuzzare un po' di più se voleva fare il pane stanotte. Controllò le credenze con attenzione, annotando il numero di giare a metà e il numero di giare piene.

"Dovrò usare un po' di questi pezzetti. Faccio uno stufato."

Si ricordò che le era stato detto di usare tutto. Benjamin era fiero della sua parsimonia. Ne parlava magnificamente agli incontri della Temple. Controllò il grande orologio della cucina. Altre due ore prima che Benjamin rientrasse a casa. Non avrebbe portato il pasticcio di fagioli stasera. Lui e Mjinga erano alla fattoria oggi. Sarebbe stato troppo stanco per fermarsi a prendere un pasticcio. La fattoria si trovava a trenta miglia fuori dalla città e il vecchio carro di Mjinga faceva il percorso a stento. Era un lavoraccio. Benjamin avrebbe portato a termine il suo dovere quotidiano per Allah per una settimana ancora. Decise per lo stufato.

Mentre allungava il braccio per prendere Uzima, tolse la pentola dalle mani del primogenito. Era una pentola pesante e nessun colpo sarebbe mai riuscito ad ammaccarla. Era un regalo di Halali per il suo matrimonio con Benjamin. Halali era solo un fattorino allora. Ora aveva fatto carriera e si diceva che avrebbe visitato la moschea settentrionale la prossima primavera.

Lavò la pentola accuratamente e iniziò a portare fuori le

giare mezzo piene. C'erano meno carote e uva passa di quanto avesse immaginato. Avrebbe potuto compensare con le spezie, in particolare col sedano e la paprika. A Benjamin piaceva una buona pentola di stagione. E lei era fiera di se stessa.

Sua nonna era sempre soddisfatta quando la cotenna era pronta per esser strappata dal maiale. Sollevavano la carcassa dalla tinozza, il nonno e i ragazzi, e la nonna rimaneva là in piedi con le mani sotto il grembiule, facendo con la testa dei cenni di approvazione. Poi gli diceva di lasciar raffreddare la tinozza.

"Lo scarto sistematelo sul fondo. Il lardo nella parte superiore."

La nonna lasciava che i ragazzi scremassero la parte superiore dallo strato di grasso. Quella parte era sempre piena di peletti e pezzettini di pelle. Poi prendeva il mestolo grosso e rimuoveva il resto del grasso. Sarebbe finito nel secchio del sapone.

Dopo che il nonno tagliava la pelle, i ragazzi aiutavano la nonna a togliere i restanti strati di grasso dalla carne. Questo, lo aggiungevano alla tinozza del sangue per fare la salsiccia.

Suka scosse la testa. Era un lavoro sporco. Non aveva più mangiato quelle salsicce piccanti e oleose. In effetti, non mangiava affatto il maiale. Il maiale era impuro. Non aveva avuto problemi a rinunciarvi.

Dopo che finì di preparare gli ingredienti per lo stufato, lo mise da parte e iniziò a versare l'acqua nei contenitori. Era più fresca adesso. Quasi pronta da bere. Aveva riempito tre delle cinque caraffe da un gallone quando sentì la porta. Sospirò.

"Ancora una da riempire e qualcuno è venuto a farmi visita."

Si tolse il grembiule e sistemò l'acconciatura con le dita. Sperava di essere presentabile e di non avere ciuffi di capelli che spuntavano qua e là. Benjamin non sarebbe stato contento. Halali una volta gli aveva detto di ricordarle di badare al suo aspetto. Andò verso la porta, preoccupandosi di tendere le pieghe dell'abito in linee dritte.

Mlizi la salutò secondo la moda musulmana. "Salaam." Suka rispose al saluto.

Lei e Mlizi si diressero verso la cucina. Mlizi era la moglie di Mjinga. Aveva il viso allungato, ma occhi molto espressivi. L'abito blu incorniciava il suo viso mettendo in risalto gli occhi e dandole un'aria singolare. Mlizi le chiese della sua salute con voce tenue. Suka diede un'occhiata alla pancia sporgente di Mlizi.

"Come va la salute, Sorella?"

Risero entrambe. Mlizi si accarezzò il pancione.

"Io sto bene, Sorella. Nostro figlio arriverà a giorni."

Era il suo primo bambino. Lei e Mjinga erano arrivati da Chicago subito dopo il loro matrimonio. Mjinga stava imparando a fare il tipografo da Benjamin. Mlizi tesseva e fino al mese scorso aveva rifornito la maggior parte delle Sorelle di bei tessuti in stile islamico. Ora stava preparando tutto per il suo bambino.

"Stavo pensando a mia nonna tutta la mattina," le disse Suka.

"E' una Sorella?"

"No. E' morta. Prima che lasciassi casa. Era Battista. Un'autentica Battista."

"Oh. Una seguace delle vie dell'uomo bianco."

"Non conosceva nient'altro."

"Quello era il piano. Mantenerci nell'ignoranza. Tenerci in basso. Non stai aggiungendo troppo sedano, Sorella?"

"No, a Benjamin piace."

"Perché stavi pensando a tua nonna?"

"Ricordavo di come cercasse di farmi diventare più veloce. Non ho mai imparato a fare tutto in un giorno solo."

"Loda Allah, Sorella. Tutte noi abbiamo questi problemi. Lascia che ti aiuti. Posso finire lo stufato."

Le due donne iniziarono a lavorare. Uzima si era

addormentata sul pavimento. Suka la tirò su e la portò nella cameretta. Kadimu trotterellava poco più indietro, il suo pollice lo consolava. Camminava carponi vicino a sua sorella. Dall'altra parte della camera, il bambino, il secondogenito, dormiva profondamente. Quando Suka tornò in cucina, Mlizi stava tagliando il pollo a dadini.

"Ho deciso di chiamare mio figlio Kazi, per via del lavoro. Mi sono sentita più tranquilla con il lavoro questi giorni, quindi lui sarà Kazi."

"E che farai se sarà una femminuccia, Sorella?" Suka rise.

"Ci dovrò pensare su un po' di più. Mjinga vuole un maschietto. Mia madre mi ripete sempre: Barbara, prendi ciò che arriva."

Anche Suka si mise a ridere. "Le mamme son fatte così," disse.

Poi andò in bagno e iniziò a lavare i pannolini. Li spingeva su e giù, pressandoli fino a che erano bene insaponati, quindi strizzava via l'acqua, piegandoli sul pavimento prima di svuotare la tinozza per risciacquarla.

Mlizi la raggiunse.

"Non hanno trovato i cani impazziti che hanno ucciso il povero Ugine?"

"No. E anche Gordon è scomparso." Mlizi aggrottò le sopracciglia. Guardò Suka sistemare i pannolini, il cipiglio aumentava sul suo viso.

Gordon, il fratellino di Suka, era diventato musulmano per primo e aveva iniziato anche Suka. Era semplicemente naturale che sarebbe stato Gordon colui che le avrebbe mostrato la via. Lei e Gordon erano sempre stati molto uniti fino a che lui non aveva lasciato la fattoria del nonno. Insieme erano stati mandati a cogliere i denti di leone e a catturare i pesci gatto dallo sguardo torvo a Baker's Creek[24]. Gordon l'aveva spinta giù da un albero rompendole il mignolo del piede destro. Non le era

---

[24] Nome del ruscello (n.d.t.).

importato quando i suoi fratelli più grandi avevano lasciato casa. Aveva invece pianto per settimane quando Gordon andò via. Si ricordò come Gordon aveva cantato, *la sua canzone*, così la chiamava.

"Se vivo, Sanga-ree... non mi faccio ammazzare, Sanga-ree... tornerò, Sanga-ree... Jacksonville... "

Erano diventati musulmani. Avevano trovato il senso e la pace. Lei aveva trovato Benjamin. Ma Gordon non si sentiva ancora soddisfatto. Era infaticabile. Voleva ripulire le strade, ripulire le menti dei giovani, riscattare gli eroinomani, le puttane, gli accattoni e gli ubriaconi. E non voleva aspettare. Era un brav'uomo, un nero pulito. Adesso era sparito e il suo amico, Ugine, era morto. Assassini! Si accigliò e fece scorrere l'acqua sulla tinozza insaponata.

"Credi che Gordon sia al sicuro?" chiese Mlizi.

"Non so. Benjamin è preoccupato. Girano delle voci su Gordon."

"Lo so. Le ho sentite anch'io. Ma non ho detto nulla, Sorella."

"Gordon non farebbe mai nulla di male. Conosce il male che ci circonda."

"Sì, ma ci crederanno tutti che lo conosce? Ha parlato contro Nommo all'incontro."

"E' solo perché Gordon vuole davvero il meglio per la nostra gente."

"Forse non spetta a Gordon prendere quella decisione."

Suka non rispose. Iniziò a riempire di acqua la tinozza. Mlizi si precipitò in cucina.

"Il pollo sta bruciando!" urlò.

Suka spostò lentamente le dita nell'acqua. Si chiedeva se le cose che Mlizi aveva sentito gliele avesse dette Halali. Non le aveva più fatto visita da quando Gordon era sparito, e sebbene non fosse mai stato amico di Nommo, stava diventando importante, potente. Halali con il suo senso del giusto. Dov'era? Increspò l'acqua e iniziò a strizzare i pannolini legati. Facevano un lieve tonfo, il sapone si disperdeva in bolle circolari. Poi iniziò ad aggiungere la brunitura. Sgorgava da una bottiglia in un flusso torbido, colpendo il fondo della tinozza prima di risalire verso l'altro e diffondersi, macchiando l'acqua. Le sembrava strano che un simile liquido colorato e denso potesse pulire a fondo. Udì la porta aprirsi e rimise il tappo alla bottiglia, bilanciandola sul bordo della tinozza.

Mentre lasciava il bagno, sentì la voce di Benjamin.

"Benjamin?"

"Sì, Suka. C'è anche Mjinga qua."

Entrò nella camera. "Sei in anticipo."

"Non siamo andati alla fattoria oggi."

Suka spalancò gli occhi, ma non disse niente. Entrambi sembravano stanchi.

"Ne parleremo più tardi," aggiunse Benjamin.

Si sedettero sulla poltrona. Suka osservò Mjinga. I suoi occhiali spessi lo facevano apparire sfocato, opaco. Il suo volto appariva quasi indistinto dietro gli occhiali. Sembrava annebbiato, come suggeriva il nome stesso, Mjinga. Il marito di Suka sedette vicino a lui. Il petto muscoloso e squadrato sotto la tuta. Appariva sempre così bello nel suo abito scuro con la cravatta. A lei non piaceva proprio vederlo in tuta, ma era giornata da fattoria e tutti dovevano darci dentro facendo la loro parte per il Tempio. Eppure, anche se in abiti da lavoro, lei stava bene al solo vederlo. La sua testa dalla forma perfetta, accuratamente rasata e dal colore intenso e brillante dell'acacia. Quella era la sua prima certezza al mattino. La sensazione di quella forte testa pulita sul cuscino al suo fianco. Ci pensava ogni mattina, "Sia Lode ad Allah per avermi mandato un uomo forte."

Benjamin la guardò di nuovo. Sia lui che Mjinga sembrava stessero aspettando. Mjinga aveva lasciato cadere la testa sulle mani giunte, i suoi gomiti riposavano sulle ginocchia divaricate. Ma il sorriso sempre pronto di Mjinga non c'era e Benjamin non le aveva dato il suo solito abbraccio affettuoso. Benjamin schiarì la voce. Lei sapeva che gli uomini volevano stare soli e parlare. Mjinga alzò la testa e sorrise alla moglie che stava in piedi all'ingresso. Mlizi sorrise, massaggiandosi la protuberanza della pancia.

Suka fece cenno con la testa a Mlizi, poi si affrettò verso il bagno per chiudere l'acqua prima di tornare in cucina. Lei e Mlizi poi si misero a lavoro per finire il pranzo. Non parlarono, ma lavorarono in fretta. Suka si occupò del pane e Mlizi finì lo stufato prima di affettare la frutta.

Le voci dei loro mariti si alzavano e si abbassavano, ma non riuscivano veramente a capire cosa venisse detto. Suka si ricordò di quando il sabato sera sentiva per caso suo nonno in cucina. Suo fratello si univa a lui e condividevano whisky di mais e chiacchiere fino a che il fuoco non si fosse spento completamente.

Suka doveva essere immersa in quei ricordi quando loro entrarono. Le sue mani erano coperte da una mistura collosa di farina di frumento marrone e pasta di fagioli di soia quando udì il primo sparo. Mlizi urlò. Suka sentì Mjinga gridare.

"Corri, Mlizi. Corri!"

Poi ci fu un altro sparo.

Mlizi arrestò la sua corsa verso il soggiorno. Poi si voltò, tirando Suka.

"La porta sul retro! Presto!"

Suka si divincolò. "I miei bambini!" Si diresse verso la camera da letto.

"No, Suka. Corri! Corri!"

Mlizi era per metà fuori dalla porta di servizio, il suo vestito blu si allungò dietro di lei, fluttuante. Suka tenne la mano sulla sua bocca trattenendo un urlo, poi si indirizzò verso la camera da letto. Uzima stava piangendo, balbettando mezze parole. E il neonato e Kadimu si lamentavano in quell'urlo che dice che già conoscevano il significato della paura. Il sapore della farina di frumento e fagioli di soia era forte sulle labbra di Suka mentre barcollava verso la camera.

L'uomo alto le bloccò la strada prima che potesse raggiungere la stanza.

"Dov'è Gordon?"

Lei lo guardò. Iniziò a strofinare le dita togliendo la farina di frumento. Riusciva a sentirne l'appiccicosità che ancora impregnava gli angoli della sua bocca.

"I miei bambini. I miei bambini."

Lui la spinse dentro il bagno, tenendola lontano dalla camera da letto. Le ripeté la stessa domanda.

Suka guardò la tinozza e nuovamente quell'uomo alto. Le puntò il fucile alla testa. Riusciva a sentire gli altri muoversi qua e là nella casa, mettendo le cose in disordine. Kadimu urlò il suo nome questa volta, e poté sentire Uzima e il neonato piangere fiocamente.

L'uomo alto la spinse contro il bordo della tinozza.

Suka allungò la mano verso il muro dall'altra parte della tinozza per tenersi in equilibrio. Urtò la bottiglia di brunitura che cadde nell'acqua e il tappo allentato galleggiò. Il liquido blu uscì dalla bottiglia a singulti, allargandosi in cerchi blu scuro, mischiandosi poi all'acqua. I pannolini galleggiavano nell'acqua colorata come gocce di grasso. Poi il fucile sparò.

Gesù e Martedì Grasso

PLAISANCE AVEVA ATTRAVERSATO CON PASSO PESANTE LE DOPPIE porte *d'ingresso* e il corridoio quando la polizia portò Maggie Boujean dentro l'ARC.[25] Eravamo in servizio solo da mezz'ora quando arrivò Maggie, e a parte un soldato che avevano strappato via da un Greyhound[26] diretto verso Gulf Port[27], un D-e-D[28] che aveva distrutto un intero autobus carico di passeggeri e che stava ancora dormendo dopo essere stato trascinato dentro durante il turno pomeridiano, Maggie era la prima vittima del reparto quella notte. Prima del suo arrivo, pensavo che sarebbe stata una notte tranquilla, così avevo permesso a Plaisance di fare della sala d'attesa il centro del suo palcoscenico. Poi i poliziotti irruppero attraverso le porte, rumorosi come al solito — a volte più rumorosi degli ubriachi che si trascinavano dietro. Non che Maggie Boujean avesse bisogno di altro baccano, ma tutta la confusione che facevano i poliziotti cercando di tirarla fuori dalla macchina e trascinarla dentro l'atrio aveva costretto Plaisance a tagliare corto la sua conversazione.

Era nel bel mezzo di uno dei suoi discorsi uomo-a-uomo con me; vale a dire, io ero il tizio che ascoltava e lui era il buffone che parlava. Il problema di Plaisance era che credeva a tutta quella merda che la gente gli raccontava sui

---

[25] Alcohol Rehabilitation Center — Centro di Riabilitazione per Alcolisti (n.d.t.).

[26] La *Greyhound Lines* è un'azienda di trasporto passeggeri statunitense che collega su gomma numerose destinazioni attraverso il Nordamerica. Fu fondata agli inizi del 20° secolo (n.d.t.).

[27] Capoluogo della contea di Harrison, nello stato del Mississippi (n.d.t.).

[28] Drunk and Disorderly — in stato di ubriachezza molesta (n.d.t.).

Neri e i Cajuns[29] che si diceva fossero dei grandi amanti, così ogni volta che mi giravo, stava cercando di persuadermi a rifilargli i dettagli su ciò di cui le donne avessero bisogno in modo da poter rimorchiare. Come l'altro giorno quando ha detto, "Touti, stavo facendo questo quando lei ha stretto così forte, che credevo che le palle mi sarebbero cadute. Ti è successo qualche volta, Touti?" ho detto, "Amico, perché mi chiedi sempre qualche stronzata sulle scopate? La gente nera non vuole parlare tutto il tempo delle scopate, amico."

Di tanto in tanto, lasciavo che mi persuadesse a vagare senza meta con lui. Non faceva alcuna differenza che il più delle volte quando avevamo cercato di darci dentro insieme, le donne non avevano fatto altro che riderci in faccia. Plaisance non era uno che si dava per vinto facilmente. Solitamente io stavo sulle mie. Ma se lui non stava parlando di figa, stava parlando di facili guadagni e di come io dovessi sapere dove noi due potevamo farli. Questa era l'unica cosa che aveva in comune con mia madre. Era una donna che non voleva che nessuno le portasse delle brutte notizie. Non importava se la cattiva notizia per lei era una buona notizia per qualcun altro, ciononostante non voleva sentire. Così quando metà Pointe Coupee Parish[30] fece i soldi col petrolio, e noi non avevamo abbastanza terra nemmeno per scavare un buco

---

[29] I cajun sono un gruppo etnico costituito dai discendenti dei canadesi francofoni stanziatisi in Louisiana, cui si sono aggiunti nel corso dell'Ottocento un certo numero d'immigrati (in massima parte di origine spagnola e tedesca) che hanno adottato la cultura e la lingua francese ampiamente diffuse nello Stato (n.d.t.).

[30] La Parrocchia di Pointe Coupee si trova nello stato della Louisiana. In Louisiana le parrocchie costituiscono un livello amministrativo equivalente a quello delle contee degli altri stati degli USA. La popolazione al censimento del 2000 era di 22.763 abitanti. Il capoluogo è New Roads. La parrocchia fu creata nel 1807 (n.d.t.).

asciutto, mia mamma in casa non ci lasciava menzionare la VasCo Corporation. *Non fa alcuna differenza se non possiamo sentire l'odore dei soldi, Toulouse. Quel denaro era nel terreno. Nessuno ti dà niente. Devi prendere quello che vuoi, ragazzo. È proprio qui a Pointe Coupee, Touti. Proprio qui davanti al tuo naso. Devi cominciare a divertirti[31]. Ascolta la tua mamma, Touti.*

Insieme a mia madre, Plaisance era l'unica persona di mia conoscenza che pensasse fosse un dovere conferito da Dio l'infondermi un po' di buonsenso. La notte in cui Maggie Boujean si presentò all'ARC, il "buon senso" di Plaisance aveva a che fare con il tentativo di farmi diventare abbastanza furbo da poter avere un successone durante il Martedì Grasso. Aveva lavorato su questa idea per quasi due settimane, e aveva ancora una settimana prima che a New Orleans avesse luogo l'annuale grande follia festosa. Io non avevo abboccato, ma questo non aveva fermato Plaisance. Per lui, New Orleans era Martedì Grasso, e Martedì Grasso era un buon modo per spillare soldi ad un gruppo di pazzi che cercavano di apparire importanti con nient'altro in tasca se non degli scarabocchi. Lui sosteneva che si trattava di un guadagno facile se avevi abbastanza coraggio. Questa era certamente un'altra cosa che aveva in comune con mia madre. *Startene lì sorridente non ti farà prendere nemmeno un mal di denti*, mi diceva. Ma non avevo lasciato Pointe Coupee Parish per ballare jim-jack in qualche angolo di strada di New Orleans. Un buon lavoro andava abbastanza bene fino a che non sarei riuscito a capire quali fossero la mia vera strada e i mezzi a mia disposizione.

Comunque, lo lasciavo parlare. Il suo vociare non erano affari miei. E prima che Maggie arrivasse, tutto il trambusto era stato di Plaisance. Non avrei avuto fortuna

---

[31] Nel testo: "make the good times roll" — "Laissez les bons temps rouler", un modo di dire creolo francese cadiano della Louisiana che vuole esprimere la "joie de vivre" (n.d.t.).

cercando di dirgli che avevo già sentito la maggior parte delle sciocchezze che stava declamando, così gli avevo solo permesso di mangiarsi un po' di tempo finché non si fosse stancato. Di solito, non mi mettevo problemi per le sue parole; osservavo semplicemente il suo volto, accontentandomi di notare come adattava le labbra intorno alle parole che pronunciava. *Ipocrisia*, l'aveva chiamata mamma. *Si può dire molto su quel tipo di gente.* Avevo immaginato che tipo di uomo fosse Plaisance prima che aprisse bocca. Lavoravo con lui da tre anni, e non ero stato colpito nemmeno un po' da ciò che avevo visto in quel periodo. La sua brutta faccia mi diede tutte le informazioni necessarie per farmi capire il perché si risentisse di essere nato in quel tratto sgradevole del Delta che lui chiamava casa. Ora, da ciò che lui raccontava, trascorreva il suo tempo fuori casa, nella grande città, ma io sapevo che passava la maggior parte del suo tempo impaurito dal fatto di dover tornare indietro.

"Sono sempre pronti a riportarti a casa, Touti," diceva. Non importa quante volte gli dissi che doveva avere qualcosa a cui tornare, lui semplicemente non vedeva il mondo come lo vedevo io. Vedeva il lavoro nel reparto di recupero alcolisti come un segno di fallimento. Parlava di quello prima che i poliziotti irrompessero attraverso la porta.

"Ti terranno qui fino a che il Bayou[32] verrà risucchiato dentro il mare, amico. La gente come noi — la gente Cajun, la gente nera, anche i grandi creoli — noi siamo tutti uguali per loro. Io e te, noi non abbiamo nulla. Loro fanno i soldi, Touti, ma tutto ciò che ne avremo noi sono i capelli bianchi." Si era accarezzato la pancia. "Martedì grasso sta arrivando. Ne facciamo il nostro giorno, eh Tooti? Li freghiamo, eh? Loro trasformano la Quaresima

---

[32] Il Bayou Teche è un corso d'acqua navigabile lungo 125 miglia di grande importanza culturale nella Louisiana del centro-sud (n.d.t.).

in Martedì Grasso, e noi come i nababbi facciamo tornare la Quaresima."

Lasciai che si riempisse la bocca di quella merda, poi cercai di cambiare discorso allontanandomi da quello stesso argomento che avevo sentito di ritorno a casa. Anche dopo che la VasCo tirò su tre pozzi in due mesi, la gente del mio quartiere si preoccupava di aver ricevuto meno del dovuto. Anche dopo che riuscirono a smettere di raccogliere noci pecan e iniziarono a riempire i sacchi di juta di denaro contante, avevano ancora paura che qualche bianco stesse per farsi avanti per spennarli. Questo era il problema dell'essere nati neri e poveri in un paese che si aspetta che tu rimanga nero e povero. La gente vede il tuo colore molto prima di vedere i tuoi soldi. Ho dovuto scuotere la testa per non pensarci, ma se chiudevo gli occhi, la sfuriata di Plaisance non suonava molto diversa da quella che avevo sempre sentito. *Fai qualcosa della tua vita, ragazzo*. La stessa solfa, la stessa solfa, solo un cambiamento di nomi, pensai.

Plaisance si era occupato del mio caso per tutta la notte, e proprio quando i poliziotti spalancarono le porte, aveva alzato il pugno in aria e detto, "Non lo noti, Touti, ti fottono come un vecchio cane randagio. Ti prendono le cose quando giri la schiena." Stava ancora pompando l'aria quando i poliziotti irruppero. Avevano lo sguardo fisso, ma Plaisance fece balenare il suo sorriso dai denti marrone e lasciò la sala. E mentre ascoltavo la protesta di Plaisance che se ne andava sbattendo i piedi, Maggie Boujean, gli occhi annebbiati e vestita come un pipistrello fuori dall'inferno, entrò barcollando nella mia vita.

E lei cominciò non appena raggiunse la scrivania. "Gesù è stato qui e se n'è andato," farfugliò. Poi entrambi i poliziotti la lasciarono scivolare a terra, così ansiosi di lasciarla sotto la mia custodia, che cercarono contemporaneamente i documenti di ammissione.

"E' stato qui e se n'è ANDATO," ripeté a voce più alta. Uno degli agenti tentò di metterla in piedi, e Maggie lo ringraziò vomitando sulla sua camicia un flusso sottile di bile. Il poliziotto urlò, "MERDA!" e la lasciò andare, mentre io guardavo ansiosamente verso le porte d'*ingresso* che alcuni secondi prima avevano trattenuto quel gran sederone di Plaisance, l'unica persona che era tenuta per contratto a pulire ciò che aveva fatto Maggie. Perlomeno avrei potuto farglielo ripulire a meno che le sue obiezioni sul fare il lavoro sporco mi costringessero ad afferrare un secchio e uno spazzolone piuttosto che ascoltare un ulteriore commento di, "Questo Cajun qua lo devono pagare il doppio prima della primavera se continua a lavorare così tanto."

Girai in fretta intorno alla scrivania e misi Maggie in piedi. "Lascia che ti dia una sedia," suggerii. Il poliziotto si asciugò la camicia mentre io evitavo lo sputo marrone che pendeva alla fine del braccio sinistro di Maggie, ma lui non fece alcun cenno di aiutarmi a rialzarla dal pavimento. Non che avessi bisogno del suo aiuto.

"Dov'è il dottore?" chiese.

Maggie vomitò di nuovo e io inclinai le sue spalle ossute lontano da me, trasalendo mentre il movimento scagliava il vomito contro il bordo di collegamento tra il bancone e il pavimento. Questo avrebbe certamente prodotto un po' di sgradita filosofia da parte di Plaisance, pensai. Girai la testa quando il liquido si diffuse in una linea sottile lungo il bordo di Rubbermaid[33] del battiscopa — una donazione costosa da parte di qualche politico debole di mente per supplire all'incremento del personale, e secondo il parere di Plaisance, il posto più difficile da pulire nell'intero dannato ospedale. Sì. Ero destinato a sentire un paio di delicate paroline da parte di Plaisance.

"Non potete chiamare un dottore?" insistette il poliziotto.

"Il dottore non è qui," gli dissi. "a quest'ora della notte,

---

[33] La *Rubbermaid* è un'azienda americana produttrice e distributrice di numerosi prodotti di plastica per la casa (n.d.t.).

tutto ciò che avete sono gli inservienti. A quest'ora della notte, tutti i medici con un po' di buonsenso sono a letto in casa propria."

Maggie scivolò dalla sedia e sbatté la testa contro il bancone prima che potessi afferrarla.

"E' un peccato quello che un essere umano riesce a fare a sé stesso," borbottò il poliziotto. Il suo compagno, quello che era sfuggito alla bevanda alcolica rimessa da Maggie, grugnì impaziente, "UN-huh," poi mi chiese come si scrive *delirio*. Io rimisi Maggie a posto un'ultima volta, e scrissi il nome della Dott.ssa Ann Garcia nei documenti, benedicendo il buon dottore per non avere controllato nemmeno una volta in dieci anni del mio lavoro per vedere dove mettessi la sua firma. Poi senza dire una parola consegnai loro le copie dei documenti di ammissione. Mentre i poliziotti se ne andavano, sentì uno di loro dire, "O quel negro è un manichino o ha un bastone su per il culo. Metti un camice bianco su certe persone di colore e dimenticano il loro posto."
Conoscevo qual era il mio posto abbastanza bene per evitare che Maggie vomitasse tutto su di me, pensai mentre mi abbottonavo la giacca da laboratorio.

"Eh, Touti. Come ci fanno lavorare adesso, eh?"

Giurai silenziosamente che questa sarebbe stata l'ultima volta che avrei lasciato che Plaisance si avvicinasse a me di soppiatto. Di solito dovevo giurarlo almeno due volte alla settimana. "Non chiamarmi Touti," dissi.

"Grande Toot,"[34] rise. "Quando ce ne andiamo fuori da qui? Freghiamo qualcuno con i dadi, eh? Con le carte? So che la tua gente lancia i dadi per ottenere il doppio uno così." Fece schioccare le dita.

---

[34] *Toot* in inglese significa "scoreggia", quindi nella versione originale è un gioco di parole con il nome proprio del protagonista, Touti, che tradotto non renderebbe. Da qui la scelta di lasciare la versione originale anche nella traduzione (n.d.t.).

Dissi, "Togliti dai piedi, amico," mentre stendevo Maggie su due sedie. "Pulisci solo quella merda da terra, Plaisance. Io vado a verificare che nel reparto ci sia un posto letto."

"Pensi sia il caso di chiamare Garcia?" chiese. "Non vogliono che togliamo i vestiti a questa vecchia megera senza che ci siano delle inservienti donne."

"Non agitarti," gli dissi. "Lascia stare il dottor Garcia a casa sua. Questa vecchia megera può dormire con i suoi vestiti addosso. Dall'aspetto, è abituata a farlo."

Maggie stava russando già prima che la coperta fosse sistemata intorno a lei. E sarebbe stata comodamente sistemata nel reparto se la successiva mezz'ora fosse trascorsa senza intoppi, ma dieci minuti dopo che i primi due poliziotti scomparvero, un'altra squadra portò dentro un ragazzino che urlava e gridava qualcosa circa i pipistrelli e i vampiri, e non avemmo mai l'occasione di mettere Maggie in una stanza. Sia io che Plaisance avevamo le mani impegnate a costringere il ragazzo a terra e ad asciugare ciò che aveva fatto. Il nuovo arrivato era un ragazzo magro di circa ventidue anni e così carino che sarebbe potuto essere una ragazza, se non fosse che i suoi pantaloni di seta erano stretti e pieni nei punti giusti, e aveva muscoli a sufficienza per trasportare il suo stesso peso più quello di un altro uomo, ciò se fosse rimasto sobrio e lontano dalle strade abbastanza a lungo. Aveva quel tipo di corporatura che un certo tipo di film avrebbe potuto trasformare in qualcosa di molto richiesto e in guadagni facili. Osservavo la forza dei suoi bicipiti mentre faceva perdere l'equilibrio sia a me che a Plaisance e decisi che probabilmente faceva un tipo di pesi sofisticati e jogging. Era il tipo di ragazzo che poteva rovinare una festa al French Quarter[35] e costringere il padrone di casa a scusarsi per il disturbo che lui aveva arrecato per entrare.

---

[35] Il French Quarter, noto anche come Vieux Carré, è il più vecchio e famoso quartiere nella città di New Orleans (n.d.t.).

"Stai calmo," dissi mentre inarcava la schiena e cercava di liberarsi di noi. "La festa è finita, ragazzo." L'avevo quasi sistemato giù quando afferrò il mio braccio e si tirò su fino a che la sua faccia fu a pochi centimetri dalla mia. Le sue labbra si mossero, senza parole, ma i suoi occhi erano chiusi. Improvvisamente i suoi occhi si aprirono, piatti e sfocati, e cominciò un urlo che giurai sarebbe durato più a lungo di quanto qualsiasi altro uomo avrebbe potuto trattenere il respiro. Le sue pupille erano così dilatate, che tutto quello che riuscii a vedere nel panico dei suoi occhi fu il mio riflesso. "Stai calmo, ragazzo. Dormi," dissi, poi si abbassò mentre cercava di colpirmi.

"Cajun," grugnì Plaisance. "Qualcuno gli ha dato qualcosa di leggero da bere." Poi annusò l'alito del ragazzo e guardò il bordo inferiore dei suoi occhi. "Anche una pera, eh? Quartieri alti," ringhiò mentre il ragazzo si batteva di nuovo contro di noi. Plaisance inforcò le gambe del ragazzo e gli tolse le scarpe. "Pelle italiana," disse e grugnì di nuovo.

Anche le sue dita dei piedi erano curate. "Martedì Grasso gli va di lusso se smaltisce la sbornia," dissi ridendo. "Sta così male, che scommetto che altri hanno abbinato quelle scarpe e non hanno messo null'altro che olive italiane in quel liquore con cui lo alimentano. Niente se non il meglio per questo modello fico."[36]

Plaisance mi lanciò uno sguardo che riservava ai medici e agli ubriachi borghesi. Decisi di tagliare la corda.

Non ero in vena di mostrare a Plaisance la connessione tra un pensiero e l'altro. Ciò avrebbe richiesto più tempo di quanto ce n'era rimasto in turno. Egli volutamente non capiva che cosa avessero a che fare le olive con un bel Cajun ubriaco più di quanto realmente capisse che cosa Martedì Grasso avesse a che fare con la Quaresima. Come la maggior parte dei bianchi, aveva la pelle dura quando si

---

[36] Nel testo: *custom* che in gergo significa sia *fico* che *stupido* (n.d.t.).

trattava di sentire la verità dal lato nero della recinzione. Se lo inchiodavo al muro su alcune di quelle stronzate sui sentimentalismi della gente nera che aveva imparato a scuola, smetteva di parlare scusandosi. "Il troppo pensare fa male," diceva, poi lasciava che i suoi occhi si trasformassero in piccoli puntini neri e duri e rassomigliava a uno di quei pesci di acqua dolce con la bocca aperta accatastati a faccia in su in una bancarella del mercato.

Ciò che salvava Plaisance dall'essere veramente brutto erano i suoi baffi alla Clark Gable. Sapete, uno di quei giocatori d'azzardo con questa spazzola di baffi lisci e lucidi che sembrano dipinti addosso. Grazie al modo in cui li portava, alcune persone trascuravano quel pasticcio di folti capelli neri che aveva in testa... e il petto e le braccia e il collo. Plaisance era solo un tizio peloso. Uomo-scimmia, lo chiamavo quando ci facevamo la doccia dopo il turno. Senza i vestiti, si poteva davvero dire che Plaisance indossasse una maglietta di peli. E i capelli sulla testa erano raggruppati in su come grumi di spaghetti scotti. Pensando ai suoi capelli mi venne da grattarmi la testa. Quando le mie dita si aggrovigliavano, decidevo che era meglio tagliare al più presto i capelli. Capelli e pancia. Eravamo davvero una bella coppia. Entrambi grassi e non riuscivamo a dormire per notti — per questo formavamo una gran bella squadra di reparto — ma i baffi di Plaisance lo facevano sembrare più intelligente di quanto non fosse. Sotto tutta questa facciata Hollywoodiana, era ottuso e testardo. Avevo maggiori possibilità di vedere il vento scompigliare i suoi capelli unti di quanto non ne avessi nel vederlo cambiare opinione. E pensava sempre di potermi sfinire parlando.

In caso di necessità, potevo distrarlo. Gli avevo detto che il suo problema era che non capiva il jazz. Dicevo, "Plaisance, il jazz è qualcosa che devi ascoltare. Bada, non è ciò che suonano, è quello che non suonano che fa vibrare la musica. Sai... non solo delle tastiere di merda a tutto volume, ma il modo in cui ti lasciano in attesa del suono successivo, per poi non suonare ciò che ti aspetti. Devi completarlo da solo. Devi imparare ad aspettare, a cavalcare con esso. Intrufolati dentro e fuori ciò che senti." Ma Plaisance diceva che preferiva la musica normale, quella vecchia musica campagnola bum-bum col Delta banjo. "E allora sai dove stai andando e da dove vieni," diceva.

Ero di nuovo alla scrivania quando sentii Plaisance lasciare la camera del ragazzo. Il reparto era di nuovo tranquillo. Era sicuramente una nottata lenta. Pensai al concerto jazz del prossimo fine settimana mentre stringevo la cintura di una tacca. Ero in servizio da quasi due ore. Ancora sei turni e quattro ore su questa scrivania prima di potermi perdere nelle melodie di Freddie Hubbard. Cercai i documenti che dovevo compilare prima che la notte finisse. Se avessi avuto la visione del mondo di Plaisance, sarei stato in grado di scomparire in una scia di male parole per riapparire solo quando la situazione avesse raggiunto il disastro, ma di fatto, il mio tempismo non era mai stato sotto il mio diretto controllo. Mi ero appena accomodato a lavoro alla scrivania quando Maggie si svegliò.

Alcuni pazienti non sono mai riuscito a conoscerli veramente, e alcuni li conosco fin troppo — ubriachi o sobri, sia che li voglia conoscere o meno. Maggie Boujean scelse la sedia con il fondo rotto e mi fissò con i suoi occhi, due fari annebbiati centrati in un viso che era così pallido, che la sua pelle sembrava una maschera di cera d'api, o una vecchia pelle di cipolla. Ma la sua espressione suggeriva che lei sapeva già troppo di me. Cercai di assumere una posa con uno sguardo che diceva che ero stufo degli ubriachi che non avevano niente di meglio da fare che mettere alla prova la mia buona educazione. Mi trovai a desiderare un paio di baffi come Plaisance, o forse anche la barba, qualunque cosa per nascondermi dallo sguardo spento di Maggie.

"Ho visto Gesù stanotte," affermò.

"Abbiamo un ragazzo là dentro che vede i vampiri. Forse dovresti parlargli," dissi.

Si piegò in avanti e cominciò a parlare lentamente, plasmando ogni parola come se dovesse riflettere, poteva prendermi in giro facendomi credere che era perfino sobria. "Ho-detto-*Gesù*," ripeté. "In-una luce-Celestiale," disse. Poi si appoggiò allo schienale, sorridendo come se avesse appena scoperto le frasi, e soddisfatta di essere riuscita a trattenere una sequenza di suoni dallo sfociare in una serie di parole sbagliate.

Scossi la testa. Non mi aveva ingannato. La sua voce era dolce e tranquilla. Troppo dolce. Non avevo mai conosciuto una donna che usasse un tono di voce dolce a meno che non avesse già in mente qualcosa. La guardai tentare di mantenere quell'espressione incollata alla carne floscia della sua faccia, poi i suoi lineamenti persero parte della loro indeterminatezza alcolica e si trasformarono in accusatori, come un poliziotto sul punto di dare una multa quando un mero avvertimento sarebbe stato utile per lo stesso scopo. O come se stesse pensando di farmi qualche incantesimo voodoo di Marie Laveau.

"Ho visto Gesù," pronunciò chiaramente. "Ho visto lui."

Aspettai.

"Stava davanti al suo disco volante tutto dorato di luce."

Mi prendeva di nuovo per scemo! Anni a fare questo lavoro, ed ero stato fatto fesso come un pesce gatto che abbocca al pane di mais, come un turista che acquista un tamburello originale a Basin Street. Poi sentii Plaisance dietro di me.

"Se potessi vedere Gesù... " cantava, "potrei vederlo camminare... "

Sperai che non voltandomi, pensasse che non stessi ascoltando, ma Plaisance era ancora animato dall'idea di calmare quel ragazzo Cajun, così si avvicinò e mi mise un braccio sulla spalla. "Può vedere Gesù che fa parlare tutta la brava gente... "

Trovai un motivo per spostare una plico di carta dal pavimento. Oltre al fatto che si aggirava furtivamente intorno a me tutto il tempo, il mio secondo problema con Plaisance era il suo bisogno continuo di toccarmi — afferrare la mia mano, darmi una pacca sulla spalla, o darmi una pacca sul sedere. Sosteneva che era nel suo sangue, ma Cajun o meno, la gente non deve stare così appiccicata tutto il tempo.

"Ha bisogno di un letto in reparto," gli dissi prima che potesse iniziare a cantare di nuovo.

"Avrà il migliore, eh Touti?" Sorrise come se avessimo aspettato Maggie Boujean per tutta la notte.

"Non fa alcuna differenza se è il migliore o no. Trovane uno e basta," dissi.

"... non potrebbe certamente far camminare la gente qui," cantava Plaisance, poi schiaffeggiava il pavimento con lo spazzolone e uscendo colpì rumorosamente le porte girevoli. "Ci vediamo tra un minuto, Grande Toot," disse.

Maggie mi guardò fare un respiro profondo. "Avevo un marito così," rise. "Ostinato e menefreghista. Avrei dovuto dipingerlo di bianco."

"*Bianco*?" Sapevo di aver sentito quella parola, ma la ripetei comunque. Era come cercare un calzino o qualcosa che avevi perso e che sapevi in cuor tuo essere solo in un posto. Pensi che continuando a guardare in quel posto, riesca a cambiare ciò che vedi e a trovare quella cosa. Immaginai che se avessi detto nuovamente quella parola, avrei potuto impedire a Maggie di fare qualche stupido commento razzista. "*Bianco*?" dissi di nuovo.

"Gliel'ho detto," sorrise. "Ho detto: fai casini con me ancora una volta e son certa che avrai la tua giusta ricompensa. Volevo dipingerlo di rosso, ma non avevo vernice rossa."

Bè merda, pensai, quello non è propriamente razzista. Non ancora ad ogni modo. Ma non avevo ancora vinto.

"Rosso?" sussurrai.

"Sì," disse lei, come se mi stesse dicendo quello che qualunque idiota sapeva sul rosso. "Bè che diavolo," disse. "Non credi che il rosso sarebbe stato meglio, visto che il mio vecchio non sarebbe andato da nessuna parte se non laggiù con Lucifero? Ma non riuscivo a trovare nessun rosso, quindi... era bianco."

Per un momento, avevo veramente cercato di seguirla, poi capii che mi ero addentrato nella combinazione mortale. "Liquore e logica," diceva la Dott.ssa Garcia. "Mettili insieme e tutto il mondo va a merda." Fissai Maggie, ma finalmente riuscii a chiudere la bocca e le puntai il dito come mia madre faceva quando avevo sproloquiato una volta di troppo. Ci sono solo due modi per parlare con un ubriaco: è possibile giocare ai mimi e dire la parola magica o zittirli con delle minacce di morte. Maggie capì subito la mia minaccia, e si appoggiò allo schienale della sedia. Sapevo che la mia notte non sarebbe tornata alla normalità fino a quando l'avessi avuta dentro un reparto, eccetto che riuscivo a sentire quello gigolò Cajun urlante immerso nell'alcol che era rimasto nel suo organismo, e lo capii proprio in questo momento, in cui Plaisance era troppo impegnato a trovare un letto per Maggie. Iniziai a spostare i documenti, stando attento a mantenere un aspetto formale mentre mi tenevo sotto controllo.

Estrassi un grafico vuoto dagli schedari e mi sistemai per passare il tempo. "Se sono qui a parlare, non possono stare là fuori in strada a bere," diceva la Dott.ssa Garcia. "Questo è il nostro lavoro. Tenerli lontano dalla strada e farli stare sobri." Guardai Maggie mentre raddrizzavo le carte nel portablocco. Garcia doveva avere ereditato la sua pazienza dall'essere cresciuta a Casper, nel Wyoming, perché quello che lessi negli occhi di Maggie da New Orleans mi disse che la parola sobrio non ha fatto parte del suo vocabolario per lungo tempo.

"Tu sei il mio migliore stagista, Toulouse. Tu sai come

ascoltare," diceva la Dott.ssa Garcia.

Me lo dissi un giorno, in cui stavo per spiegarle che tutto quello che sapevo fare era non parlare. Questo non era lo stesso che ascoltare. Questo non era lo stesso che avere quella pazienza dagli occhioni azzurri che lei usava quando la gente si apriva con lei. Ciò che avevo era quello che la maggior parte della gente del sud ha, soprattutto la gente nera. Avevo avuto tempo di imparare a chiudere gli occhi su quello che stava realmente accadendo e lasciarmi scivolare addosso tutti i tipi di segreti. Ma con Maggie seduta lì, presi la penna e mi preparai a fare le domande che il buon medico mi aveva insegnato a fare.

"Hai già riempito i documenti?" chiesi.

Maggie sembrava intontita. "Me ne hai rifilato qualcuno quando sono venuta qui?"

"Ho alcuni moduli qui," dissi, alzando il portablocco. "Ho alcune domande da farti."

Maggie sorrise. "Non ho incontrato molte persone di colore che mi chiedono qualcosa, ma non m'importa se mi chiedi qualcosa. Un nero carino come te mi potrebbe chiedere qualsiasi cosa."

Accarezzai il mento e pensai di nuovo di farmi crescere i baffi. "Bene. Ho alcune domande per te."

"Sono pronta," disse Maggie, e quella fu l'ultima volta che dovetti sollecitarla. Una volta che capì come si faceva, nessun modulo ufficiale avrebbe potuto accogliere le risposte che diede a ogni singola domanda.

Era una ragazza di campagna, se così si può definire la terra agricola del territorio del Bayou con i suoi sacchetti di sabbia.[37] Si prendeva cura dei polli, diceva. "Quando raccoglievo le uova, chiocciavo. CHEE-chick-chick-CHEE. Potevo covare le loro uova proprio fuori dal loro culo," disse ridendo.

La risata di Maggie maledettamente vicina scosse le

---

[37] Utilizzati in caso di esondazione del fiume Atchafalaya (n.d.t.).

mura. Tesi l'orecchio per assicurarmi che il ragazzo in reparto fosse finalmente crollato, ma l'unico suono che sentii fu il debole graffio delle cicale affievolirsi nella dolce notte di maggio che filtrava sotto le porte esterne. E riuscii a sentire l'odore della cena di Plaisance che veniva riscaldata sui fornelli nella camera sul retro — i peperoni cayenne e le foglie di alloro cucinate in brodo di pesce del giorno prima. Da qualche parte, verso la fine della corsia sud, sentii lo straccio di Plaisance sbattere mentre lo immergeva nel suo secchio d'acqua di pino-blu e lo gettava contro le pareti del corridoio. Ma niente sembrava reagire alla risata di Maggie. Tornai lentamente al questionario, e scelsi un'altra di quelle norme burocratiche, il pezzetto sui parenti più prossimi e il domicilio. Maggie se la prese a cuore.

Suo padre la picchiava, mi disse. Tornava alla fattoria ogni notte con la stringa di pesce e il suo stomaco pronto a bere. L'aveva anche violentata, aggiunse. Più di una volta, e poi, se riuscissi a crederle, mi disse che la portò in chiesa a confessarsi. "Si procurava l'alcol da mia mamma," disse. "Ma lei non ebbe nulla dal mio vecchio papà se non merda. Eppure, sono più fortunata di alcuni. Ne ho visto molti peggio di me. Tu sai che è la verità, non è vero?"

Io grugnii. Più perché avevo imparato a grugnire, non importa quale fosse la domanda. Grugnii e la lasciai parlare. A volte ascoltavo; a volte no. Conoscevo già la storia e una dozzina di versioni simili, ma quando la mia attenzione vagava nel buio, lei mi catturava con i suoi occhi.

Fu lo sguardo instabile di Maggie che mi fece capire che qualcuno era entrato nella sala d'attesa.

Per un attimo, non capii il suo segnale. Pensai che stesse mettendo i puntini sulle "i" in qualche parte della sua squallida storia su suo padre, o sul suo vecchio uomo e su come lei lo avesse mandato dipinto sulla sua strada per l'inferno e la gloria. Poi sentii una voce, e anche se non capivo le parole, mi voltai. Ero ancora intrappolato nel mondo dei poveri agricoltori di Maggie e della birra fatta in casa, ma iniziai a mettere a fuoco fino a che finalmente, capii che la donna che Maggie fissava dietro di me era mia sorella, Lacey.

"Birbona," dissi, come se l'avessi chiamata ogni giorno per gli ultimi dieci anni. "Sei qui," dissi, come se avessi aperto una porta e tutta la merda che avevo pensato di aver conservato lontano avesse cominciato a cadermi addosso. Non avevo sentito le porte del reparto che si aprivano, non aveva sentito i suoi passi o qualsiasi cambiamento nell'odore dell'aria. Stava proprio lì, a fissarmi. Il suo viso fece riaffiorare i ricordi di tutti quegli anni che conservavo nella testa come un qualcosa che era accaduto ieri. Era come guardarmi in faccia — un po' più liscio, un po' più grande dei miei trentaquattro anni, ma pur sempre la mia — la stessa pelle marrone scura, lo stesso naso lungo e le sopracciglia grosse. Il volto della mamma. Il volto di Pointe Coupee Parish.

Sarei stato meno sorpreso di vedere la dottoressa Garcia stare lì in piedi in vestaglia, bigodini, e scarpe da montagna, portando una canna da pesca innescata con una delle sue famose mosche legate a mano. Avrei persino accettato l'ultima donna di Plaisance appoggiata al braccio di uno sceriffo ignorante e reazionario, o meglio ancora, la sua donna che veniva a dire la verità su tutti quei sabato notte che lui aveva rivendicato. Ma no, affrontai la mia cara sorella, lì in piedi con l'aria da esca di palude con i suoi capelli arruffati come un letto sfatto, e i suoi vestiti spiegazzati per essersi seduta su un Greyhound. E se conoscevo bene mia sorella, con le sue ginocchia e le mani ruvide dalla giornata di lavoro. Lacey era nata vecchia e curva nell'abitudine, e come mamma, si limitava a essa, stiracchiando il suo salario a ora non importa quanti pozzi la VasCo trovasse per la gente abbastanza fortunata da possedere una terra. *Baciati dalla fortuna*, la mamma si era messa a ridere quando i soldi ci passarono davanti. *Lincoln diede alla gente nera quaranta acri e un mulo. Tutto ciò che ho avuto io è quel maledetto mulo*, aveva detto, ridendo di me. L'unica volta che non rise fu quando lasciai casa. Con quel pensiero in mente, vagai da mia madre al denaro e a tutti i motivi che in questi dieci anni avevo interposto fra me e la mia famiglia. "Birbona," dissi di nuovo, questa volta sussurrando quel nome come se quel suono avesse potuto farla sparire.

Guardai il portablocco. Nessuna delle domande trattava quest'argomento, così lo misi con attenzione sul bancone, e tirai su i pantaloni. Niente avrebbe potuto condurre Lacey qui tranne che la mamma. Sapevo che non l'avevo guidata col pensiero, che non l'aveva richiamata per lettera o tramite gli spiriti voodoo di Vieux Carré. Quindi, sicuramente l'unica via con cui era arrivata a incontrarmi era la Mamma. Questa era mia sorella venuta a ritrovare il rinnegato, il figlio fuggitivo che non si prende in considerazione. Alzai lo sguardo. Guardare in faccia Lacey era più difficile di eludere un ubriaco che stava penetrando con forza nella nebbia di una crisi ipoglicemica. A parte il fatto che io non ero affatto pronto a vedere attraverso la nebbia che copriva gli occhi di Lacey.

"Non hai abbastanza guai senza che tu venga qui?" chiesi io.

"Mamma è morta," disse con voce piatta.

"Dov'è?" chiesi, ed entrambi percepimmo la stupidità di quella domanda.

"Mamma è morta," ripeté Lacey.

"Morta?"

"Mamma è morta quindi puoi tornare a casa adesso, Toulouse," aggiunse.

Alzai le spalle e raddrizzai nuovamente le carte nel portablocco. Per un attimo, Lacey tacque, ma quando riaprì la bocca per parlare, io aprii le braccia. Dovevo dire qualcosa, ma avevo bisogno di ricordare di più di quello che dici quando un ubriaco perde i sensi sopra di te.

Tuttavia il meglio che riuscii a fare fu, "La casa è dove appendi il tuo cappello. La casa è dove la gente vuole vederti quando arrivi. La casa... " La mia bocca si asciugò.

"La gente ha bisogno di tornare a casa," interruppe Maggie.

"Chi è quella?" chiese Lacey.

La voce di Lacey era ancora piatta, come se fosse pronta a riempirla di accuse. Colsi l'occasione al volo per deviare la sua attenzione. "Questa è Maggie," le dissi. "Maggie Boujean, recentemente all'ARC." Lo dissi come se Maggie fosse più di famiglia di Lacey, come se pronunciare il nome di Maggie mi avesse potuto evitare di dire il nome sbagliato, come se avesse potuto tenere l'ARC a fuoco nella mia mente, e tenere Lacey lontana dal dirmi di nuovo quello che aveva appena detto.

Quando Lacey pronunciò il nome di Maggie, aggiunse un ricciolo morbido alla sua voce. "Maggie Boujean, eh. La tua nuova amica, fratello? C'è qualcosa che vuoi dirmi?"

Fu l'ultima domanda che mi bloccò, il tono con cui la fece, il modo in cui aveva trasformato la sua voce in quella di mamma in solo poche parole. *Non mi comporterò mai come mamma*, mi aveva detto una volta. Ma poi, aveva anche detto, *la mamma è morta*, dicendo *mamma* come se si aspettasse che io sapessi ancora chi fosse, e *morta...*

Dieci cani per ogni ragazzo come te, aveva riso mamma. Avevo dieci anni, nell'albero fuori dalla finestra della sua camera da letto. *Vieni qui dentro, ragazzo*, aveva detto. *Puoi rimanere lì tutta la notte e anche domani, e quel cane non tornerà mai indietro. È morto. Dillo. Dillo che il cane è morto, e vieni qui.* Abbassai la testa, ingoiando l'aria, restando aggrappato all'albero come se riuscisse a mantenermi in vita. *Vieni giù di lì, mi senti? Vieni giù. Un nero non ha tanto tempo per decidere, quindi scendi giù da quell'albero.* La mia testa era sul punto di annegare ma mia madre tese le braccia per portarmi in salvo. Ai piedi dell'albero, c'era Lacey.

"Che cosa fai?" chiese Lacey. Parlava più forte adesso.

Quasi urlando per coprire i singhiozzi di Maggie.

Le fissai entrambe. Donne. Scossi la testa.

"Ho due ragazzi là fuori da qualche parte," farfugliò Maggie. "I bambini dannatamente più carini che avete mai visto."

Sapevo che gli ubriachi piangono per tutto e per niente. La metà di quanto si faceva nel centro di riabilitazione era aspettare con calma il bisogno di piangere di un ubriaco. Ma Maggie era seduta lì, che parlava in modo così disinvolto, apparendo così tanto una parte dell'ARC, come un pezzo di arredo, che il suo pianto sembrava fuori luogo. "No," supplicai.

"Accidenti, amico," Lacey scattò. "Ti ho detto che tua madre è morta e tu supplichi questa donna bianca di non piangere. Non mi capisci?"

"Mamma mi ha mandato via. Mi disse di non tornare," dissi.

"Bè è morta ora," disse Lacey, e Maggie pianse, "Morta. Morta."

"Mi disse che non ero niente d'importante di cui parlare. Mi disse che non riuscivo a gestirmi. Voleva invadere troppo i miei spazi. Lasciare che la gente mi dicesse cosa fare. Disse che avevo paura. Disse... "

"Vuoi chiudere quella boccaccia!" Lacey gridò.

"I miei bambini," singhiozzava Maggie. "I miei bambini. Gli spedisco delle lettere quando posso. Sono andati via ora. Via... "

Lacey e io ci fissavamo e Maggie cominciò a urlare sul serio. Almeno, qualcuno piangeva, pensai.

"Dimmi immediatamente cos'hai intenzione di fare," pretese Lacey.

Aspettò, ma non riuscivo a formulare le parole giuste. Ora Maggie stava piangendo a dirotto per Dio e la sua famiglia e per quello che una donna è costretta a fare per poter andare avanti in questo mondo. Mi ricordai di mia madre che parlava, forte e piena di sé — quella temeraria di mia madre, la mia sfida. Quella madre delusa. Sempre prepotente ma sempre pronta ad aiutare, anche quando non ne avevo bisogno. Ripeteva *Hiawatha*[38] a me e Lacey quando non riuscivamo a studiare qualche stronzata di storia del sud prima della guerra per un test del terzo anno di scuola media. Lei aveva memorizzato la prima parte e tutto ciò che dovevamo fare era addormentarci ridacchiando dei nostri vicini di casa per metà indiani. E la mamma che ballava il Charleston di sabato sera nel soggiorno, poco prima che il fuoco si spegnesse, la sua grande corporatura sciolta nel movimento di danza e nel bere, e alcuni tizi che entravano dal mulino sul False River[39] con una tasca piena di soldi e un fine settimana per spenderli. La pensai mentre acchiappava il serpente di cui avevo bisogno per l'attività di mostra-e-dimostra della quinta elementare. Lo catturò in un barattolo di salamoia e chiuse il vasetto ben stretto fino a quando il serpente impallidì nel gin di contrabbando, sottile e cartaceo come le verdure che inscatolò un'estate e lasciò troppo a lungo sulla veranda posteriore. Quella madre temeraria. Il mio non-ho-bisogno-di-te madre.

"L'autobus per Pointe Coupee parte alle sette. Dimmi cosa vuoi fare, fratello." Lacey attese. "Hai una famiglia a casa, che ti piaccia o no," aggiunse.

In mezzo a queste due donne, quel ragazzo non ha bisogno di un padre.

"Non sembra che io ora abbia voce in capitolo per parlare di famiglia," dissi.

"La fede non è niente per una donna," Maggie borbottò. "Guardate la Bibbia. Hanno trasformato la moglie in una

[38] Hiawatha fu un capo condottiero delle nazioni degli Onondaga e dei Mohawk dei nativi americani. Hiawatha era un seguace del Grande Pacificatore, un profeta e capo spirituale che viene indicato come il fondatore della confederazione Irochese (n.d.t.).
[39] Un'ansa di un lago collocata nel parte sud di Pointe Coupee Parish, Louisiana (n.d.t.).

statua di sale solo perché la signora era curiosa. Che genere di Dio trasforma le persone in sale solo perché hanno avuto le palle di cercare qualcosa?"

"Immagino sia meglio dire loro che non tornerai a casa," disse Lacey. Non riuscivo ancora a far lavorare la mia bocca.

Maggie sbuffò. "Chi è per dirlo? Specialmente visto che era il marito quello che diceva alla moglie di non guardare indietro. Beh, accidenti, non ha senso? Ovviamente doveva guardarsi indietro. Quale genere di donna lascerebbe che il suo vecchio le dicesse che cosa vedere?"

Lacey si guardò intorno nella sala d'attesa, poi mi guardò strizzando gli occhi verso di me. "Stai ancora giocando a quel vecchio gioco, eh? Ficcato in questo buco per topi con alcuni pazzi perché non puoi esibire nessuna banconota da un dollaro. Pensavo a quando hai lasciato casa, avevi intenzione di diventare ricco immediatamente. Pensavi che saresti diventato un nero come Horatio Alger.[40] Una grande superstar con gli album della Motown[41] e la biancheria intima in pelle scamosciata."

"Di che cosa stai parlando? Questa è una discussione tipica di mamma."

Lacey strinse le spalle. "Può essere, ma io ti vedo ancora

---

[40] Horatio Alger Jr. (1832 – 1899) è stato uno scrittore statunitense, autore di più di 130 romanzi. Molte tra le sue opere sono descritte come storie che narrano il passaggio da una vita di miseria a una di opulenza, mostrando come giovani squattrinati riescono a realizzare il sogno americano e a raggiungere la ricchezza e il successo per mezzo di duro lavoro, coraggio, risolutezza e preoccupazione per gli altri (n.d.t.).
[41] La Motown Records, conosciuta anche come Tamla-Motown al di fuori degli Stati Uniti, è un'etichetta discografica nata a Detroit, nel Michigan. Nella sua storia ultradecennale ha raggiunto un vasto successo internazionale e ha svolto un ruolo fondamentale nella diffusione della musica leggera e soprattutto della "black music" in un periodo di grandi divisioni per motivi razziali all'interno degli Stati Uniti (n.d.t.).

intrappolato in questa discarica, povero come sempre."
Guardò il modo in cui il mio ventre si gonfiava contro la
fibbia della cintura. "Pensavo saresti diventato il prossimo
Fats Waller,[42] che avresti suonato il piano boogie-woogie[43]
come Big Maceo."[44]

"Sto lavorando qui," dissi. "Mi son trovato un lavoro e
non dev'ESSERE nient'altro che lavoro. Mi vedi lavorare
qui, non è vero?"

"Non ti ho chiesto del lavoro. Ti sto chiedendo di tutto
quel tempo che trascorrevi a sognare il ritorno a casa. Ti
ricordi di tutto quel sognare la bella vita, non è vero? Mi
dicevi che era il sistema americano."

"Non ho niente da dire."

Lacey strinse le labbra. "Questo è sempre stato il tuo
problema, fratello. Non hai mai niente da dire e non
ascolti le persone che cercano di farti ragionare."

"Perché devo ascoltare? Non avevo nessun posto dove
andare, e rientravo a casa. E sempre addosso a me.
Comportandosi come se dovessi compensare ciò che loro
non hanno mai avuto. Le dissi: Non sei responsabile della
mia felicità. Le dissi: Devo percorrere la mia strada. Ma mi
stava sempre addosso, chiedendomi ogni cosa. Non
riuscivo a sentire me stesso pensare perché dovevo
ascoltare lei. E per metà del tempo, non sapevo nemmeno
cosa volesse da me." Mi fermai. La mia voce stava
cominciando a riempire troppo la mia testa.

"Mamma non ti ha mai chiesto nulla, Toulouse. Non ti
ha mai chiesto perché sapeva che non l'avrebbe mai

---

[42] Fats Waller, al secolo Thomas Waller (1904 – 1943) è stato
un musicista jazz afroamericano (n.d.t.).
[43] Il boogie-woogie è uno stile musicale blues per pianoforte,
diventato molto popolare a partire dagli anni trenta e anni
quaranta (n.d.t.).
[44] Big Maceo Merriweather (1905 - 1953) era un pianista e
cantante americano di blues, attivo a Chicago negli anni '40
(n.d.t.).

ottenuto."

"Gli uomini lasciano sempre le donne per fare da soli," pianse Maggie.

"Sta' zitta," le disse Lacey. Poi si girò verso di me. "Non sei cambiato, fratello. E' sempre colpa di tutti fuorché la tua. Sono venuta solo per vederlo di persona. Sapevo che avresti scoperto che era morta prima o poi, ma volevo solo vedere se eri capace di un po' di perdono. Mi sarei dovuta risparmiare il viaggio, Toulouse. Sei ancora rintanato come sempre." Si guardò intorno nella stanza. "Sembra perfetta per te. Un posto per dormire e della gente folle con cui sprecare il tuo tempo. Ma non ti preoccupare di nessuno. Pointe Coupee può seppellire la mamma senza di te. Non c'è ragione per te di tornare a casa adesso."

Ordinai i moduli, e il rumore delle carte quasi soffocava il pianto di Maggie.

Se Plaisance non fosse entrato nella stanza in quel momento, non avrei saputo che Lacey era vicino alla porta. "Qualcuno se ne va a casa ora, eh Touti?" Qualunque cosa Lacey vide in Plaisance le fece stringere le labbra. Lui cercò di ignorare il suo sguardo. "Rimani," le disse. "Faremo in modo che ti diverta un po'. Trovaci un modo per truffare qualcuno, eh?"

"Ho avuto tutto il divertimento di cui ho bisogno," disse Lacey, e si voltò di nuovo, ma rimase lì per un momento quando la chiamai.

"Birbona, posso provare a tornare a casa la prossima settimana," dissi.

Lei alzò le spalle. "Non preoccuparti per me," disse, poi s'incamminò in quella notte di primavera gradevolmente profumata. Questa volta spalancò le porte e l'aria antisettica dell'ARC per un po' si scontrò con il profumo dei fiori notturni prima che le porte lo soffocassero nuovamente. Poi i fermi cliccarono e il mondo esterno non esisteva più. Respirai di nuovo.

Plaisance stava ridendo. Quando vide la mia espressione,

si fermò. *Conta*, aveva detto mamma, *conta fino a dieci prima di aprire bocca*.

Annuii verso Maggie. "Portala in un reparto, Plaisance."

"Touti, perché non chiedi mai a questo ragazzo, eh? Merda! Per te, solo i Cajun lavorano."

Poi fece cenno a Maggie verso il reparto sud.

"Che genere di Dio non ti consente di voltarti indietro?" chiese Maggie. "Che razza di Dio ti trasforma in sale?"

Più di un'idea

QUANDO QUEGLI UOMINI BIANCHI ARRIVARONO, FINSERO di essere cordiali, ma la nonna passò la maggior parte del tempo a ignorarli. Non gli fece strada nel salotto dove portava gli ospiti importanti e non li invitò in cucina dove portava la gente che voleva far sentire a casa. Si sedette di lato alle finestre della stanza centrale lavorando a maglia un pezzo di spago intorno e tra le dita, il suo profilo inciso contro i vetri piombati. Lo zio Roman si sedette sul lato opposto alle finestre, e tra la nonna e lo zio Roman, stava la stufa panciuta nero-cenere pulita e pronta per essere usata il prossimo inverno.

Ma era estate inoltrata, a ridosso della Festa del Lavoro, e la stufa non veniva accesa dal maggio scorso in occasione della bizzarra tempesta di grandine. Il nonno era stato a casa a maggio e fu il nonno che, entrando dopo il crepuscolo con i baffi pieni di cristalli di ghiaccio sciolti, aveva acceso la stufa per tenere il freddo fuori dalla casa, i suoi denti stridevano sul suo sigaro mentre imprecava e attizzava e spingeva fino a quando non fu tutto perfetto, mentre lo zio Brother stava in piedi vicino alla porta, inutile come sempre, guardando suo padre, mio nonno, disporre i pezzi di legna da ardere e il carbone dentro il ventre largo e nero della stufa. Non ho mai capito a cosa servisse lo zio Brother, perché la nonna e il nonno e tutte le sue sorelle sembravano tenere tanto a lui. Tutto ciò che gli avevo sempre visto fare era covare.

Lo zio Brother sembrava sempre covare. Anche nelle luminose giornate di sole, potevi trovarlo rannicchiato nella luce grigia opaca dell'angolo più lontano della stanza, i suoi lineamenti tenui e sfumati dalle ombre scure radicate dietro i suoi occhi e la sua mascella inferiore che lavorava spasmodicamente su alcuni pezzi non meglio identificati di cibo come una mucca preoccupata del suo bolo. Alcune famiglie hanno dei figli con problemi di vista o che non sentono troppo bene. Alcune famiglie hanno dei bambini con problemi alle braccia o alle gambe, o bambini che hanno difficoltà a pensare o a organizzare la fine di un discorso. Noi abbiamo lo zio Brother, che può masticare e rimasticare il cibo che il resto di noi hanno perfino dimenticato di aver mangiato. Lo stomaco di zio Brother non si chiude fino in fondo, dice la nonna, quindi tutto quello che fa è riportare il cibo su e ricominciare tutto daccapo. A volte non riesci a vederglielo fare; a volte non senti nemmeno il rutto sommesso quando tira indietro il cibo in bocca, il suono sordo come una bolla d'aria che sale verso l'alto di un inghiottitoio fangoso, ma prima o poi si nota il movimento della sua mascella, la ripetitiva macinazione mentre mastica e mastica.

"Brother, smettila," grida mia madre. "Mangia il cibo come tutti gli altri. Non fa bene agli esseri umani mangiare la roba due o tre volte."

"Brother, non ne può fare a meno," dice la zia Fern. "E' fatto solo in modo diverso."

"Fatto come una mucca," ride la zia Maddie, la sua bocca sempre pronta per una risposta acida.

Se il nonno è nella stanza, nessuno osa prendere in giro lo zio Brother. Il nonno li fa rimanere tutti al loro posto. Se il nonno è nella stanza, io posso fare tutto quello che voglio, ma tutta la famiglia spera ci sia un modo per fare smettere lo zio Brother di mangiare il cibo due o tre volte.

Ma quel giorno di agosto quando quei due uomini bianchi con la faccia di pietra vennero a casa nostra, nessuno prestò molta attenzione alla ruminazione dello zio Brother, come la chiamava il nonno. La nonna era seduta vicino alle finestre della sala da pranzo quella mattina, seduta vicino allo zio Roman, il fratello di nonno, seduta come la sera prima quando ero andata a letto. E quella mattina, il nonno era morto.

Quel giorno, mi svegliai nel letto a baldacchino senza che Margay stesse urlando di non mettermi troppo comoda. Stavo dormendo nel letto a baldacchino da quasi un anno, da quando il ragno mi morse e mi lasciò una bolla sulla schiena. "Un sacco d'acqua abbastanza grande per l'intruglio di una strega," aveva detto il nonno. Aveva detto di non correre più rischi, così la nonna mi aveva messo nel letto a baldacchino e non importa quanto Margay avesse protestato, è lì che dormivo. Intendiamoci, il nonno aveva "sonnecchiato" sul divano letto per cinque o sei anni prima che io nascessi, ma quello era considerato temporaneo e il mio posto nel letto a baldacchino, come mi ricordava Margay ogni mattina, era temporaneo come il sonnellino del nonno. "Non startene lì aspettando che qualcuno ti porti gratis della pasta con tartufo bianco," diceva, oppure "Non buttare l'ancora, signorina. Te ne andrai presto."

Naturalmente, se fosse stata una mattinata normale, nulla avrebbe potuto trattenere Margay dal svegliarmi improvvisamente con un altro dei suoi vecchi detti, aprendo la giornata a scatto come una scatola di sardine. Ma quella mattina era diversa. Anche le ombre, i molti odori nell'aria, erano diversi. Quando il nonno era nei dintorni, la casa odorava di menta peperita e di un intenso fumo del suo ultimo sigaro mescolato con un odore a cui la nonna, Margay o la zia Fern non possono nemmeno rassomigliare nemmeno lontanamente. Loro lasciano le tipiche scie di ciò che le donne sono. Cibo, bambini e profumo. Pezzetti di filo da cucire e lucido per mobili, olio per capelli, sapone aromatizzato, la cena della sera prima, o forse anche qualche uomo su cui si sono strusciate. Le donne hanno degli odori che fluttuano intorno a loro come delle nuvole, ma un uomo è una massa di odori separati che si spingono gli uni contro gli altri come muscoli, come un pruriginoso tipo di materiale sconnesso, come barbe aggrovigliate, o come il tranquillo brontolio di voci profonde che ti mettono a dormire di notte se stanno bene o ti svegliano improvvisamente nel bel mezzo della notte se il mondo gli sta facendo pressione.

Quella mattina, mi svegliai cercando di allontanare i rumori della carta vetrata e gli odori del borotalco di Margay e le sue sorelle, e far comparire come per magia i suoni armoniosi della scacchiera, i profumi selvaggi che il nonno lasciava nella casa in inverno mentre tagliava la legna da ardere nella stufa panciuta o apriva le finestre della sala da pranzo per far entrare l'aria fresca d'estate. Per tutta la mattina, avevo sentito mia madre e le sorelle attraversare la porta della camera da letto, agitando l'aria con il loro rumore come se il mio stare a letto le rendesse più difficile affrontare questa giornata.

Per un attimo, mi ero rannicchiata sotto le coperte e ascoltavo i passi che andavano e venivano, i rumori dei vicini che portavano le condoglianze e il buon cibo fino a quando la casa era piena di odori di cavolo riccio e stufato di coda di bue, fagioli rossi e riso, patate dolci, e gumbo, pane in padella e ogni tipo di budini e dolci. I vicini di casa andavano e venivano mentre mia madre metteva tutto a posto per la veglia funebre del nonno. Dal momento in cui ero riuscita a tirarmi fuori dal letto, la maggior parte dei vicini erano venuti a visitare la nonna almeno una volta, e tutti avevano promesso che la veglia funebre sarebbe stata "una degna dipartita del Signor Smalls." E come tutti i bravi neri, erano determinati affinché il nonno avesse una veglia funebre che tutti avrebbero ricordato.

C'era così tanto cibo e così tanti buoni odori che riempivano la casa che quando i bianchi si presentarono, sembrarono perplessi, fissavano la cucina dove tutte quelle ciotole e le padelle per l'arrosto facevano salire vapori di odori, fissavano il tavolo dove dei piatti coperti e delle brocche di sidro dolce erano pronte per tutte le persone che si presentavano per la veglia funebre. Si guardavano intorno come se si fossero imbattuti casualmente nella casa sbagliata e non riuscissero a pensare a una ragione per andarsene. Mia madre e le sue sorelle li portarono nella sala da pranzo, poi li abbandonarono là, intrappolati tra la nonna e lo zio Roman da un lato, e le donne a guardia della porta d'ingresso sul lato opposto. Quando arrivarono gli uomini, i vicini, come da segnale, si ricordarono che avevano delle cose da fare a casa loro, così all'improvviso, la famiglia rimase da sola nella camera centrale in attesa di vedere ciò che quegli uomini avevano da dire.

Gli uomini non erano venuti per dirci che il nonno era morto. Noi lo sapevamo già. E non erano venuti a darci le condoglianze. Il nonno era il primo a dire che gli uomini bianchi, in particolare gli uomini che lavoravano presso la fabbrica di birra o sulla ferrovia con lo zio Dell, il marito di Fern, non ti davano mai le condoglianze o qualsiasi altra cosa fosse necessaria. Quando gli uomini entrarono inizialmente non sembravano sapere con chi di noi dovessero parlare. Rimasero in piedi nella sala da pranzo, esitando a parlare e tergiversando, come diceva il nonno, come se si aspettassero che noi uscissimo di corsa in strada, gridando e cantando vecchie canzoni gospel.

Più a lungo stavano là in piedi, più tutti noi diventavamo cupi. La nostra casa è buia e ombrosa quasi tutti i giorni – sul lato inferiore del tramonto, come l'aveva messa il nonno – ma quando quei due uomini entrarono, la luce fioca sembrò diventare più pesante. Poiché la casa è costruita come una scatola da scarpe striminzita, sia il corridoio che le scale che portano dalla strada al piano superiore sono resi marrone grotta dall'opprimente rivestimento in noce e dalle ringhiere spesse che formano un tunnel che conduce fino alla porta d'ingresso. Non abbiamo un cortile. Di fatto, le sole persone che nell'isolato hanno i cortili, piccoli francobolli di erbacce, fango e fiori incolti, sono Miz Amery, Miz Lucy, e Miz Simmons. La nostra casa è un immobile senza ascensore, in cui la porta d'ingresso finisce in una veranda dalle dimensioni di un armadio con quattro gradini di marmo incrinato che cozzano proprio sul marciapiede. Così chiunque entra in casa cade in una pozza di oscurità proprio sull'altro lato della porta. Ma la maggior parte delle persone cerca di non portarla su per le scale con sé.

Quegli uomini sembravano dividere la stanza a metà. Loro stavano lì, scompigliati e bianchi, mentre la mia famiglia riempiva lo spazio su entrambi i loro lati, separati ma in qualche modo collegati come se ci fosse un legame invisibile che ci agganciava tutti insieme, come se qualcuno avesse cercato di disegnare la stessa faccia più e più volte, e infine avesse ottenuto un sacco di gente che aveva più o meno la stessa inclinazione del naso o angolazione della mandibola o la forma della testa fatta con diverse sfumature tenui di marrone. Anche se la zia Maddie sembra un alligatore con quei fianchi larghi, quelle caviglie tozze e quella faccia butterata, somiglia solo a una versione più grande della zia Fern e Margay. La zia Fern è la più carina. Il nonno diceva sempre che avrebbe dovuto essere una ballerina, come Lucille Armstrong o una di quelle altre ragazze degli spettacoli al Cotton Club di Harlem. Zia Fern è tutta gambe e argento vivo addosso. Mia madre è più rotonda di zia Fern e non così schietta come la zia Maddie a cui non piace nessuno da quando ha dovuto lasciare in Texas quello sfaticato di suo marito. Ma mia madre riesce a fare innervosire la gente, forse perché ha gli occhi beige, come lo zio Brother, e la gente pensa che li stia scrutando nell'intimo. Io? Somiglio un po' a tutte, ma ho qualche caratteristica propria di mio padre perché ho gli occhi più grandi e i capelli più grossi, non come quelli dei figli di nonna e nonno, crespi come il crine di cavallo. Tuttavia, quando siamo tutti riuniti nella stessa stanza, somigliamo a una di quelle immagini marrone sbiadite di gente di chiesa che la nonna ha nascosto sul ripiano superiore dello chiffonnier insieme alla pistola del nonno e a un boa di piume che zia Maddie sostiene di avere ricevuto da quel caraibico che sposò giù in Texas, l'unica cosa che si portò dietro quando il nonno dovette liberarla con la forza.

Poi capii che ero così impegnata a pensare al nonno e

alla famiglia, che mi ero quasi dimenticata di quegli uomini bianchi.

Non sembravano sapere da dove iniziare a dire qualunque cosa fossero venuti a dire. Chiamavano la nonna "Miz Ethel," e fissavano tutti, compresa me e lo zio Brother. Ma più cercavano di includerci tutti, meno ci riuscivano.

"Dite subito la vostra," disse loro la nonna, sputando il rospo come se in realtà non volesse sentirla, ma prima dicevano quello che avevano da dire, tanto prima se ne andavano.

"Suppongo che non vi ricordiate di me, Miz Ethel," disse un uomo. "Ero al picnic il mese scorso. Quello per la fabbrica di birra," aggiunse come se la nonna andasse ai picnic tutto il tempo.

"Sì," l'altro si inserì. "Abbiamo pensato di venire a farvi visita." Rimbalzava da una parte all'altra come un ragazzino pronto per andare al bagno. Poi notai che una delle sue gambe era più corta dell'altra, e quella più corta finiva con un piede equino.

Non riconobbi quello che aveva detto di aver visto la nonna al picnic, quello che si faceva chiamare Staffer, ma riconobbi l'altro, quello che il nonno aveva chiamato Mitch. Una volta, quando andai alla birreria con il nonno, vidi Mitch parlare con la moglie del padrone del carro. Il nonno mi aveva presentato a loro e la moglie del padrone del carro mi aveva guardato dall'alto in basso, poi aveva detto al nonno di portare il suo cane a fare una passeggiata. Il cane era uno di quei cagnolini messicani con i dentini appuntiti e taglienti — tagliuzzavano tutto e tutti. Tutto ciò che il nonno doveva fare era tirare il guinzaglio e quel cane quasi volava in aria, e siccome il nonno era un metro e ottanta, quel cane camminava in aria la maggior parte del tempo che lo portavamo fuori. Stavamo camminando da un po' prima che il nonno dicesse qualcosa.

"Non sono pagato per portare a passeggio i cani."

"Per che cosa ti pagano, nonno?" chiedevo.

"Non per portare a passeggio i cani."

"NON sei pagato per portare a passeggio i cani?"

"Son pagato per sopravvivere, questo è quanto."

Mi sentii così stupida che non gli chiesi mai più cosa facesse. Talvolta il nonno aveva un modo così brusco di dire le cose che ti metteva addosso le parole come un cappotto di lana bagnata, pesante e maleodorante, ma è l'unica cosa tra te e la pioggia. "A volte, è meglio non dire nulla," mi aveva detto il nonno.

Quegli uomini che stavano dentro casa nostra quel giorno di agosto non sembravano avere nulla da dire, ma sicuramente usavano un sacco di parole per non dire niente.

"Non vogliamo crearvi problemi," aggiunse Mitch. Zia Maddie si schiarì la gola e lui si fermò, poi disse, "Ci è dispiaciuto ricevere la notizia di... " e si bloccò di nuovo.

"Di suo marito?" interruppe zia Maddie. "Siete dispiaciuti di aver saputo di suo marito."

"E' come se questa non fosse casa sua," sbottò Margay.

"Di sicuro vi dispiace."

"Un grande dispiacere."

"A tutti noi giù alla fabbrica di birra piaceva Smalls," sorrise Staffer, ma quando la nonna mugugnò, lui se ne stette lì a bocca spalancata, poi guardò il suo compagno. Mitch cominciò a parlare molto velocemente. "E' stato un incidente," strillò. "Vedete avevamo questa consegna da fare... "

Staffer fece un divertente, convulso movimento che mise a tacere Mitch. "Quello che vuole dire, Miz Ethel," cominciò Staffer. "Ciò che intende dire è che dovevamo fare un viaggio... "

"A Colfax. Sapete quella è una contea arida quindi... "

Questa volta, Staffer tese la mano e potei vedere Mitch ingoiare qualunque cosa intendesse dire dopo. Si scambiarono uno sguardo che disse più delle parole che Mitch aveva già detto, ma la nonna non era pronta a lasciar cadere la questione. Almeno, non subito.

"Mio marito non era un uomo religioso, ma non era nemmeno uno sciocco," disse.

"Oh no, signora," disse Staffer. "Era previsto che andasse... voglio dire, era un viaggio normale e tutto... Non volevamo che Smalls si facesse male."

Mitch annuì, e la zia Maddie borbottò, "Um-hum" e "Lo so," come se si aspettasse che quei bianchi capissero che stava dicendo qualcosa di più del suono che emetteva. Quasi scoppiai a ridere. Sembrava strano che dei bianchi potessero credere che la gente nera fosse pronta a dire solo quello che pensa, quando la gente nera non è pronta a raccontare nemmeno ad altra gente nera ciò che pensa.

Da ieri, quando ricevemmo per la prima volta la notizia della morte del nonno, avevo sentito quattro o cinque storie su come era morto. La nonna aveva sussurrato, "È proprio morto," come se si aspettasse che lui comparisse da un momento all'altro. Mia madre, Margay, sosteneva che era avvelenamento da latte. "Quando mangiava quel cibo a lavoro, chissà cosa c'era dentro," diceva. Non riuscivo a capire perché il nonno bevesse il latte quando aveva a disposizione tutta la birra che voleva, e non riuscivo a capire soprattutto perché sapevo che nemmeno gli piaceva il latte. Ma ascoltai quella storia insieme a tutti gli altri.

"Mi hanno detto che hanno portato il suo corpo fin su ai binari della ferrovia e l'hanno messo su una sedia in modo che sembrasse che stesse dormendo," disse Miz Avery alla zia Fern. Anche il marito di Miz Avery lavorava sulla ferrovia, quindi lei e la zia Fern stavano sempre parlando degli scali ferroviari, e il marito di Miz Avery aveva già trasmesso un messaggio sulla linea ferroviaria per far rientrare lo zio Dell a casa dalla sua corsa di Chicago in tempo per la veglia funebre del nonno.

"Gli ho detto del lavoro con quei grandi cavalli da tiro," disse Miz Owida Granberry. Lei è l'insegnante della scuola domenicale, e pensa sia compito suo mettere in guardia tutti quanti circa le prove e le tribolazioni del mondo non importa quale sia il giorno della settimana. "I loro cavalli sono consanguinei e collerici. L'avevo avvertito più di una volta."

E il vecchio Farrow, giù al negozio di alimentari da quattro soldi, ci disse che aveva visto il corpo dal becchino. "Aveva un piccolo buco nel petto, Miz Ethel," aveva detto nel suo forte accento ebraico. "Perbacco! Un foro così piccolo per un uomo così grande." Poi mi diede un buffetto sulla testa e mi allungò venticinque centesimi, com'era solito fare quando il nonno mi portava nel negozio per comprare la caramella per il compleanno. Misi i venticinque centesimi nel barattolo di latte dove la nonna metteva i soldi, e archiviai la sua storia del buco col punteruolo rompighiaccio come qualcosa di cui interessarmi alla veglia funebre.

Sentii anche lo zio Roman dare le sue spiegazioni sul perché il nonno fosse morto, e lo zio Roman raramente dava spiegazioni su qualcosa. Ma tutta la famiglia fu d'accordo con lui quando disse, "Amos non ha mai voluto che noi sapessimo cosa faceva a lavoro. Mi sa che ora sappiamo il perché."

Da quando quegli uomini erano venuti in casa nostra, avevo sentito così tante storie quanti parenti avevamo. E ora quegli uomini erano venuti con una nuova storia, guardandoci da vicino mentre biascicavano la loro versione sulla morte del nonno, guardandoci come se stessero aspettando il primo "Alleluia," e "Amen Signore" che li facesse stare tranquilli sull'essere venuti a casa del nonno una volta morto.

Vennero portando una scatola di vecchi abiti e cose che dissero essere appartenute al nonno, cose che aveva lasciato nella portineria della birreria dove dormiva quando doveva "dare una mano" la notte. Mitch disse che altri due uomini erano stati uccisi quella notte. "Uno era il capozona," disse, come se questo ci facesse stare meglio sulla morte del nonno. Staffer disse che il nonno aveva qualche pagamento arretrato in arrivo, mormorando le parole come se lui non volesse darci niente. Per tutto il tempo in cui parlò, piegò e ripiegò un cappello, e Mitch, facendo resistenza sul ginocchio della gamba più corta, annuì più volte il suo consenso. Parlarono degli abiti del nonno e del denaro a lui dovuto come se avessero scoperto per caso alcuni vecchi vestiti, dei soldi spicci e la nostra casa lo stesso giorno.

"Quel denaro e quei vestiti non porteranno indietro mio marito," disse la nonna con voce piatta. "Quindi ditemi solo perché siete venuti qui?"

"Siamo curiosi di sapere se la polizia sta facendo delle domande," disse Mitch.

"Non avevo nulla da dire a loro," disse la nonna.

Mitch si schiarì la gola, poi aggiunse. "Beh, nemmeno noi abbiamo molto da dirvi su quello che è successo, Miz Ethel. Ma visto com'è stato leale suo marito, e tutto. Voglio dire, come teneva in riga gli altri ragazzi... "

"Non voglio sentirlo," disse la nonna.

"Smalls era davvero di famiglia per noi," disse Staffer. "Vogliamo aiutare come meglio possiamo. Vogliamo che tutto si risolva per il meglio."

Zia Maddie sbuffò.

"Al meglio?" domandò Zia Fern. "Questo significa meglio? Meglio di cosa, se posso chiedere?"

Una volta che lei cominciò, le sue sorelle si sistemarono, cozzando contro quegli uomini come i tre caproni nella favola di Billy Goats Gruff.[45]

"Vi comportate come se nostro padre avesse pianificato tutto questo."

---

[45] *Three Billy Goats Gruff* è una favola norvegese che venne raccolta da Peter Christen Asbjørnsen e Jørgen Moe nella loro antologia Norske Folkeeventyr. La favola racconta di tre caproni che devono attraversare un ponte su cui si trova un gigantesco troll pronto a divorarli, ma loro con astuzia e abilità riusciranno a salvarsi (n.d.t.).

"Papà non vi avrebbe mai lasciato entrare in casa sua in ogni caso."

"State solamente sconvolgendo la mamma. Che cosa volete? Non avete parlato con noi anche ieri?"

Mentre le donne perdevano energia e interesse a continuare, gli uomini bianchi diventavano rossi. E mentre stavano mettendo insieme altre parole, lo zio Brother si fece sentire. "Vogliamo solo quello che ci spetta di diritto," disse. "Mio padre non mendicava con nessuno e nemmeno noi lo faremo."

Decisi che dovevo dire qualcosa anch'io, ma avevo appena cominciato con "Il nonno dice... " che la zia Fern mi diede un colpo con il piede. Avevo pensato fosse sicuro sedermi sul pavimento accanto a lei, ma ora vedevo che nessun posto in quella stanza era sicuro quella mattina. Accartocciai le ginocchia sotto il mento e piegai la gonna intorno alle mie gambe. Il nonno mi aveva detto che a volte, è meglio essere in regola con il mondo e tenere la bocca chiusa. "Allora la gente pensa che tu sappia qualcosa che invece non sai. E gli dà fastidio." Il nonno infastidiva un sacco di gente.

Il nonno lavorava alla fabbrica di birra, ma non portava un cesto per il pranzo come tutti gli altri uomini nel nostro quartiere. Il nonno qualche volta portava una pistola che teneva pulita e pronta a scivolare nella sua fondina ascellare quando andava a lavoro. Il nonno andava a lavorare ogni volta che ce n'era bisogno, ogni volta che volevano che "desse una mano," come diceva lui. Andava a lavoro indossando pantaloni vecchi e una camicia, e qualche volta tornava a casa, diversi giorni dopo, con indosso un abito. Ma il nonno non parlò mai di un assegno o di un orologio marcatempo o di un sindacato, come lo zio Dell stava sempre facendo. E il nonno era l'unico che si sedeva accanto a me e mi raccontava cos'era successo a mio padre, come fosse stato ferito così seriamente durante uno sciopero delle ferrovie, che era morto dissanguato prima che qualcuno lo trovasse.

In effetti, il nonno cercava sempre di fare testa o croce riguardo alle storie che aveva sentito o riguardo a una storia che la famiglia aveva ingarbugliato così tanto, che nessuno riusciva a ricordarsi la verità. Ma il nonno rimaneva sempre sul vago riguardo le domande sulla fabbrica di birra, e c'era sempre una discussione su che tipo di lavoro facesse il nonno per la fabbrica di birra.

"Papà ha bisogno di lasciare quel posto."

"Per quei bianchi è un'altra cosa."

"Um-unn, quella gente è una vera vergogna."

"L'uomo deve guadagnarsi da vivere."

"Ora con CHI stai parlando?"

Riuscivo a sentire l'aria scoppiettare per tutte le parole che la mia famiglia aveva accumulato dietro le labbra serrate. Era come se avessero ricevuto un incantesimo, come se avessero avuto una convulsione come il fratello di Miz Lucy Bates, Max, che vive dall'altra parte della strada, e che, soprattutto nei giorni in cui faceva caldo, si contorceva e schiumava alla bocca mentre tutti i bambini nell'isolato ballavano su e giù, urlando, "Guardate il folle Max. Il folle Max sta avendo un altro attacco." Gli uomini bianchi sembravano sul punto di avere un qualche tipo di attacco anche loro tremolando e dimenandosi come se avessero raggiunto l'ufficio del preside, in ritardo per la scuola e con nessuna giustificazione. Come se fossero in procinto di sedersi in un posto che qualcuno aveva già sporcato.

L'uomo con il cappello piegato schiarì la gola e disse, "Abbiamo già parlato con Carrie, Miz Ethel," e io pensai: *Confermo, avete sicuramente un modo sbagliato di dire le cose a questa famiglia!*

Per cominciare, l'uomo aveva chiamato zia Carrie semplicemente Carrie, nella stessa emissione d'aria con cui aveva chiamato la nonna Miz Ethel. Zia Maddie fece due passi avanti e due passi indietro, allo stesso modo che avevo visto fare a Sugar Ray Robinson[46] in un film sulla boxe. E zio Roman si asciugò la bocca con il suo fazzoletto, prendendo tempo con il movimento in modo da poter osservare gli uomini. La maggior parte degli altri stava guardando come zio Roman avrebbe reagito al nome di zia Carrie.

Zia Carrie è l'ex moglie di zio Roman e non gode di buona reputazione nella famiglia. Tutti sapevamo che il nonno la visitava ripetutamente, e io sapevo che il nonno le dava i soldi per sbarcare il lunario, perché, come diceva, "La gente pensa che tutto ciò che una donna nera può fare è lavorare in casa e chiedere i sussidi." Ma se quegli uomini avevano parlato con la zia Carrie, c'era una buona possibilità che avessero parlato con Lucien, il figlio dello zio Roman.

Da un anno allo scorso aprile, quando Lucien aveva lasciato la casa di sua madre ed era scomparso nelle sale da biliardo a East St. Louis e Cicero,[47] zio Roman si era comportato come se fosse mezzo sordo ogni volta che qualcuno menzionava il nome di Lucien. Anche il nonno si era stancato di Lucien. A nessuno era piaciuto il modo in cui Lucien era uscito da casa di sua madre, anche se il nonno sapeva dove era Lucien e cosa stava facendo. Ma quel-povero-figliolo-di Lucien, era già andato in prigione una volta quando era stato beccato giocando d'azzardo vicino a Centralia,[48] e ora che lo zio Roman non parlava con lui, quel-povero-figliolo-di Lucien, non aveva né madre né padre per aiutarlo a ragionare. Nessuno si era preoccupato che quegli uomini conoscessero zia Carrie — "Quella donna faceva festa con la Morte," come diceva la zia Maddie — ma l'idea che se avevano parlato con lei,

---

[46] Sugar Ray Robinson (all'anagrafe Walker Smith Jr., 1921 – 1989) è stato un pugile afroamericano, considerato uno dei più grandi di tutti i tempi (n.d.t.).
[47] Una cittadina dell'Illinois (n.d.t.).
[48] Piccola cittadina nella Contea di Columbia, nello stato della Pennsylvania (n.d.t.).

probabilmente avevano parlato con Lucien prima di venire a far visita alla nonna era un vero e proprio insulto. E al momento giusto, Staffer disse che avevano anche parlato con Lucien mentre erano a casa di zia Carrie.

Per la prima volta da quando gli uomini arrivarono, zio Roman fece un gesto come per alzarsi, ma lo sguardo della nonna lo inchiodò nuovamente alla sedia. Margay si mise più vicina alla nonna, e Fern si schiarì la voce prima di passare in fretta oltre lo zio Brother e andare dentro la cucina, poi cambiò idea e si diresse nuovamente nella stanza. E lo zio Brother iniziò a torcersi le mani come se stesse strizzando uno straccio invisibile. Devo ammettere, ero nervosa come tutti gli altri pensando al modo in cui lo zio Roman avrebbe reagito. Menzionare Lucien era come avere una vecchia ferita che non si era cicatrizzata del tutto su un ginocchio o un gomito. Tutto ciò che sfiora quella zona potrebbe strappare nuovamente la pelle.

Lucien non era molto più grande di me, quattro anni per essere esatti, ma lui era insignificante, e i suoi modi sciatti avevano fatto sì che suo padre lo disconoscesse. Più di una volta, il nonno aveva cercato di far ragionare Lucien. Il nonno non considerava nessuno un reietto, quindi il nonno e lo zio Roman avevano litigato su ciò che era giusto o meno fare per Lucien. Zio Roman si era rifiutato di discutere del figlio con tutti eccetto il nonno. Quando iniziavano a parlare, lo zio Roman si arrabbiava, ma lui conosceva mio nonno, suo fratello non avrebbe lasciato che si pronunciasse contro il proprio figlio, così quando si arrabbiava, risucchiava solamente l'aria come se stesse tenendo un pezzo di limone secco in bocca.

"Non è sufficiente essere nati dallo stesso seme," diceva il nonno. "Devi interessarti a ciò che questo comporta."

Zio Roman aveva voltato le spalle a Lucien comunque, e ora, lo zio Roman fissava dritto, la sua bocca serrata e il mento nel modo in cui il nonno soleva fare quando era in attesa che tutti facessero silenzio. Ma quegli uomini bianchi non sapevano che anche loro dovevano stare zitti.

"Lucien dice che ha capito che cosa si deve fare," aggiunse Mitch, parlando di Lucien come se fosse un uomo adulto, o meglio ancora, come se il nonno potesse ancora proteggerlo.

"Dannato Lucien!" Scattò lo zio Roman quando Mitch iniziò nuovamente a parlare. Trattenni il respiro. "E' meglio che Lucien tenga il suo culo nero sull'altro lato della città," sbottò lo zio Roman.

Se fossi stata cattolica, sarebbe arrivato il momento di fare il segno della croce perché mia nonna e le sue sorelle avessero compassione dello zio Roman.

"Roman, bada a ciò che dici!"

"Sei matto? Parlare di queste cose davanti a gente bianca."

"Non comportarti come uno stupido, Roman. Quel povero bambino è tuo figlio."

"Cosa stai dicendo, Roman? Queste sono discussioni di famiglia. La famiglia di Lucien."

"Accidenti a Lucien," ripeté lo zio Roman, e tutte le donne cercarono di zittirlo ricordandogli che quel-povero-figliolo-di Lucien non poteva fare a meno di essere così.

Ora stavano tutti discutendo e cercando di convincere la nonna a essere d'accordo con uno di loro, ma lei aveva girato la testa verso la finestra e stava di nuovo tessendo quel pezzo di corda attorno alle sue dita. Gli uomini cercarono di inserirsi nella conversazione, ma nella mia famiglia discutere è normale come il cattivo tempo in inverno. Mentre la famiglia litigava con lo zio Roman, Mitch, quello col piede equino, parlò direttamente alla nonna. Continuò, lavorando con impegno al silenzio della nonna con Carrie questo e Carrie quello, poi Lucien, Lucien, Lucien. Ma era intrappolato in una rete di rumori, un pasticcio appiccicoso delle nostre discendenze di famiglia in cui un'estremità si ritorceva e si arricciava intorno a una dozzina di altre estremità sciolte, come quel pezzo di corda di cui la nonna si preoccupava.

Staffer si schiarì la gola. "Non è che siamo esattamente in grado di rimpiazzare Smalls, Miz Ethel," disse alla nonna, "ma siamo in grado di addestrare il ragazzo facilmente. Possiamo renderlo autonomo in pochissimo tempo."

Lo zio Roman balzò in piedi e gridò, "Potete prendere Lucien e annegarlo nel fiume per ciò che m'interessa."

Staffer guardò perplesso. "Non stiamo chiedendo che Lucien lavori per noi. Stiamo parlando del ragazzone qui." Indicò lo zio Brother.

Era fatta! Lo zio Roman disse, "Un-huh," e si sedette nuovamente di botto sulla sua poltrona. La zia Fern fece uscire il fiato in un "Humph!" ma Margay sussurrò, "Chi dicono che vogliono?" Ed eravamo tutti consapevoli che la nonna si stesse spostando in modo da poter studiare gli uomini.

"Non è un ragazzone," dissi, immaginando che qualcuno dovesse difendere lo zio Brother.

"Questo è giusto," aggiunse la zia Maddie, "e questo non è tempo di schiavitù, quindi non venite qui a negoziare."

"Brother non ha bisogno di andare da nessuna parte."

"Possiamo servirci del suo aiuto qua."

"Se Amos avesse voluto quel ragazzo alla birreria, l'avrebbe portato lì egli stesso."

"Ora che papà se n'è andato... "

"Lasciate decidere a Brother," disse la nonna con voce piatta.

"Papà ha fatto tutto quello che poteva, mamma," cominciò Margay. "Se papà... "

La nonna le si rivoltò contro. "Mi hai sentito."

"Ma papà avrebbe potuto... "

"Avrebbe potuto cosa? Quello che riusciva a fare Amos questo ragazzo non può farlo?"

Tutti guardarono lo zio Brother. Non so del resto di loro, ma la prima cosa che venne in mente a me fu il periodo in cui lo zio Brother portò a casa una moglie dalla California. Tutti parlavano di matrimonio e divorzio quell'anno, perché quello era l'anno in cui zia Carrie e lo zio Roman si lasciarono. E quello fu l'anno in cui il nonno era andato a prendere la zia Maddie in Texas, dove si era inguaiata con quel suo marito caraibico dopo che lei lo beccò uscire furtivamente per andare a trovare una donna bianca che gli dava dei soldi di nascosto. Questo era l'anno in cui dicevano, "Una donnaccia della California ha ingannato il povero Brother per farsi sposare."

Da quando lo zio Brother arrivò, io ero pronta ad andare a fare visita a quella donna californiana. Mi fermai vicino alla stufa con il nonno, che stava masticando il suo tabacco e ascoltando sua figlia gemere e trattare con grande disprezzo una donna che non avevano ancora visto. La nonna mi aveva fatto arieggiare il salotto, gonfiare le tendine di pizzo, pulire la fuliggine dai davanzali e aprire le finestre in modo che un po' di luce potesse rimbalzare contro i vetri piombati. Ciò mi permise di conoscere il pensiero della nonna sull'avere la moglie dello zio Brother come ospite, ma altrettanto importante come l'assicuratore o il predicatore.

"La famiglia è la famiglia," aveva detto il nonno, quindi eravamo pronti quando l'autobus a basso costo portò lo zio Brother e sua moglie a casa dalla stazione ferroviaria. Non avremmo dovuto dedicare tutto quel tempo a preparare la casa, perché, come di fatto accadde, la donna californiana non durò sei mesi prima che prendesse il treno per tornare sulla costa. Ma nel periodo in cui rimase con noi, prestai più attenzione allo zio Brother di quanto avessi mai fatto. Ora, non riuscivo a ricordare un altro momento in cui avevo pensato allo Zio Brother come interessante. Vale a dire, fino a che Staffer disse che voleva lo zio Brother per lavorare alla fabbrica di birra.

Tutti continuarono a fissare lo zio Brother. Immagino che si potesse pensare a lui come bello se riuscisse a fare funzionare bene il suo stomaco, ma quel giorno, lo zio Brother continuò a ruttare e ruttare, un suono soffice come fa un bambino un attimo prima che cada addormentato. Dissi, "che tipo di lavoro devi fare, zio Brother?" e Fern allungò la mano e pizzicò il mio braccio così forte, che volevo mordergliela.

"Lasciate che Brother scopra da sé che cosa vuole fare," disse la nonna.

"Brother non sta bene," disse Margay agli uomini.

"Hanno dei medici che gli rimetteranno a posto lo stomaco," disse zio Roman chiaro e tondo.

Ma Margay disse, "Non ci si può aspettare che lui faccia ciò che faceva papà."

"Sempre meglio che fare il magnaccia," borbottò Fern, e anche se tutti sapevano che stava pensando a quel caraibico, Mitch prese quelle parole come a voler dire che era dalla sua parte.

"Mi sembra che non abbia scelta," disse. "Se il ragazzo qui vuole venire a lavorare per noi, saremo lieti di fargli fare un giro. Non è facile trovare un bravo ragazzo al giorno d'oggi."

Mitch fece uscire le parole di bocca prima che Staffer potesse fermarlo, ma vedemmo Staffer provarci, quindi lasciammo che la chiacchierata di Mitch sul "bravo ragazzo" continuasse per il momento. Per il momento, bastava vedere come Staffer rendesse Mitch nervoso semplicemente fissandolo. Mitch piegò il ginocchio della gamba malata per alleviare il peso del suo piede equino.

Io provai a pensare a zio Brother che prendeva il posto del nonno, ma non importa da che parte guardassi la situazione, semplicemente non mi sembrava giusto. Gli occhi da gatto dello zio Brother, quel nasone adunco, e la sua abitudine da ruminante facevano supporre che stesse per accadere qualcosa, e poi cambiasse idea all'ultimo momento. Desiderai quasi che quegli uomini stessero parlando di Lucien alla fin fine. Lucien è più simile al nonno di quanto non lo sia lo zio Roman. Zio Roman è piccolo, ma il nonno si metteva sempre tutto impettito, come se fosse in procinto di posare per una foto.

Appariva sempre importante, anche senza la sua pipa o il sigaro, e la sua pelle scura spiccava in una stanza piena dei parenti pallidi della nonna come un nastro di velluto su delle tute da lavoro. Ciò che riguardava il nonno non si armonizzava mai del tutto col resto della gente normale. Il nonno era fatto in quel modo e anche Lucien lo era. Ha lo stesso portamento che aveva il nonno, sta in piedi con le gambe leggermente divaricate e i polpacci che spingono contro i pantaloni. E sebbene Lucien non abbia le basette tagliate come un montone come il nonno, è tuttavia facile pensare a lui che prende il posto del nonno.

Staffer diede una sbirciata allo zio Brother. "Miz Ethel, non deve dire di sì immediatamente. Può venire giù se e quando vuole. Abbiamo solo pensato che dato che Lucien... "

"Posso lavorare bene come chiunque altro," borbottò lo zio Brother.

"Mamma, è meglio che parli con questo ragazzo," scattò Maddie.

Margay e la zia Fern mormorarono qualcosa, poi tutti tacquero di nuovo. Forse perché lo zio Brother si avvicinò alle finestre, o forse perché lo zio Roman si rialzò di nuovo e sembrava pronto a oltrepassare la stufa per arrivare alla nonna, ma qualunque cosa fosse, aspettammo e per una volta, anche gli uomini bianchi ebbero abbastanza buonsenso da aspettare.

La nonna prese tempo. Era sempre stata taciturna, così tanto che anche il nonno a volte diventava impaziente con lei. "Se il silenzio fosse denaro, quella donna sarebbe ricca," rideva. Il più delle volte, riuscivamo a dire come si sentiva la nonna dal modo in cui si muoveva in cucina. Più era sconvolta, più pasta impastava o più duramente batteva la carne con un batticarne. Se era davvero sconvolta, andava in salotto, chiudeva le porte e provava le sue canzoni del coro. Rientravo a casa da scuola e la sentivo cantare, come se l'intero coro della Chiesa d'Abissinia fosse dietro di lei e lei dovesse coprire il loro frastuono.

La nonna non parlava mai di che cosa era che la faceva cantare più di quanto non parlasse degli altri suoi problemi, ma dalla notizia della morte del nonno, la nonna si era seduta vicino alla finestra, e non avevamo modo di dire a che cosa stesse pensando.

Lo zio Brother si avvicinò a lei, poi si chinò e le prese la mano. La tenne vicino al suo viso, sfregandola sulle sue labbra e sulle guance come se lei fosse cieca e avesse bisogno di essere aiutata a ricordare chi lui fosse.

"Devi fare di meglio, ragazzo," gli disse.

"Che cosa devo dire, mamma?"

La nonna guardò lo zio Brother per un minuto, poi si rigirò verso la finestra. "C'è quel ragazzo dei Pritchard," disse lei, indicando la strada. "Corre in giro con quel vecchio cane rognoso come faceva il ragazzo di Miz Simmons. A volte sembra che come Bumpsy Pritchard non abbia né sale in zucca né parenti. Miz Pritchard non riesce proprio a farsi rispettare da quando suo marito è schiattato."

Riuscii a vedere Bumpsy girare l'angolo alla fine dell'isolato, la sua giacca sbottonata e la coda della sua camicia svolazzante al vento che faceva intravvedere il bastardino grigio che gli mordicchiava le calcagna.

"Non è giusto che una donna debba dire a un figlio cosa fare per tutta la vita," aggiunse la nonna. "Troppa gente di colore aspetta che qualcuno dica loro cosa fare."

"Mamma, facci dire perché papà è morto," piagnucolò Maddie.

La nonna indicò Jimmy Dufree che stava lanciando un sacco di carta pieno di polvere di carbone e cenere alla sagoma in ritirata di Bumpsy. "C'è un altro di quei ragazzi. Si è rincretinito crescendo."

Sia Mitch che Staffer si sporsero in avanti, e io dovetti sforzarmi di non ridere quando Mitch scattò come se la bomba di immondizia di Jimmy Dufree stesse per colpire lui, e non Bumpsy. Staffer aveva le mani in tasca e stava gingillando delle monete come se le stesse contando al buio. I suoi capelli oleosi sembravano saltare con il ritmo delle monete nella tasca, e mentre si sporgeva alla luce dalla finestra, una matassa di capelli cadde lontana dal resto e atterrò sulla sua fronte come un vecchio pezzo di gomma di un palloncino, le ciocche incollate insieme e oleose come quei piatti appiccicosi a base di ocra che piacciono tanto alla nonna.

Poi Staffer fece un rumore con la gola, come quei suoni graffianti che fanno gli scoiattoli quando si arrampicano sul tetto d'inverno.

"Non vogliamo farvi perdere troppo tempo," disse lo zio Brother. "Posso venire e prendere gli eventuali pagamenti arretrati che dovete a papà. Forse posso parlare con voi del lavoro... "

"Mamma!" interruppe la zia Maddie. "Non puoi lasciare andare Brother solo perché sono venuti qui alcuni uomini... "

Lo zio Brother si avvicinò a Maddie e le gridò in faccia come se i loro volti non fossero solo a pochi centimetri l'uno dall'altro. "Tu non ASCOLTI proprio? Questo non è il momento di parlare."

Tutti si zittirono. "Credo che possiamo andare adesso," disse Staffer, ma lo disse più per riempire il silenzio lasciato dallo sfogo dello zio Brother. Eppure, noi tutti sapevamo che la loro visita era finita. Qualunque cosa avessero bisogno di dire, era stata detta.

"Torno subito," lo zio Brother disse alla nonna, poi fece strada a Mitch e Staffer fuori dalla stanza e giù per le scale.

"Non mi sembra giusto," borbottò Margay.

"La gente nera sta rigando dritta sempre in equilibrio tra giusto e sbagliato da quando ci hanno tirato fuori dalle navi provenienti dall'Africa," le disse la nonna.

"Loro semplicemente entrano qua e noi ci comportiamo educatamente, come se avessimo dimenticato come babbo è morto. Non mi sembra giusto," protestò Margay.

"Gli parliamo come se possano capire," aggiunse la zia Maddie.

Margay grugnì e sbuffò, poi mi guardò come se avesse appena notato che ero nella stanza. "Non hai del lavoro da fare, Josephine?"

"Quella cucina ha bisogno di essere pulita," disse la zia Fern. "E' meglio che tu vada."

"Lei non ci fa mai caso," si lamentava la zia Maddie mentre Margay strattonava il mio piede.

"Datti una mossa."

"Non startene lì seduta. Abbiamo un sacco di cose da fare prima della veglia funebre."

"Mamma, Miz Lucy sta per arrivare e inizia a sistemare le sedie," disse la zia Fern. "E Miz Simmons ci ha promesso un po' di pollo arrosto."

"Tutta la casa dev'essere pulita," annunciò Zia Maddie.

Devo aver guardato come se non sapessi da che parte girarmi per primo, perché lo zio Roman si coprì il volto con le mani, poi ricadde sulla sedia e gemette, "Lasciate in pace la bambina. Signore, lasciatela stare. Una persona non può reggere a tanto in un solo giorno."

"Si riprenderanno, Roman," disse la nonna. Poi si girò verso di me. "Jo-Jo?"

"Sto bene, nonna," risposi. "Il nonno diceva... "

Cominciai, e anche se ingoiai il resto delle parole, sapevo che qualunque cosa il nonno aveva detto sarebbe rimasta attaccata saldamente in casa nostra per anni. Tutti noi lo ricordavamo come quando si sente qualcuno cantare alcuni versi di una canzone, e tutto ti torna in mente d'un colpo.

"Papà diceva... " pianse Maddie, poi andò in cucina, sbattendo le ante della credenza quasi prima di essere completamente entrata nella stanza.

"Papà diceva... " mormorò di nuovo, e io sentii la porta anteriore scattare mentre lo zio Brother la chiudeva alle spalle degli uomini bianchi.

Sorella Detroit

QUESTA E' LA STORIA DELLA GROSSA
VETTURA DI DETROIT CHE cadde nelle mani di una
virtuosa Sorella. Nessuno si sarebbe mai voltato a
guardare questa grossa vettura per strada, soprattutto se si
considera che nell'arco di sei miglia quadrate tra Prospect
e Troost ve ne erano di altrettanto grosse. E sicuramente,
Buel Ray Gatewood non fu nemmeno il primo del
vicinato a diplomarsi, ma due anni dopo, con un lavoro e
una moglie, comprò un'edizione speciale lussuosa e super
accessoriata di una Auto-mo-bile di Detroit. "Più auto,
più cambiali"[49] era lo slogan del vicinato.

Quando Buel Gatewood comprò la sua Gran Turismo
Hawk, la gente intorno a Troost Avenue e Prospect
Boulevard non aveva ancora imparato a parlare del
Vietnam. Dopotutto, Bubba Wentworth era appena
tornato dalla Korea, e il V.A.[50] l'aveva aiutato a trovare
lavoro al Swift Packing House[51]. Grace Moton si stava
appena riprendendo dall'aver dovuto seppellire suo
fratello, che era stato sparato durante una schermaglia
degenerata al Berlin Wall. "Non ha niente di un muro se
non riesce a fermare le pallottole," aveva pianto Grace. E
quella femminuccia di Nicholas Clayton se n'era andato in
una scuola per bianchi a Ovest solo per verificare tutta
quella faccenda della Corte Suprema sull'integrazione.

---

[49] In inglese l'espressione è resa con un gioco di parole: "Auto-
Mo-bill" dove Auto si riferisce ad automobile, Mo è
l'abbreviazione di More che significa "più" e Bill significa
"cambiale" (n.d.t.).
[50] United States Department of Veterans Affairs - Dipartimento
degli Affari dei Veterani degli Stati Uniti. E' il dicastero che si
occupa degli ex-combattenti delle forze armate. Nel 1930 venne
creata l'agenzia governativa Veteran Administration, un'agenzia
federale per coordinare nel miglior modo gli aiuti ai veterani di
guerra (n.d.t.).
[51] L'industria di imballaggio per la carne (n.d.t.).

Ma Buel Gatewood aveva sborsato una bella quantità di assegni nell'assoluta certezza che con la sua edizione di lusso, 3.400 dollari di Hawk, avrebbe posseduto la migliore quattro ruote dell'isolato per qualche tempo a venire. L'unica cosa certa però era che stava per pagare le rate più alte nell'isolato per almeno cinque anni.

Non c'era dubbio che la Hawk di Buel fosse sufficientemente resistente. Era tutta griglie e fasce cromate, nera come le auto dei gangster e pronta per la strada per un tipo competitivo come lui. "Ogni vettura col nome di Hawk è destinata ad essere buona," aveva detto Buel. "Questo è il nome di quel vento che soffia sul lago a Chicago. Hawk! Quel vento dice: attenzione, io sono Hawk e sto venendo a prenderti. Ora ho una Hawk, quindi Attenzione!"

Alla guida di quella macchina, Buel poteva avere la meglio sulla Coupe de Ville del '54 di DeJohn Washington, ed eclissare la Meteor Merc di proprietà di suo fratello, Calvin. E, nonostante il suo tetto rigido retrattile, Buel aveva semplicemente licenziato la sua V8 Ford che aveva poi comprato Roger Payton per la sola ragione che solo qualcuno che lavorava in un distributore di benzina poteva permettersi una spugna come quella. "Non vado in giro a parlare degli errori degli altri," aveva detto, ma secondo Buel, quasi tutto ciò che Roger e gli altri facevano era un errore. A differenza di Calvin, Buel aveva un diploma di scuola superiore e non doveva servire al bar nella taverna di Rooster. E non doveva spalare la merda di vacca al Swift Packing, come DeJohn, o fare la fame in un distributore di benzina di fianco a Roger. Aveva un lavoro ben retribuito con l'Arbor Industrial Services, e una volta comprata la sua Hawk, si era abituato a superare la concorrenza. Questa competizione coinvolgeva completamente Buel e la sua Turismo Hawk.

Quell'anno, la mostra di auto di Detroit metteva in scena *The Wheels of Freedom*,[52] un'esposizione delle migliori auto di Detroit, tutte con le ruote bloccate e sistemate paraurti contro paraurti su una piattaforma girevole a forma di disco. Il pubblico sembrava sbigottito nel vedere tutto quel metallo lucido che gli mulinava davanti. Quella folla avrebbe dovuto venire nel quartiere di Buel, dove le auto abbagliavano allo stesso modo i proprietari e i passanti. Il traffico che scendeva verso Brush Creek Boulevard, Blu Parkway, o il Paseo sarebbe bastato da solo a mettere Detroit sulla mappa, ma con l'aggiunta del traffico interstatale tra il Kansas e il Missouri, tra la città e la periferia, tra i facoltosi e gli squattrinati, il bisogno di avere le ruote più grandi e migliori continuò a spingere la gente ad acquistare le automobili: Mustangs, Barracuda, Cougars, Mercs, Caddies o Falcons, le più veloci o le carrette di fabbrica FOB oppure tagliate su misura per le esigenze del proprietario.

Le auto facevano parte del quartiere, erano lo status symbol dell'essere arrivati, con le ruote. Le auto erano il portafoglio azionario dell'uomo di colore, il suo patrimonio immobiliare rombante, i suoi investimenti concretizzati. Quei sentieri che la città non progettava come strade abitate, li adattava ad autostrade che attraversano la lunghezza della città, lasciando una scia di motel a buon mercato, appezzamenti di terreni utilizzati come deposito per auto usate, e locali notturni da un lato e Swift Packing House e il ponte verso il lato del Kansas all'altra estremità. Nessuna delle strade che si diramavano dal centro della città permetteva un facile accesso a una statale, ma la praticità veniva presa in esame solo da coloro che avevano bisogno di fuggire dalla città o attraversare il confine di stato.

Gli imprenditori del settore immobiliare che lavoravano nelle zone del centro città in fase di modernizzazione per i residenti bianchi chiamavano quelle superstrade "Il fiume di luci." La gente che viveva nel quartiere di Buel le

---

[52] Le Ruote della Libertà (n.d.t.).

chiamava "La Pista," e cercava di non badare a tutta quella faccenda se non era abbastanza sfortunata da avere un motivo per lasciare la città.

A volte, Buel e i suoi amici facevano dei sogni strani in cui consumavano l'asfalto a bordo di una macchina fiammeggiante scelta da loro, ma Nicholas era l'unico che riusciva a trovare un'uscita rapida a ovest, e una volta lasciata la città, spariva per quanto ne sapevano Buel e il resto del Technical High School del '62. Nicholas sarebbe potuto scomparire, ma Brush Creek, Swope Parkway, e Pershing Road erano sempre là. E quando le auto del quartiere intorno a Troost e a Prospect si superavano sulla strada, i proprietari suonavano i clacson per farsi riconoscere.

Se qualcuno avesse scattato una foto di Buel, DeJohn, Roger e Calvin nel 1964, avrebbe potuto notare la soddisfazione su quelle quattro facce. In quei giorni, tutto ciò che si prefiggevano di fare sembrava facile, specialmente quando rimanevano entro i confini del mondo che conoscevano, luoghi che potevano raggiungere con un pieno di benzina. Non riuscivano ad immaginare, non si preoccupavano di immaginare niente che li spingesse al di là di quel punto. Ciò veniva dopo. Per ora, era sufficiente aspettare la domenica pomeriggio, quando Buel o uno degli altri dicevano, "Lasciamo che Sbirro[53] veda solo il nostro di dietro e spingiamo questi macchinoni a tutto gas."

In una bella giornata, quando il caldo e l'umidità erano perfettamente bilanciati, quando non c'era la neve che si depositava al largo delle pianure del Kansas, o i venti che sferzavano a nord verso Chicago, gli uomini si portavano sulle strade, le loro auto tirate a lucido dai fanali posteriori a occhio di pesce e l'alettone rifinito ai tetti eleganti e alle

---

[53] Anche nella versione originale il sostantivo è utilizzato con la lettera maiuscola in senso dispregiativo per indicare un poliziotto arrogante e prepotente (n.d.t.).

griglie. La loro unica preoccupazione era quell'occasionale
segugio che si posizionava sulla collina, pronto ad
acciuffarli mentre superavano a tutta velocità un
cartellone pubblicitario o attraversavano il confine di stato
a razzo. Quando la signorina Swift sollevava le sue gonne
sopra l'Intercity Viaduct e loro respiravano gli odori
rancidi della carne sporca, sapevano che si stavano
dirigendo a ovest. E quando i messaggi cartellone dopo
cartellone lungo l'autostrada 40 andavano in frantumi
facendo lampeggiare il neon come le luci nere sul
pavimento di una discoteca, stavano andando verso est.

Ma per le donne, quelle macchine erano la scusa che
incoraggiava i loro uomini a essere tanto volubili quanto i
tornado che di tanto in tanto passavano nel cuore della
città, i venti che a volte danzavano nei salotti e si
portavano via tutto ciò che una famiglia era riuscita a
racimolare da un lavoro pidocchioso, e a volte tiravano
giù gli angoli delle strade del centro come se stessero
seguendo il senso di marcia. Per le donne, quelle
macchine erano solo un altro modo per trasportarle da
casa a lavoro, "il gancio tra Miss Ann e i sedili posteriori
della macchina," come diceva Autherine Franklin —
perché, per le donne, le auto dovevano essere guardate e
pagate, ma mai guidate.

Anna Ruth Gatewood si ricordava dei pettegolezzi di
famiglia su sua zia Charzell, che aveva guidato da sola una
Packard verso Oklahoma City nel 1927. "L'unico modo in
cui riuscì a farlo fu vestendosi da uomo ed era così chiara,
che poteva sembrare un vecchio bianco." Ma la famiglia
di Anna Ruth era caduta in disgrazia, e non c'erano
Packard disponibili per le donne, quando gli uomini a
malapena riuscivano a tenersi stretto un lavoro abbastanza
a lungo per poter mantenere una macchina.

Anche quando qualche stupido vecchio, come Dennis
Frasier, andò in pensione e comprò una macchina nuova,
tenendosi la vecchia auto come utilitaria e la nuova per
andare in chiesa, le donne non potevano nemmeno per

sogno sfiorare il volante. Tutte loro inventavano delle scuse per giustificare il fatto che non riuscissero a guidare: Luann Frasier sosteneva di essere troppo vecchia; Nona Payton diceva che i suoi bambini la rendevano troppo nervosa, e Autherine Franklin diceva a tutti che era troppo stanca per fare qualsiasi cosa dopo aver passato tutto il giorno a strofinare i pavimenti di Miss Ann nei sobborghi.

Quando Buel comprò la sua Hawk GT, Anna Ruth disse a tutti che Buel non le aveva mai detto "Ba" sul fatto di voler comprare una macchina, e se l'avesse fatto, lei avrebbe preso lezioni di guida prima che lui firmasse i documenti.

"E' semplicemente apparso con quella," disse lei. "E' tornato a casa un giorno, un grande presuntuoso, e ha risalito il sentiero come se fosse appena saltato fuori dal bus di Prospect e stesse tornando a casa da lavoro, come al solito."

Secondo la versione di Anna Ruth, Buel si era seduto sul divano, aveva preso il giornale e l'aveva ripiegato alla pagina sportiva come faceva sempre. Ma circa un quarto d'ora dopo che era in casa, Anna Ruth si avvicinò alla finestra per vedere cosa fosse quella confusione in strada. Quello che vide fu una Studebaker Hawk nera pece circondata da metà del vicinato di College Street.

In un primo momento, Anna Ruth non collegò la macchina a Buel. Tutto ciò che vide fu la parte superiore della vettura, un campionario luminoso di metallo nero, una goccia di colore brillante che somigliava alla macchia di catrame che la squadra di lavoratori addetta a riparare le autostrade riversava sulle carreggiate lungo Brush Creek Boulevard ogni primavera. In un primo momento, lei non riuscì nemmeno a capire di che tipo di macchina si trattasse.

"Sembrava una specie di carro funebre," disse più tardi. "La prima parola che mi venne in mente quando vidi quella macchina fu *morto*. Se fossi andata io a comprare una macchina e a spendere tutti quei soldi, avrei comprato una macchina rosa, qualcosa di luminoso e carino come i coni di zucchero filato che vendono a Swope Park in estate. Ma quella cosa sembrava come se qualcuno fosse stato preparato per il funerale e il becchino fosse venuto a prenderlo."

"Ragazza, se fosse stato mio marito," disse Autherine Franklin, "mi sarei fatta dare le chiavi di quella macchina. Ecco perché non ho alcuna intenzione di sposare quel buono a nulla di DeJohn Washington. Non si deve mai dipendere dagli uomini."

Anna Ruth era sul punto di dire a Autherine che gli uomini erano tutto ciò da cui lei fosse mai dipesa, ma trattenne la lingua. Tutti sapevano che Autherine era libertina e facile, ed era per questo che lei e DeJohn non si erano sposati. Ma se qualcuno diceva a Autherine qualcosa su questo argomento, lei era pronta a saltargli al collo, e dal momento che Autherine era la sua migliore amica, insieme a Nona Payton, Anna Ruth ebbe buon senso e preferì non iniziare affatto una discussione.

"Stavo pensando di fare un salto alla YWCA,"[54] disse Nona. "Dimmi che fanno lezioni di guida per chiunque."

"Ragazza, Roger non ti consentirà di spendere soldi per imparare a guidare," dissero contemporaneamente Autherine e Anna Ruth.

Poi entrambe si appoggiarono allo schienale e risero alla sagacia delle loro intuizioni. Era confortante vedere chiaramente qualche parte del mondo, e le tre erano amiche da così tanto tempo, che vedevano chiaramente i reciproci mondi, anche se non riuscivano a vedere il loro.

Che cosa stesse accadendo per cambiare i loro mondi non le era dato da sapere fino a che Buel non entrò in possesso della sua auto per quasi un anno. Ma in quel periodo, lui e Anna Ruth si erano più o meno assuefatti

---

[54] Movimento femminile che lavora per un cambiamento sociale ed economico in tutto il mondo (n.d.t.).

alla routine, un nervoso scambio di idee miscelato alla passione che diceva al mondo che erano ancora sposini. Ogni mattina, Anna Ruth prendeva ancora l'autobus da Prospect a Plaza e iniziava il suo lavoro nel magazzino di un negozio di abbigliamento da donna. E ogni mattina, Buel arrivava con la sua Hawk a un isolato a nord dell'Arbor Industrials, dove parcheggiava e proseguiva a piedi per paura che uno dei suoi capi potesse vedere la macchina e potesse pensare che stava tentando di diventare un pezzo grosso.

"Non ho la pazienza di insegnarti a guidare," disse Buel ad Anna Ruth. "Non c'è ragione per una donna di mettersi alla guida. Le donne sono troppo nervose. Inoltre, farai guidare me al tuo posto," rise, e le accarezzò il sedere per farle dimenticare l'idea dell'auto.

Non importava quante volte discutessero la logica del suo apprendimento di guida, o quante volte Anna Ruth si fosse offerta di aiutare a passare la cera all'auto, l'unica volta che sedeva in quella Studebaker era la domenica. E anche allora, faceva solo il tratto verso la chiesa. Tornare a casa era il suo problema, perché la domenica, Buel e i suoi compagni andavano da Rooster ad ascoltare qualunque gioco venisse trasmesso alla radio. Anna Ruth conosceva le stagioni grazie allo sport più che grazie al tempo: il calcio in autunno, il basket a fine inverno, l'atletica leggera in primavera, e il baseball per tutta l'estate. Con un po' di sofferenza, i ragazzi ascoltavano anche il golf o il tennis, tutto per mantenere fisso il loro appuntamento da Rooster dopo la messa, poi sull'interstatale o sull'autostrada 40 e in uno dei club privati dove, se soci, si potevano acquistare degli alcolici fino a tarda notte di domenica. Fatta eccezione per qualche occasionale riunione di famiglia a casa di uno dei loro genitori, poco aveva interferito con la routine dei ragazzi nei due anni successivi da quando lasciarono il liceo.

Nessuna delle lamentele di Anna Ruth riusciva a mantenere Buel lontano da Rooster dopo la chiesa.

Buel disse: "Anna Ruth, dovresti esser contenta quando guido fino alla chiesa e ti aiuto a uscire fuori da questa bambina proprio lì di fronte al predicatore."

"Mi sentirei molto meglio se stessi guidando io la bambina da sola," disse lei.

E Nona disse: "Non è tipico degli uomini? Pensare che solo perché lui può accompagnarti in macchina in chiesa, devi sentirti felice che lui se ne vada in macchina e ti lasci sola di notte."

"Come pensi che riuscissero a tenere tutti gli schiavi buoni?" chiese Autherine. "Gli dicevano che Dio li aveva pensati schiavi, ecco come. Gli avevano fatto bere un sacco di stronzate su Dio e la chiesa. Ecco perché non mi piace andare in chiesa. Quando ho voglia di parlare con Dio, devo solo mettermi in ginocchio e iniziare a parlare."

"Tesoro, quando ti metti in ginocchio, stai parlando con Ajax e Spic-e-Span," rise Nona.

"Nona Pettigrew Payton, siamo amiche dalle elementari," Autherine sbottò, "ma se non badi a quel che dici, farò di te un'amica morta."

"Stai zitta," disse Anna Ruth: "Sai che non lo pensi. Ora zitte, tutt'e due. Giuro, mi sembra di aver trascorso metà della mia vita ad ascoltare voi due azzannarvi a vicenda."

Autherine era pronta a continuare l'argomento, ma Nona fece attenzione a quanto aveva detto Anna Ruth.

"Oh ragazza, dai," Nona disse a Autherine. "Lo sai che non intendevo nulla di che. Facciamo una passeggiata verso il Bishop e prendiamo un panino col pesce che facciamo diventare rosso con qualche salsa piccante della Louisiana."

"Ohh, ora si ragiona," Autherine gridò, e prese a braccetto sia Anna Ruth che Nona.

Ancora vestite con l'abito della domenica, lasciarono la chiesa e si diressero verso il Bishop.

A un certo punto, il loro percorso le condusse a un tratto di strada tra due isolati nel Brush Creek Boulevard. Gli alberi che fiancheggiavano la strada a quattro corsie frusciavano con il vento, e i detriti, catturati nella scia, roteavano verso il letto del torrente che separava i sensi di marcia in due corsie su entrambi i lati di un pilastro di cemento. Lo stesso torrente era cementificato, pavimentato anni fa dalla macchina politica di Pendergast, che possedeva un cementificio locale. Ora, assomigliava a un canale di scarico per una diga, solo che era piatto, come il resto del paesaggio, con sezioni di tubo fognario tagliate a metà che si aprivano lungo un tratto che si snodava attraverso il centro della città. Ed era pieno o vuoto. Nelle stagioni aride, una colata di acqua filtrava attraverso il fango che s'insinuava in mezzo alle screpolature di calcestruzzo. Ma il torrente offriva al quartiere piene improvvise durante le stagioni piovose. In quei periodi attraversare il viale poteva essere pericoloso e più di una persona si era improvvisamente trovata in pericolo di annegamento, mentre il resto della città rimaneva in alto e asciutta.

Eppure, il torrente aveva i suoi vantaggi, per quanto insufficienti. Separava il trambusto del traffico che saliva e scendeva lungo il viale affollato, e gli alberi muovevano il vento in modo che i fumi dei gas di scarico non si depositassero come lungo il Blue Parkway, il Paseo e le altre vie. E in inverno, quando le nevi si congelavano trasformandosi in ghiaccio, i ragazzi del vicinato utilizzavano il torrente come un parco giochi, mentre l'aria calda d'estate riempiva gli alberi di profumi e fiori selvatici sbocciati nelle fessure a bordo del corso d'acqua.

Era duro camminare a piedi tra i due isolati, ma Anna Ruth e le sue amiche sapevano di fare colpo, ridendo e camminando a passi lunghi sulla strada verso il Bishop. Alcuni giorni, camminavano seguite da un coro di clacson strombazzanti, segno dell'approvazione dei rispettivi proprietari alla vista delle tre donne provocanti. Autherine era più interessata a far notare chi c'era alla guida della Bonneville di passaggio, oppure di un Barracuda bicolore, o di una Plymouth a coda di pesce. Anna Ruth era impegnata a contare il numero di donne che guidavano le Oldsmobile o le Falcon o le Fleetwing dei loro vecchi. Solo Nona era interessata a quanti soldi erano stati sprecati progettando il Brush Creek.

Ma Nona era sempre stata quella curiosa del gruppo. Da bambina, era più interessata al Monopoli che a raccogliere i bastoncini o le pietroline per giocare. E al liceo, si era iscritta a un corso di redazione con il suo Segretario Esecutivo di programma. Anche adesso, si era iscritta alle scuole serali nel tentativo di migliorare il suo lavoro con il dentista nero di maggior successo della città, da assistente di studio a contabile. A Nona piaceva più leggere che ballare, e aveva una tessera per la biblioteca che usava almeno una volta al mese. Quindi, Nona era stata etichettata il cervello del gruppo.

"Sei così ambiziosa, non hai futuro qui nella scuola tecnica," le aveva detto Autherine un giorno di primavera dopo la lezione di dattilografia. "Dovresti essere a Richmond dove avresti potuto indossare maglioni da calcio e andare al ballo di fine anno."

Ma Richmond non voleva Roger Payton, e più di ogni altra cosa al mondo, Nona Pettigrew voleva rimanere con Roger Payton. Fu probabilmente Nona, che aveva messo in testa a Anna Ruth Simpson l'idea del matrimonio. Ad Anna Ruth, Buel piaceva abbastanza, ma non aveva programmato oltre il loro primo appuntamento. Nona invece aveva dei progetti per Roger Payton, e quando consultò Autherine e Anna Ruth sul modo migliore per mettere Roger a conoscenza di tali piani, la febbre da matrimonio colpì pure Anna Ruth. Le tre avevano ridacchiato e complottato, e tre mesi dopo che Roger e Buel si diplomarono, ci fu un doppio matrimonio con Autherine e DeJohn in qualità di testimoni, per entrambe le coppie.

Una volta sposate, Anna Ruth si era abituata di nuovo a vivere giorno per giorno, ma Nona semplicemente rimosse le idee del Midwest di Roger su ciò che dovrebbe essere una moglie e si iscrisse alla scuola serale. Dall'estate del 1964, stava combattendo per convincere se stessa che aveva bisogno di un corso di guida così come di quei corsi di contabilità che fece mentre Roger era di servizio la notte al distributore di benzina, ed entro la primavera, si sarebbe iscritta se il paese non si fosse trovato di fronte alla Risoluzione del Golfo del Tonchino del presidente Johnson.

Improvvisamente gli Stati Uniti combattevano in Vietnam e Roger Payton fu uno dei primi uomini nelle vicinanze ad essere arruolato. Entro sei mesi, tutti loro erano in divisa, e nell'area di sei miglia quadrate tra Prospect e Troost, le famiglie stavano imparando a pronunciare i nomi dei luoghi che anche il presidente Johnson aveva problemi a districare sulla sua lingua: Phan Rang, Chu Yang Sin, Quang Ngai, Dong Hoi.

Come tutti gli altri, le donne erano totalmente impreparate all'impatto col Vietnam, ma su tutte, Autherine sembrò la più colpita dalla notizia del suo uomo chiamato alla guerra. Lei lo vedeva come un complotto contro la gente nera, e anche dopo che aiutò DeJohn a impacchettare i suoi vestiti e a vendere la sua auto, predicava contro la sua partecipazione ai giochi di guerra dei bianchi.

"Andare in chiesa e andare in guerra è tutto ciò che è permesso alla gente nera," gridò. "Dovremmo creare uno stato nostro. Lasciare che i bianchi combattano tra loro."

E mentre piangeva e sbraitava, rifiutandosi di andare di nuovo in chiesa, rifiutandosi di andare al cinema o anche di comprimere i capelli in segno di protesta contro l'ingiustizia dei bianchi, Anna Ruth e Nona videro la rivoluzionaria che sarebbe diventata entro i prossimi tre anni. Ma dall'inizio del 1965, Nona e Anna Ruth divennero più inquiete per la riduzione del numero di lettere che ricevevano dai loro mariti.

Ora, camminare lungo Brush Creek era diventato un problema, non importa quale fosse la stagione.

Ignoravano le auto che le suonavano e cercavano di immaginare che tipo di scenario gli uomini potevano vedere in quel luogo chiamato Vietnam, un piccolo puntino sulla cartina che Nona le aveva aiutate a trovare un giorno in biblioteca. Ora, ciascuna di loro doveva trovare il modo di occupare il tempo, soprattutto le notti, e Nona, libera di frequentare tutti i corsi che desiderava, senza nasconderlo a Roger, finalmente si iscrisse a un corso di guida.

"Intendo dirglielo," disse a Autherine. "Intendo raccontare tutto a Roger su questo corso di guida la prossima volta che lo sento, ma non voglio rovinargli la sorpresa fino a quando non sarò sicura che abbia ricevuto le altre lettere che gli ho inviato. Non lo sento dallo scorso settembre, e qui siamo a gennaio."

"Io ho ricevuto una lettera da Buel a novembre. Ha detto di essere stato trasferito nella compagnia di Roger e DeJohn. Ma non lo sento da allora."

"DeJohn non scrive molto, ma avrei dovuto già sentirlo arrivata a questo punto. L'ultima cosa che ho saputo è che li stavano spostando più a nord."

"Beh, se conosco i ragazzi, si sono presi un liquore scadente e si sono ubriacati lassù," rise Anna Ruth.

Le altre risero con lei, ma nessuna credeva a quello che aveva detto. Le notizie che giungevano erano per lo più storie di vittime di guerra; il ragazzo di B. L. Jefferson era stato ucciso su un cacciatorpediniere nel Mar della Cina meridionale; e gli Anderson, che vivevano nella Bales Street, avevano perso un figlio e due nipoti. E tutti cominciavano ad avere notizie di un altro nome aggiunto alla lista dei dispersi in azione. A giugno, i nomi di Roger Payton, Buel Ray Gatewood, e Calvin Gatewood furono aggiunti a quell'elenco. E nel mese di giugno, la madre di DeJohn disse a Autherine che aveva ricevuto una lettera dal Dipartimento della Guerra in cui si diceva che DeJohn era stato ferito a morte ed era stato inserito nella lista come vittima di guerra.

161

"Quei bastardi non sanno nemmeno dire *morto*," urlò. "Solo qualche stronzata sulle vittime di guerra e i dispersi. Come se stessimo per girare l'angolo e li trovassimo lì sorridenti. Questa è una merda. Voglio che sappiate che questa è merda."

"Non ci posso credere. Roger non può esser*mi* morto," disse Nona. "Non me l'avrebbe mai fatto di andare a farsi ammazzare."

"Tesoro, Roger non *ti* è morto," ringhiò Autherine. "E' morto per lo zio Sam. E' morto combattendo per i bianchi. E' morto come DeJohn e Buel e Calvin."

"Io non credo che Buel sia morto," disse Anna Ruth con voce piatta. "Io non ci credo e basta."

"E Roger non può essere morto," pianse Nona. "Guarda. Non ha nemmeno venduto la sua macchina." Indicò la Ford parcheggiata sul marciapiede davanti a casa sua. "Ha lasciato l'auto proprio lì. Voglio dire, è impossibile vederlo andare via e lasciare quella macchina."

"Non vedo altro che quella macchina," disse Autherine. "Non vedo altro che quella macchina lì a marcire sotto la pioggia. Non c'è nessuno dentro. Roger non è nella sua auto, e Buel non è nella sua. Potrebbero anche averle vendute. Avrebbero potuto fare ciò che ha fatto DeJohn, e vendere quella merda. E se hai un po' di buon senso, questo è ciò che farai."

"Non ho intenzione di vendere quella macchina fino a quando Roger non tornerà a casa e mi dirà personalmente di venderla."

"E allora, quella macchina rimarrà lì fino a che gli asini non voleranno," scattò Autherine.

Ma Nona finì il suo corso di guida, e di domenica, quando Autherine non aveva un incontro con i Black Panthers,[55] Nona la portava in giro in macchina, le due

---

[55] Movimento che aveva come obiettivo la liberazione degli afroamericani fino ad allora pesantemente discriminati. La peculiarità delle Pantere fu quella di rifiutare le istanze

sfrecciavano nella Ford Skyliner di Roger Payton lungo la Blue Parkway, il Paseo, il viadotto Interstatale e l'autostrada 40. La solitudine per Nona divenne quelle passeggiate domenicali in macchina in cui cercava di replicare le uscite che aveva fatto Roger, mentre Buel e gli altri non riuscivano a stargli dietro. Solo Nona sopportava Autherine che declamava dottrine Nazionaliste Nere sul sedile del passeggero accanto a lei. Anna Ruth si rifiutò di andare con loro.

Anna Ruth disse che le sue domeniche erano troppo piene. Doveva assicurarsi che la Hawk di Buel ricevesse il suo trattamento di bellezza settimanale, disse loro. E doveva partecipare alle riunioni in chiesa dove aiutava l'associazione di beneficienza a rintracciare gli indirizzi governativi in modo tale che le signore potessero scrivere al Ministero della Guerra e chiedere di mandare a casa i loro uomini.

La domenica, Nona e Autherine guidavano fino a casa di Anna Ruth sulla College Street, ma ogni domenica, Anna Ruth era troppo occupata per unirsi a loro. Durante tutta quell'estate, Anna Ruth sembrò troppo occupata per avere tempo per loro. In autunno, Nona e Autherine notarono come Anna Ruth non aspettasse il fine settimana per lavare la macchina di Buel dentro e fuori. La vedevano spesso lavare i pneumatici con la fascia bianca, lucidare le cromature, o passare la cera a quella macchina il mercoledì o il venerdì o il sabato, solo per rifare tutto il lavoro nuovamente la domenica. E sempre di più, Anna Ruth si ritirò in una sorta di mutismo inquieto che era più simile a un urlo che a un silenzio.

---

nonviolente e integrazioniste di M.L.King, sostituendole con il principio dell'autodifesa. In particolare cominciarono a praticare il "patrolling" che consisteva nel pattugliare, tenendo sempre le armi in bella vista, le azioni della polizia, in modo da condizionarne l'operato, impedendo che questa abusasse del suo potere contro le persone di colore che fermava (n.d.t.).

E ai primi di dicembre, quattro mesi dopo i fatti di Watts,[56] quando i venti che soffiavano al largo della prateria sembravano appesantiti da piccoli cristalli di ghiaccio, e le membra nude degli alberi lungo Brush Creek Boulevard crepitavano nell'aria rarefatta, Anna Ruth perse il controllo e andò al volante della Gran Turismo Hawk di Buel Ray Gatewood.

Sembrava così naturale, scivolare sul sedile del conducente. Per mesi, aveva strofinato la tappezzeria e il pavimento con una spazzola per abiti per impedire alla polvere di mangiare il tessuto. Per mesi, aveva lucidato il volante, il parabrezza avvolgente e il cruscotto. E di tanto in tanto, su ordine di Buel, aveva acceso il motore e lasciato la macchina ferma. Ma quel giorno, era scivolata alla guida, aveva mollato i freni, e si era allontanata dal marciapiede con attenzione.

Era su Brush Creek prima che uno Sbirro la notasse. Alle 03:00, quando il piedipiatti la fermò, aveva messo la macchina in folle e aspettato pazientemente.

Si sorprese un po' di non essere spaventata. Non si sentiva come se sapesse ciò che stava per dire, ma non aveva provato quel batticuore che si ricordava di avere provato il giorno in cui aveva aggirato il problema di Buel che le chiedeva di sposarlo, o la prima volta, un paio di giorni dopo, quando aveva dormito con lui. Nel suo specchietto retrovisore, guardò il poliziotto bloccare le ruote della sua moto, e aspettò che bussasse sul vetro prima di abbassare il finestrino.

"E' la macchina di mio marito. E' nell'esercito a Nam," gli disse quando le chiese la patente. "E' disperso in azione così mi prendo cura della sua auto finché non torna."

---

[56] Una sommossa a sfondo razziale di imponente portata durata per 6 giorni nell'agosto 1965. I centri maggiormente colpiti furono Watts e i sobborghi contigui. Fu una delle rivolte più crude e violente della storia degli Stati Uniti d'America (n.d.t.).

Il poliziotto non batté ciglio. "Devo prenderle le chiavi," disse. "Perché non parcheggia questo macinino vicino al marciapiede e mi da le chiavi?"

"Questo non è un macinino," scattò Anna Ruth. "E' una Gran Turismo Hawk e appartiene a mio marito. È in Nam disperso in azione... "

"Abbiamo 200.000 ragazzi in Vietnam, e non uno di loro ha preso la sua auto. Lei non ha la patente per questa cosa, quindi la parcheggia. Questa vettura è sotto sequestro."

Il poliziotto si diresse verso la parte posteriore della vettura per prendere il numero di licenza, e Anna Ruth si chinò per accendere il motore. Lo sparò a tutto gas, dando pieno sfogo alla potenza dei 255 cavalli.

"Calma lì, ragazza," disse il poliziotto. "Non farti venire strane idee. Vai verso quel marciapiede."

Anna Ruth scivolò fuori dal folle e inserì la prima, poi mentre prendeva dei respiri profondi, inserì la retromarcia. Il motore rispose come se stesse bramando un po' di attenzione. In un fluido movimento brusco, Anna Ruth puntò la moto del poliziotto, e se il piedipiatti non avesse fatto un passo indietro, avrebbe colpito anche lui. Poi ci si schiantò sopra e corse giù per Brush Creek. Era a quattro isolati di distanza prima che il poliziotto smise di sbattersi il cappello contro il ginocchio e urlare:

"Dannazione! Dannazione!"

I passanti guardarono la scena sbigottiti, e alcuni, che si dirigevano verso il Bishop o il Bar-b-que Maxine, chiamavano gli amici per vedere la scena. "Il poliziotto è stato stracciato!" gridavano, e la notizia si diffuse su e giù per la strada come un incendio nel sottobosco. Purtroppo, Anna Ruth aveva lasciato la radio del poliziotto intatta.

Ma quella non era la sua preoccupazione al momento. Quando il poliziotto finalmente capì che poteva chiamare aiuto, Anna Ruth stava sbandando sulle auto parcheggiate lungo il viale. Il suo piede sembrava congelato sull'acceleratore, e quando entrò nel Paseo, fece un testacoda all'incrocio ghiacciato, roteando per due volte prima di dirigersi verso nord, lasciando cinque vetture danneggiate bloccate in mezzo alla strada dietro di lei. La chiamata del poliziotto raggiunse le pattuglie alle 3:18 del pomeriggio. Alle 3:20, fu avvistata sul Paseo, e due auto le davano la caccia.

Da qualche parte lungo quella via, Anna Ruth tornò in sé, e il rumore occasionale del metallo che colpiva di striscio una macchina parcheggiata, o sfiorava un autista troppo lento per levarsi dalla sua traiettoria, la fece rimanere senza fiato. Quando vide lo Sbirro dietro di lei, lasciò il Paseo a Plymouth e ci ritornò in un secondo momento fuori da Linwood. Lo spazzaneve stava lavorando in suo favore. In realtà, il tempo era a suo favore. Era una giornata triste, ma fredda e limpida, così fredda che non c'era nessuno in giro quella domenica a meno che non fosse costretto. Così fredda, che non si era formata la fanghiglia sulla strada e le polveri lasciate dagli spazzaneve stavano ancora in cima al ghiaccio. Nonostante i danni che aveva provocato, per la maggior parte, il percorso davanti a lei era sgombro. Ma dietro di lei, c'erano un sacco di auto della polizia.

Aveva deciso di dirigersi verso il viadotto interstatale e il confine del Kansas, ma i piedipiatti cominciarono a scendere da tutte le direzioni e lei dovette zigzagare il suo percorso attraverso il Paseo e ritorno. Una volta giunta là, quando era sulla via Troost parallela al Paseo, vide due macchine della polizia venire verso di lei. Le unità dietro di lei sapevano che aveva le spalle al muro, ma Anna Ruth diede uno strattone al volante e in un selvaggio cerchio aperto con un movimento rotatorio del braccio, si girò nella direzione opposta, zigzagando in mezzo e intorno alle auto che la stavano seguendo. Tre auto entrarono in collisione tra loro per evitare un frontale con la Hawk di Anna Ruth.

Quando il poliziotto alla guida della seconda auto si tirò

fuori dal relitto, guardò i fanali posteriori dell'auto di Anna Ruth e scosse la testa in invidiosa ammirazione. "Dannazione come questa cagna riesce a guidare," disse.

Ma qualunque fosse stata, la fortuna che Anna Ruth aveva trovato nell'incontrare poco traffico sulle strade arate da poco era sul punto di esaurirsi. A detta di tutti, la polizia aveva messo in campo dodici unità dal momento in cui lei arrivò all'ultimo giro della sua odissea. A detta di tutti, Anna Ruth aveva percorso la lunghezza del Paseo da Brush Creek fino all'intersezione del viadotto e ritorno quando i piedipiatti le tagliarono la via di fuga. E nel momento in cui lei rientrò nel quartiere, poco prima che una fila di volanti fiancheggiasse la strada e la costringesse sul prato del Technical High School, aveva lasciato dietro di sé una scia di oltre venti auto danneggiate.

Ma in queste due miglia finali, Anna Ruth aveva raccolto un po' di tifoseria. La gente nella zona compresa tra Troost e Prospect che stava in piedi ai lati della strada, le gridava dove andare per metterla fuori dalla traiettoria dei piedipiatti. E a volte, la gente bloccava il percorso dei poliziotti spingendo di fronte a loro delle vetture dismesse che erano state abbandonate nel quartiere. I ragazzini lanciavano le pietre, facendo pratica per i disordini che sarebbero presto arrivati in città. E i vecchietti, ridestandosi dal sonnellino domenicale pomeridiano, tennero a mente quel giorno come un punto di svolta.

Nona raggiunse Autherine proprio mentre Anna Ruth si immetteva a velocità da Brush Creek sulla Euclide. Autherine stava aiutando a fare i manifesti per l'incontro dei Panthers nello scantinato della scuola, e quando Nona bussò con forza alla porta e la chiamò, era solo all'inizio di una lite con un collega dei Panthers circa le cause della rivoluzione. La notizia della ribellione di Anna Ruth cancellò il suo bisogno di convincere l'uomo.

Le due donne stavano correndo giù per le scale davanti alla scuola quando Anna Ruth entrò nell'isolato. Sul lato opposto, la polizia aveva parcheggiato diverse volanti.

Dietro di lei, una falange di pattuglie, sirene e luci lampeggianti, correvano verso di lei a tutta velocità.

Forse ce l'avrebbe fatta se il vecchio Frasier non fosse uscito dal suo passo carraio in quel momento. Frasier aveva sentito tutto il trambusto, e il suo vicino di casa, Charleston Davis, gli disse che una pazza stava percorrendo a tutta velocità la Brush Creek. Quello era uno spettacolo che il vecchio non voleva assolutamente perdere. Non poteva sapere che Anna Ruth aveva deviato fuori da Brush Creek e che puntava a nord per una nuova rotta lungo la Blue Parkway. Lui spostò il suo grande Pontiac lentamente fuori dal vialetto e direttamente sul percorso di Anna Ruth.

Anche dalle scale, Nona e Autherine videro che Anna Ruth non aveva molta scelta tra il vecchio Frasier o il prato innevato della scuola.

"Accidenti, sono quasi arrivata al Kansas, Nona," sussurrò Anna Ruth dopo che la polizia l'aveva tirata fuori dalla sua Studebaker distrutta. "A metà strada e guidando da sola."

Nona la zittì mentre le cullava la testa, la dondolò finché gli assistenti di ambulanza non prepararono la barella.

"Buel si arrabbierà con me," disse Anna Ruth. "Buel tornerà a casa e scoprirà che ho rovinato la sua auto, e mi romperà il culo."

"Non ti preoccupare, tesoro," le disse Nona. "Quando Buel arriverà avremo risolto tutto."

Autherine vide i poliziotti cercare di ammanettare Anna Ruth anche quando i medici la stavano mettendo nella barella. "Questa *è una merda*!" Gridò Autherine. "*E' una merda!*"

Esercitazioni

ERA MOLTO IMPROBABILE CHE ODENA MOTLEY e Joyce Ellen Mayfield potessero risolvere ciascuna i problemi dell'altra, ma Joyce Ellen doveva trovare una camera e Odena aveva bisogno di compagnia, qualcuno che riempisse gli angoli silenziosi di quella grande casa a tre piani. Suo nipote, Leon, si era annidato nella parte alta della casa, ma Odena non gradiva salire le scale solo per trovare Leon, sdraiato come al solito, nel mezzo di un'isola puzzolente di fumetti, cataloghi di vendita per corrispondenza e vestiti sporchi.

Odena si stava preparando alla morte, o come diceva lei, a un meritato riposo, e stancarsi quanto possibile prima di mettersi a letto quell'ultima volta non includeva l'arrancare su tre rampe di scale solo per affrontare il silenzio di Leon.

Aveva bisogno di compagnia, e Joyce Ellen Mayfield non sembrava sapere esattamente di che cosa avesse bisogno. Così Miss Dena esaminò Joyce Ellen e decise che non era tanto aggressiva quanto la giovane pensionante che aveva avuto l'anno precedente, quella che di domenica ascoltava l'opera tutto il giorno e disseminava la sua cucina di briciole di crackers e pelle di mortadella ogni giorno della settimana. Naturalmente, chiunque era meglio di Leon, anzi Miss Dena preparava i suoi piani con cura, con cura e con astuzia come aveva tramato tutti gli eventi della sua vita negli ultimi novant'anni e rotti. E, in un primo momento, come la maggior parte delle persone che avevano incrociato il percorso di Miss Dena, Joyce Ellen vide solo quegli occhi cisposi galleggianti nelle loro piscine azzurro pallido, risultato dello sviluppo della cataratta, le rade chiazze di capelli grigi crespi simili a un pollo spennato e la pelle nera riarsa tesa saldamente sulle ossa di Miss Dena come la crosta sottile di un tacchino cotto troppo. Questa fragilità era lo scudo di Miss Dena.

"Io e il Reverendo prendevamo il tè in questa stanza tutti i pomeriggi. Quella lampada lì... " Allungò un dito simile a un ramoscello nero piegato nella direzione generale di un tavolo dalle gambe sottili, e Joyce Ellen doverosamente seguì la fine tremula di quel dito ossuto fino a che non individuò la lampada di velluto grigio, seminascosta da due statue di forma curiosa e una dozzina di altri ninnoli. "... ora al Reverendo, non è mai piaciuta quella lampada," continuò Miss Dena. "Diceva che non faceva molta luce, ma lui prendeva il tè proprio lì, sempre a quel tavolo. Suppongo che non ti piaccia il tè?" chiese.

"Il caffè mi aiuta a stare sveglia."

"Quella scuola ti tiene piuttosto impegnata, immagino. Non puoi lasciare che ti tenga troppo occupata." Alzò la testa di lato e infilò le mani sotto le ascelle, battendo i gomiti contro la vita come se si stesse alzando per spostarsi. Sembrava più che mai simile a un uccello, e Joyce Ellen nascose il suo sorriso chinandosi per un esame più attento dei centrini di pizzo fatti all'uncinetto e fissati alla sedia accanto a lei.

"Ti devi concedere un po' di tempo per socializzare," continuò Miss Dena. "Quella gente bianca ti fa uscire di matto. Ho sentito dire che è una delle migliori scuole di medicina del paese, ma mi ricordo un periodo in cui la gente di colore non poteva... ."

Il respiro rumoroso di Joyce Ellen interruppe la frase di Miss Dena a metà. "È una stanza grande?" chiese Joyce Ellen.

I gomiti di Miss Dena smisero di muoversi, e per un momento Joyce Ellen credette che il centro di quella stanza si sostenesse nella massa sporgente degli occhi acquosi di Miss Dena. Poi Miss Dena lasciò cadere le sue braccia e si diresse verso la porta, bilanciando il suo peso sulla punta dei piedi con un movimento rotatorio che era sorprendentemente evocativo di un maratoneta o un famoso pivot sul campo di basket.

Ma lei faceva i passi uno alla volta, aggrappandosi alla

ringhiera come se lo sforzo stesso potesse farla precipitare in qualsiasi momento. Joyce Ellen la seguiva a una distanza abbastanza adeguata per afferrarla.

"Pulisco qui due volte a settimana," disse. "Non mi aspetto che avrai molto tempo per farlo tu, non con tutti quei libri che ti fanno studiare. Però non c'è alcun problema per me. Il medico dice: 'Miss Dena Motley, è meglio che la smetta di salire quelle scale,' ma pulisco questa casa da quasi sessant'anni a oggi. Io e il Reverendo ci trasferimmo qui molto tempo prima della guerra." Si fermò e scrutò Joyce Ellen. "La prima guerra, non quell'altra." Poi inalò e andò avanti di nuovo. "Ho perso mio figlio in quella seconda guerra. Il piccolo Leon ha vissuto con me sin da allora. Sua madre è morta, lo sai."

"Avete una luce nella scala? Alcune delle mie lezioni finiscono un po' tardi, e di solito io studio nel campus di notte."

"Pulisco tutto. Strofino e passo la cera ai pavimenti, rifaccio i letti. Non farci caso se qui ci sono o meno degli ospiti. Ho cinque camere qui e sei al piano di sotto. Le pulisco tutte. L'interruttore della luce è proprio lì, e ce n'è un altro ai piedi delle scale. Se cercassi un serpente ti avrebbe già morso," mormorò, poi aggiunse mentre apriva la porta alla fine del corridoio, "La stanza del piccolo Leon è in cima alla prossima rampa di scale. Questa qui è la tua."

Joyce Ellen la seguì nella stanza e rimase lì, combattuta da un lato dal bisogno improvviso di correre, e dall'altro da una calda sensazione di essere finalmente entrata a casa.

La stanza era grande e di forma irregolare. La parete ovest sembrava essere stata allargata o aggiunta in un secondo tempo, la sua carta da parati di color camoscio più recente e meno elaborata rispetto al disegno greco di colore giallo pallido sulle altre pareti. E tuttavia, poiché la stanza era riempita con lo stesso legno grossolano e i voluminosi mobili imbottiti come l'area al piano di sotto, tutto sembrava andare a pennello. Forse perché faceva tutto parte della collezione del passato di Miss Dena, tutto leggermente sbiadito, un po' impolverato e strozzato da uno strano assortimento di accessori.

"La prendo," disse Joyce Ellen, ma il suono della sua voce si perse in una serie di esplosioni soffocate — un tonfo e un fragore sibilante seguito da un lungo stridio come se qualcosa avesse raschiato su qualcos'altro.

"Quello è il mio bambino, Leon," le disse Miss Dena. "Se non è in quel suo laboratorio, si sta nascondendo in camera sua a fare tanto chiasso quanto ne fa quando è sul retro. Ti abituerai."

Tre settimane più tardi, Joyce Ellen ancora sobbalzava ogni volta che sentiva quei suoni improvvisi. E in tre settimane, aveva solamente intravisto Leon — un'ombra grigio-nera in cima alle scale quando tornava dal campus di notte, un viso marrone pallido oscuro nella finestra al piano di sopra quando girava l'angolo ai piedi della collina, un mezzo sorriso quando chiudeva la porta del suo laboratorio nel cortile, una sagoma alla finestra di vetro piombata del soggiorno di Miss Dena. Non lo vide mai uscire di casa, ma a volte lo sentiva tornare.

Leon sbatteva sempre la pesante porta di quercia con una forza che avvisava del suo arrivo, la sua sfida all'udito sensibile di Miss Dena. Joyce Ellen aveva l'impressione che i vecchi, soprattutto quelli vecchi come Miss Dena, soffrissero di una moltitudine di acciacchi, tra cui la sordità. Ancora prima che avesse pensato di entrare nella scuola di medicina, sua nonna stessa aveva confermato questa sua convinzione, gridando con un forte accento del Midwest reso ancora più intenso da una perdita uditiva e mai capendo la metà di quanto le venisse detto. Ma'Emma riempiva il suo armadietto dei medicinali con tutti i tipi di sciocchezze, ognuna delle quali diceva che le era stata tramandata da qualche Mayfield scomparso da tempo che era stato preso come schiavo dall'Africa. Anche Miss Dena aveva dei sacchetti e dei barattoli di questo e quello per curare delle misteriose malattie, ma nessuna di loro aveva a che fare con la sordità. La vecchia riusciva a sentire cadere uno spillo nella stanza accanto.

Forse erano stati i rimedi juju[57] di Ma'Emma che avevano finalmente convinto Joyce Ellen a studiare medicina, perché certamente non era stato l'ostinato comportamento petulante di sua madre. In ogni caso, era stata sicuramente l'abitudine snervante di Miss Dena di porsi come una sentinella, insieme agli arrivi ribelli di Leon e alle raffiche di imprecazioni nei confronti delle invasioni che Miss Dena aveva fatto tra i suoi effetti personali che spinsero Joyce Ellen ad entrare nella casa il più silenziosamente possibile.

Lasciava sempre il campus senza sapere esattamente dove stesse andando. Quel serraglio scientifico di libri di testo, laboratori, camici bianchi inamidati e grafici anatomici riempivano ogni spazio disponibile nella sua testa. Era un edificio freddo, avvolto dal cielo freddo della Pennsylvania, e talvolta Joyce Ellen riusciva solo vagamente a ricordare il caldo sole del Kansas e casa.

Per almeno tre isolati, sezionò qualche parte del cadavere A7-359-320 e, fino a quando non intravide il suo viso in uno dei negozi lungo il viale nei pressi dell'università, pensò a se stessa come altrettanto incolore e senza vita come gli schizzi anatomici nella collezione CIBA.[58] Per quei pochi isolati, era stata con competenza tutto ciò che sua madre aveva sempre voluto che fosse, per quanto possibile, razionale come i suoi professori si aspettavano che fosse. Poi vide il suo riflesso — il suo largo naso nero, oleoso e lucido come la pelle di una

---

[57] Parola originaria dell'Africa Occidentale che si riferisce ai poteri soprannaturali attribuiti ad un oggetto (n.d.t.).
[58] La casa farmaceutica CIBA con la collaborazione di diversi disegnatori di illustrazioni mediche, realizzò una collezione di illustrazioni che i professionisti del settore di tutto il mondo conoscono (n.d.t.).

melanzana, la sua bocca larga con i denti grandi e il modo in cui tirava il labbro superiore verso il basso per nascondere gli ampi spazi tra di essi, i suoi capelli pressati in ciocche infeltrite e oleose che spuntavano dritte da una nuca di riccioli crespi che non aveva avuto il tempo o la voglia di piastrare con cura. Uno sguardo alla sua immagine riflessa e sapeva dov'era stata, se non dove stava andando.

La sua quotidianità era semplice. Una sosta veloce al mercato di Provicio e la lunga camminata sulle sei ripide colline verso casa di Miss Dena. Ispezionava la casa quando raggiungeva la base dell'ultima collina. Era sicura che la luce fosse accesa nel salotto di Miss Dena. Sgattaiolava oltre la doppia porta a vetri, ai piedi delle scale e lanciava i libri e il cappotto sul letto coperto di ciniglia. Poi si fermava al centro della stanza, allungandosi e concentrandosi lontano dallo spazio angusto delle postazioni per lo studio individuale della biblioteca e gli sgabelli da laboratorio con le gambe lunghe fatti per gli uomini alti 1 metro e 82.

Era in piedi nel mezzo della stanza quando entrò Leon. L'immagine a mosaico che si era costruita nelle ultime tre settimane non assomigliava al bell'uomo color ruggine che stava a pochi metri da lei. Miss Dena lo chiamava Piccolo Leon, e Joyce Ellen aveva sentito una certa petulanza nella sua voce quando lui rimproverava Miss Dena, ma il Leon che vedeva fissarla era alto e snello con spalle larghe e ferme, mani maschili. Solo gli occhi lo tradivano.

Joyce Ellen si agitò e spostò il suo sguardo verso l'angolo della stanza in cui uno dei tanti tavolini di Miss Dena offriva una visione disordinata di vari souvenir della fiera mondiale di New York, una pila di libri di testo di neurologia, e l'obbligatorio paralumi di velluto.

"Pensavo di aver chiuso la porta," disse.

Gli occhi di Leon esitarono per un momento. "L'hai fatto," disse infine. "Volevo solo vederti."

"Bene, ora l'hai fatto."

Gli occhi di Leon sembrarono intorpidirsi, come un coniglio a bada.

"Ora che sei qui, siediti," sospirò Joyce Ellen. Lei era finalmente parte della casa, un legame tra la parte inferiore e le periferie del terzo piano.

Miss Dena aveva fatto delle allusioni durante le ultime due settimane.

"Ciò di cui ha bisogno il mio bambino è qualcuno che lo aiuti. L'hanno cacciato da quella scuola. Non ha fatto niente di male, intendiamoci. L'hanno solo buttato fuori. La gente di colore ha sicuramente la strada in salita. Se potesse solo finire il liceo... "

Joyce Ellen si chiedeva quante di quelle ramanzine Leon avesse sentito. Sapeva la propria a memoria — quando la voce di sua madre glorificava Dio un minuto e la condannava a un inferno minaccioso di passeggiatrici quello successivo, tutto per ottenere un'istruzione. Non aveva voglia di essere parte attiva della versione di Miss Dena, ma non aveva amici all'università e Leon sembrava solo. I suoi occhi le dicevano quello.

Leon si avvicinò all'angolo dello studio che lei aveva allestito sotto il bovindo. "Nonna mi ha detto che diventerai un medico," disse. Sfogliò vari libri, poi si chinò in avanti e fissò una sovrapposizione multipla di sezioni del cervello. "Devi sapere tutte queste cose?"

"Frontale, parietale, occipitale e temporale," Joyce Ellen cantilenò.

Le spalle di Leon si irrigidirono leggermente. "Parli come un insegnante di scuola," disse lui. "Dillo in modo che possa capire."

"Non è così semplice," disse Joyce Ellen.

Leon osservava le macchie di vernice d'argento sulle sue mani, e Joyce Ellen improvvisamente notò come quegli stessi riflessi luminosi punteggiassero anche le sue braccia e la camicia.

"Provaci," suggerì lui.

"Ebbene," iniziò Joyce Ellen, "è una mappa della

funzione del cervelletto... il cervello, va bene? Questa prima diapositiva è il primo strato del cervello. Poi ogni strato successivo è una sezione più profonda. Strato dopo strato si scende fino al nucleo."

"Tutte queste cosine a forma di ragno sulla superficie sono un livello?" chiese lui.

Joyce Ellen si lasciò cadere sul letto. "Quelle sono le arterie," rispose seccamente, ma quando lo vide aggrottare le sopracciglia, aggiunse, "Le linee di alimentazione che forniscono al tessuto cerebrale l'ossigeno. Il lobo frontale è provvisto di quelle arterie nella sezione anteriore, quella parietale... " Poi si fermò.

Leon continuò a sfogliare le pagine e le diapositive sibilavano l'una contro l'altra come il fruscio delle calze di nylon. Joyce Ellen tracciò il disegno nodoso sul copriletto di ciniglia.

Poi Leon ruppe il silenzio. "Vuoi dire come un motore? Come negli aerei, giusto? Quando faccio un modello di motore... lo sai? Hanno delle palette. Ehm, come questi ventilatori. Sì, ci sono una serie di palette che comprimono l'aria... ehm, l'aria entra nelle camere per, ehm, il carburante." Si acciglò, studiò le macchie di vernice sulle sue mani, poi parlò di nuovo. "Il carburante viene iniettato in... nella camera di combustione... e l'aria si infiamma per mezzo del... , ehm, del... reattore. Le arterie sono come dei tubi del carburante, eh?"

Joyce Ellen lo fissò. "Credo di sì."

"Vedi," rise. "E' abbastanza semplice. Richiede solo un po' tempo. Io ne ho avuto un sacco di tempo. Sai cosa ti dico, tu puoi mostrarmi tutte le cose fraprietali e io ti posso mostrare i miei motori. Nel mio laboratorio," aggiunse.

"Frontale e parietale," interruppe Joyce Ellen perentoriamente.

"Cosa? Oh, OK. Qualunque cosa... "

Lui chiuse il libro e si diresse verso la porta, spiluccando alcuni foruncoli raggruppati accanto al suo orecchio sinistro, poi passando le dita tra i suoi capelli crespi, tagliati vicino alla base. Il movimento nascose completamente il suo volto mentre camminava davanti a lei.

Joyce Ellen ammorbidì la sua voce. "Suona come una buona idea," gli disse. "Possiamo imparare entrambi," aggiunse lei, ma lui se n'era andato, chiudendo la porta senza dire una parola. Poi lo sentì salire le scale verso la sua stanza.

Ovunque lui si trovasse al piano di sotto, Joyce Ellen era sicura che l'avrebbero potuto sentire in tutto il quartiere, ma non appena lasciava la parte finale della casa di Miss Dena, sembrava fluttuare al terzo piano. Quelle occasionali esplosioni, quelle inspiegabili esplosioni di chiasso erano l'unica prova della sua esistenza, al di fuori dei suoi litigi con Miss Dena. E quei suoni smorzati si verificavano senza preavviso, senza motivo.

Nei mesi che seguirono, i contatti di Joyce Ellen con Leon aumentarono, ma lei non era ancora in grado di prevedere quando lo avrebbe visto. Cominciò a parlargli di scuola, e un giorno lui chiese: "Pensi di riuscire a farmi entrare in quella libreria?"

La domanda giunse strascicata, e quando Joyce Ellen alzò lo sguardo lui aveva girato la testa dall'altra parte. Ma le sue lunghe dita continuavano ad attorcigliare un pezzo di filo in una serie di nodi complicati. Joyce Ellen sorrise. "Di solito studio intorno alle due del pomeriggio prima di tornare a casa," disse. "Mi puoi incontrare. Basta chiedere a chiunque. Ti diranno come arrivarci." Poi gli diede il numero della sua postazione.

Ma tre giorni dopo, lo trovò in piedi accanto al tornello d'ingresso, guardando nella stanza come se stesse vagando nel palazzo per sbaglio.

"Sembrano tutti così impegnati, non volevo disturbare," borbottò.

Lei lo condusse attraverso il labirinto di sale di lettura e cataste di referenze al terzo piano dove si trovava la sua postazione. Poi lo fece passare attraverso la stanza delle mappe e la sezione dei periodici. L'ala di ingegneria si trovava fuori sul lato ovest dell'edificio. "Quello è il vostro territorio," gli fece notare lei.

Leon annuì, e anche se lei non lo vide mai camminare lungo il corridoio, si accorse che si avvicinava sempre alla sua cella al terzo piano da quel lato dell'edificio. Quando lui la vedeva, il suo sorriso alleggeriva il peso dei nomi latinizzati e dei diagrammi complicati che minacciavano di soffocarla fino al punto che temeva che il suo corpo fosse grottesco e distorto come i disegni medici delle figure di omuncoli che studiava. Nel giro di pochi mesi, i suoi giorni cominciarono a ruotare intorno alle poche ore che condivideva con Leon. Benché Miss Dena non dicesse mai nulla, Joyce Ellen vedeva la sua figura indistinta alla finestra ogni volta che Leon l'accompagnava a casa. E quando incontrava Miss Dena sulle scale o in cucina, i suoi occhi erano semiliquidi e vivaci per le domande inespresse. Ora, se Joyce Ellen non vedeva Leon nel campus, gli faceva visita nella parte alta della casa di Miss Dena. A Joyce Ellen, sembrava che Miss Dena si preoccupasse particolarmente di stare il più lontano possibile dai piani superiori in quel periodo.

La sua camera era una caverna, una cupa caverna preistorica con mucchi di stalagmiti di oggetti sporgenti dal pavimento. Frammenti di carta da parati che pendevano dal soffitto e si diffondevano nella brezza. Diversamente dalla parte di casa di Miss Dena, quella stanza non sembrava avere alcun periodo certo di vita passata. Era sempre stata lì, costruendo e collezionando cumuli arruffati di disordine. Eppure, quella stanza faceva parte della casa di Miss Dena tanto quanto il salotto con le sue lampade di velluto, i divani imbottiti e i libri di inni gospel con i nomi di famiglia in rilievo.

Joyce Ellen non sarebbe mai riuscita a scegliere una qualsiasi sezione della camera. Il letto era una massa grigia arrotolata di lenzuola e cuscini sgualciti. Vestiti sporchi e riviste ingombravano la stanza e le pareti erano ricoperte di manifesti, molti dei quali strappati e punteggiati di freccette a ventosa. Alcune delle freccette erano appiccicate al soffitto e alla fine, il loro peso scrostava la carta da parati secca incrinata dalla base come il pendolo di un orologio stanco.

Quei forti suoni graffianti, pensò Joyce Ellen.

"Esperimenti in tensione e in movimento," disse Leon.

A lei piacevano le loro chiacchierate, era anche tollerante verso le piccole prese in giro che Leon faceva a Miss Dena, tuttavia voleva ancora evitare la cerchia ristretta di quella casa. Joyce Ellen realizzò che Leon non era dissimile dai ragazzi neri nel suo quartiere, quelli che l'avevano chiamata "bocca di forno" e avevano strappato le pagine dai suoi libri preferiti, eppure era diverso, diverso da quei ragazzi neri scontrosi che aveva visto barcollare nei pressi dell'ingresso dello Stadium Theatre o camminare ai margini dello Schenley Park. Di qualunque cosa si lamentasse Leon, tutto ciò che non era stato soffocato o ridicolizzato dai suoi compagni di strada, adesso era solito aiutarlo a mantenere l'equilibrio in casa di Miss Dena.

"Nonna non si sente troppo bene stasera, quindi sto a casa," diceva, e prima che la serata fosse finita, era venuto nella sua stanza con la scusa di chiedere un libro o per offrirle una tazza di tè al miele dolce mentre lui beveva una birra. Qualche volta giocavano a dama cinese oppure lui copiava i grafici strutturali, i suoi disegni di anatomia bene allineati e complicati come quelli di ogni libro di testo. A volte lui le insegnava a riconoscere i ritmi di uno degli artisti jazz dei molti album di dischi che aveva nella sua collezione. In tutto ciò, Joyce Ellen cercò di evitare di diventare il collegamento tra Leon e Miss Dena.

Ora, il più delle volte, lui aspettava per accompagnarla a casa da scuola. Un giorno, da qualche parte tra Provicio e i piedi della Collina, Leon improvvisamente la tirò a sé. Per un momento stettero lì, rigidamente uno di fronte all'altro come dei duplicati dei manichini nel negozio d'abbigliamento di Bonnie sull'altro lato della strada. Joyce Ellen ridacchiò — un suono così strano, così diverso dalla solita voce rauca e decisa — non era del tutto sicura sul cosa fare, se lasciarla plasmare o lasciarla alla deriva come i brandelli di carta che fluttuavano nelle correnti del vento sul bordo del marciapiede. La lasciò svanire ma controllò nervosamente per vedere se qualcun altro avesse sentito quel suono.

Leon si accigliò, ma le sue dita le strinsero gli avambracci ancora più forte.

"Vuoi essere la mia ragazza?" chiese, la sua voce sorprendentemente uniforme e ferma.

Joyce Ellen non sapeva cosa aspettarsi, ma la domanda fu così brusca, così fuori moda, che questa volta, rise — un chiocciare elettrico che esplose dalla gola senza preavviso. Immaginava che si fosse visibilmente trasformata, che fosse magicamente cambiata da debuttante a strega, da adolescente ridacchiona a megera sfrontata. Ingoiò in fretta l'eco. "Sii serio, Leon. Cosa comporterebbe?"

"Io potrei tornare a scuola," mormorò.

Joyce Ellen cercò di scrollarsi dalla sua presa, ma Leon la tirò più vicino. "Non devi rompermi le braccia per avere una risposta," gli disse.

Mentre Joyce Ellen lottava contro di lui per quel breve momento, i ritmi della strada cambiarono leggermente. Una vecchia, entrando in un negozio alla fine dell'isolato, gettò uno sguardo stanco nella loro direzione, poi il suo viso riacquistò la sua maschera neutra e si affrettò verso la porta. Tre o quattro adolescenti persero un colpo nel loro solito gioco con le mani, ma regolarono il ritmo e si spostarono lungo la strada, guardando oltre le loro spalle una volta o due per vedere se avrebbero avuto davvero il privilegio di guardare qualcun altro combattere. Un vecchio scosse la testa e attraversò la strada in senso contrario rispetto al traffico per evitare di passare nel punto in cui Joyce Ellen e Leon si trovavano. Joyce Ellen provò a rilassarsi.

"Beh," Leon insistette. "Vuoi essere la mia ragazza?"

"Oh, andiamo," Joyce Ellen implorò. "Guardaci? Cosa diranno i tuoi amici quando ti vedranno con me?" chiese. Poi fece un cenno verso i loro riflessi sulla superficie increspata delle vetrine.

Immediatamente, soppresse la voglia di ridere di nuovo. Ricordava scene come questa dalle scuole superiori, ma non era mai stata quella riluttante — nemmeno, la ragazza disponibile, quella ricercata, messa alle strette nell'androne e immobilizzata a un armadietto da qualche massiccio eroe di football della scuola superiore. Oppure fuori dalla scuola, nei pressi dell'angolo dello stand degli hamburger, o sotto gli alberi ai bordi del campo di calcio. Quella che aveva sempre qualche ragazzo in giacca di pelle che le ronzava freneticamente nell'orecchio. La ragazza che sembrava sempre essere distaccata, indifferente, ma che si sporgeva verso quel torace ampio e tra quelle braccia magre. E ora, qui in questa fredda città grigia dove aveva imparato a non pensare più a quelle scene, lei ne era parte. Rise e annuì ancora una volta alle loro figure riflesse nelle vetrine.

Leon la liberò e si voltò. Mentre Joyce Ellen strofinava le braccia anchilosate, lui borbottò: "Quali amici?"

Iniziarono a camminare lentamente verso la Collina. Per un po', entrambi guardarono i loro riflessi muoversi sulle superfici sciatte dei vetri delle finestre — i passi corti e fitti di Joyce Ellen si muovevano a scatti doppi rispetto all'andatura strascicata delle gambe smilze di Leon. La rotondità di Joyce Ellen sbiadiva e rotolava sulla superficie irregolare da una vetrina a quella successiva, mentre l'immagine muscolosa di Leon scorreva accanto a lei, il suo apparente muoversi senza alcuno sforzo.

"Hai bisogno di qualcuno della tua stessa età," Joyce Ellen disse infine.

"Ehi, bella, io voglio te."

Joyce Ellen fece un passo lontano da lui. "Non chiamarmi così!" scattò lei.

Lui le prese la mano, stringendola in modo che lei non riuscisse a liberarsi dalla sua presa. "Chiamo le cose come le vedo," rise.

"Non funzionerà," mormorò Joyce Ellen.

"Allora ci stai pensando?"

"Non ho detto questo," aggiunse lei in fretta.

Leon si fermò di nuovo, ma questa volta quando lui la tirò verso di sé, il movimento fu gentile. "Voglio che ci pensi," le disse. "Tornerò a scuola. Per te, ci tornerò." Quando lei scosse la testa, lui aggiunse, "Ehi, bella, non è un grosso problema. Se ti farà felice, io sarò felice. Perché devi essere così testarda? Ti vedrò tutto il tempo comunque... " Fece una pausa. "Stai vedendo qualcun altro?" Lei scosse la testa di nuovo. "ALLORA?" lui sbuffò. "Non è un grande problema. Giusto? Ci penserai. OK?"

Joyce Ellen guardò il suo volto, ma i suoi occhi non dubitavano. Al sole, i suoi capelli rosso-bruno erano ancora più rossi, e la sua pelle era tinta di un colore rame intenso. Gli occhi la frenavano. E per la prima volta, notò delle macchie di grigio che coloravano le sue iridi marroni, piccoli puntini di colore che le ricordarono le uova punteggiate che una volta aveva raccolto dalle adorate galline di Ma'Emma quando la famiglia viveva ancora a Pleasant Hill.

"Non c'è nulla da pensare," disse. "È semplice. Sono troppo grande e... "

Prima che potesse finire, Leon iniziò a cantare, "E io sono troppo giovane, shoo-boo-be-doo."

"Oh, taci," brontolò Joyce Ellen.

"Non ti piace quella?" chiese Leon. "Che ne dici: Oh il cerchio sarà ininterrotto più in là, Signore, più in là?"[59]

---

[59] E' la riga della nota canzone gospel "Will the Circle Be Unbroken". Il cerchio si riferisce alla famiglia e può essere

Sapevano entrambi che questa era una delle canzoni preferite di Miss Dena, e ridendo, ne cantarono alcuni ritornelli. Ma Joyce Ellen era turbata. Aveva il suo mondo, e la presenza di Leon, non importa quello che lei provasse per lui, la legava solamente a un'altra vita in cui si sentiva fuori luogo. Se gli avesse dato una risposta, sarebbe diventata parte attiva della casa di Miss Dena. Ed era già legata allo spazio angusto della casa di sua madre. Joyce Ellen sapeva che la dipendenza sempre crescente da sua madre era aumentata con la morte di Ma'Emma. Fu a questo punto che sua madre aveva cominciato ad andare in chiesa. Soltanto che le funzioni della Chiesa Battista non erano sufficienti a mantenere Alberta Mayfield lontana dall'organizzare attivamente la vita di sua figlia. E l'arte di organizzare incontri da parte di sua madre finiva solo nell'imbarazzo come il figlio di Miss Tal dei Tali sgattaiolato furtivamente verso le ragazze dalla pelle chiara come Autherine Franklin o quelle che fanno le gattine come Frieda Jefferson.

Ora c'era Leon, e lei aveva quattro anni in più dei suoi diciannove anni e riusciva appena a evitare il suo sorriso come a evitare Miss Dena.

"Dovresti prendere qualcosa di più di un caffè. La colazione determina l'andamento della tua giornata," le disse Miss Dena.

Joyce Ellen annuì, inghiottendo il caffè e sperando di poter fuggire dalla cucina prima che Miss Dena mettesse uno di quei pezzi scialbi di pesce che tutte le mattine metteva nella padella di olio d'oliva che stava già riscaldando sul bruciatore. Ogni mattina, Joyce Ellen combatteva la nausea di quell'olio da cucina maleodorante e di quel pesce in scatola. Certe mattine, il suo caffè era troppo caldo per consentirle di sfuggire alla vista di un filetto bianco umidiccio cadere nella padella come una massa compatta di grasso solido di pollo. Anche la trippa

---

spezzato o interrotto solo dalla morte (n.d.t.).

di maiale di Ma'Emma sembrava, a memoria, più buona di quelle fette rivestite di gelatina di pesce.

Per diverse mattine, aveva avuto la sfortuna di fermarsi abbastanza a lungo per vedere il pesce cominciare a bollire lentamente in padella. In un primo momento, se ne stava lì, ostinatamente freddo e umido, un occhio bianco nel bel mezzo di una chiazza di olio. Poi cominciava a friggere, muovendosi nella padella come se spingesse l'olio lontano da sé. Lentamente compariva un confine. Un anello verde di sei centimetri circa, in qualche modo, circondava il pesce. Una terribile aura verde che aggiungeva il suo aroma malaticcio ai già rancidi odori che riempivano la cucina.

Quando chiese a Miss Dena del pesce, si dovette, come al solito, confrontare con una risposta che in un primo momento non aveva niente a che fare con la domanda. Qualunque semplice richiesta, qualsiasi domanda o commento diretto a Miss Dena si traduceva sempre in una lunga storia di disagio o in un discorso altrettanto lungo sulla filosofia di vita di Miss Dena. Miss Dena trangugiava le parole, le afferrava a mezz'aria e rifletteva su di esse. Nessuna risposta che Joyce Ellen avesse da offrire era mai abbastanza. Miss Dena la tratteneva fino a quando fuggiva al secondo piano, colpendo le scale con quasi la stessa forza di Leon.

Lei aveva solo sperato di scoprire che tipo di pesce fosse, e, tempo permettendo, ambiva al bonus extra del perché l'anello verde comparisse ogni volta che veniva cucinato. "Il Reverendo aveva le più strane abitudini alimentari," cominciò Miss Dena. "Le iniziò pressappoco quando iniziò a predicare presso la Chiesa Metodista Pentecostale Libera. Forse anche prima. Le ha tenute fino a quando ha camminato sulla via del Signore."

Quindi Miss Dena si spostò dalle abitudini alimentari del Reverendo alla sua cattiva abitudine di addormentarsi quando lei gli parlava, e avanti fino alla sua stravagante abitudine di sperperare tutti i soldi che le sue chiese avevano da offrire e una bella somma di ciò che le più devote donne di chiesa potevano elargirgli.

Joyce Ellen cercò di riportare l'argomento al pesce, e per un breve momento, Miss Dena accondiscese.

"Il dottore mi ha detto che non potevo più mangiare carne. Ho mangiato carne per ottant'anni e poi mi ha detto, Miss Dena Motley, è meglio abbandonare la carne. Pesce e uova, tutto qui. Pesce e uova.

Scrutò Joyce Ellen. Miss Dena era poco meno di un metro e cinquantadue di altezza e sembrava la figlia di una creatura del mare. Le rughe sulla sua pelle nera secca sembravano essere increspate come delle squame, e le linee intorno agli occhi e le orecchie erano abbastanza profonde per delle fessure branchiali. Joyce Ellen si ricordò come Ma'Emma si fosse appassita durante gli ultimi mesi della sua malattia, gli occhi sporgenti come se avesse guardato Joyce Ellen con lo stesso sguardo esoftalmico che aveva Miss Dena. Ma a differenza di Ma'Emma, gli occhi sporgenti di Miss Dena esaminavano Joyce Ellen per aspettare una reazione a tutto ciò che la sua mente farfugliante faceva dire alla sua bocca.

"Sai quante uova ci vogliono per farti star male per tutta la vita?" chiese Miss Dena. "Ho mangiato le uova per quattro o cinque anni. Non posso sopportarne più la vista, e non voglio mangiare pesce di fiume. Non ti dico cosa c'è in quel fiume. Vorrei poter mangiare formaggio. Ora, il Reverendo era un grande mangiatore di formaggio."

Era partita di nuovo. Questa volta con così tanta soddisfazione, che insistette per tirare fuori un volume riempito in modo esagerato di immagini che rappresentavano l'ultima metà della vita adulta del Reverendo Motley. Joyce Ellen si sedette accanto a Miss Dena sulla pruriginosa poltrona doppia in crine di cavallo e nella luce fosca del salotto, guardava i Motleys passare da una fotografia color marrone biscotto di una famiglia composta da sette persone, parte attiva della vita sociale della gente nera a Pittsburgh Hill District, scattata nel dagherrotipo in vecchio stile, a una fresca Polaroid in bianco e nero di Miss Dena e Leon, bloccati alle estremità opposte di questa casa su Bryn Mawr Road.

Joyce Ellen soffocò l'impulso di correre attraverso gli anni oltre le numerose chiese del Reverendo Motley, oltre i matrimoni di famiglia, le cerimonie e le morti dei tre figli di Miss Dena, per arrivare all'argomento del pesce in salamoia. Poi Miss Dena cancellò ogni speranza di scoprire la natura di quell'odore disgustoso del piatto della colazione scavando nella vetrina in ciliegio per trovare "l'ultimo naturale atto del Reverendo in questa casa."

Joyce Ellen aveva imparato a non prendere mai letteralmente Miss Dena, ma la frase "ultimo atto naturale" la innervosì. La sua immaginazione si lanciò oltre le immagini che tremolavano come vecchie bobine di film. Miss Dena rovistò e tirò su vari oggetti avvolti nel tessuto che aveva preso dalla parte bassa della vetrina. Joyce Ellen respinse le immagini raccolte più velocemente di quanto Miss Dena mettesse da parte quei piccoli fasci polverosi che aveva conservato con tanta cura.

Poi lo trovò. Un pacchetto voluminoso avvolto in diversi strati di carta spiegazzata. "Questo l'ho fatto io," le disse Miss Dena. "Ci ho messo più di tre settimane. Sapevo che non sarebbe tornato, così l'ho tenuto. L'ho iniziato prima del funerale. Ho usato tre candele prima di coprire il tutto, ma guarda qui... .si possono vedere i segni dei suoi denti chiari come il sole."

Joyce Ellen fissò la cera rivestita, il grumo verde carbone che Miss Dena tenne fuori dalla sua ispezione. Era butterato con piccoli fori simili a una macchia di carbone bituminoso estratto da uno dei pozzi di una vecchia miniera nelle colline circostanti della Pennsylvania. Ma era stato conservato, cerato come un pezzo di torta nuziale o il fiore di un primo appuntamento. Tre lati erano lisci, ma una parte era piena di bolle e leggermente scanalata. Questo era il lato in cui si conficcò il dito ossuto di Miss

Dena mentre spiegava come il Reverendo mettesse sempre tutto in bocca appena prima di dargli un attento, preciso morso.

"Te l'ho detto quanto amava il formaggio. Ne teneva sempre due o tre tipi in giro per casa. Liederkranz, perché il vecchio tedesco per il quale lavorava non comprava nient'altro. Ma al Reverendo piaceva il Cheddar forte, quindi penso fosse solo una questione di tipo. Quelli erano i suoi preferiti. Questo gliel'avevo dato io in persona. Un autentico buon Cheddar. L'ultima cosa che ha mangiato. Uscì da questa casa con quel pezzo di formaggio che ancora rotolava nello stomaco. Entrò direttamente nella strada del Signore."

Joyce Ellen sentì la sua mente intorpidirsi. "Devo prendere un po' d'aria," disse.

E lo ripeté mentre lasciò cadere l'album di fotografie e corse. Joyce Ellen era fuori dalla porta della cucina, prima che Miss Dena potesse protestare, e quando raggiunse il cortile sul retro, sentì il rumore di un fruscio ruggente nell'officina. Il percorso verso l'officina distava solo pochi secondi.

Scese attraverso la porta aperta in una stanza piena di spesso vapore di colore bianco.

"Ehi," gridò Leon, "Sapevo che saresti venuta a trovarmi." Ma nella confusione di ciò che Miss Dena le aveva appena mostrato, Joyce Ellen non riuscì a trovarlo immediatamente.

Un disegno fatto di ami punteggiava le pareti su tre lati, e le strisce e i pezzi di metallo appesi a quei ganci riflettevano una fiamma blu acetilene come se centinaia di lucciole fossero intrappolate sulle loro superfici irregolari. Leon puntò la torcia verso l'estremità alare di un modellino lucido di aeroplano, con il viso parzialmente nascosto da un paio di occhialetti protettivi grigi.

"Chiudi la porta," urlò, poi si appoggiò sul piano di lavoro.

Joyce Ellen strizzò gli occhi. Per un minuto, pensò di

essere di nuovo nel laboratorio dell'università — le stesse linee precise, la stessa posizione metodica di utensili stranamente sagomati, grafici che tracciavano sistemi e modelli complessi che disegnavano schemi che venivano duplicati e ridotti per descrivere gli esperimenti di Leon con la stessa confusione labirintica di qualsiasi grafico anatomico. Ma questa stanza era viva con il fumo e il sibilo minaccioso della torcia di Leon. Questa stanza a imbuto con il soffitto basso era l'oltretomba, più della vita ultraterrena del laboratorio dell'università. Questa era la zona a cui Miss Dena si riferiva come "uno spreco evidente dell'assegno della pensione di mio figlio."

Allora Joyce Ellen si ricordò di quel pezzo di formaggio coperto di paraffina. "Lei lo ha ucciso," borbottò Joyce Ellen rivolgendosi a nessuno in particolare.

Leon spense la torcia, sollevò la sua maschera e si mosse verso di lei.

I vapori avevano cominciato a schiarirsi, ma mentre si spostava dall'altra parte della stanza una nube di nebbia vorticò attorno a lui. Joyce Ellen barcollò e afferrò la fine del tavolo per sostenersi.

"Attenta," urlò Leon mentre lei gridò di dolore. "Quella tubatura è ancora calda."

Lui le afferrò la mano e controllò il suo palmo. "Lei lo ha ucciso," ripeté Joyce Ellen mentre Leon baciava dolcemente la piega bruciata nel palmo della sua mano.

"Chi? Ucciso chi?" chiese Leon. "Sembra che non l'abbia bruciata molto, ma quella maledetta tubatura rimane calda per cinque minuti a volte. In particolare quest'estremità." Poi indicò la lunghezza della sala. "Diventa più fresca quando raggiunge l'altro lato."

Quattro linee parallele di tubature color grigio chiaro viaggiavano lungo una parete, poi curvavano ad angolo retto lungo la parete di fondo in cui finivano in una pezza di ovatta in falde che rivestiva la pannellatura in truciolato.

"Non si è nemmeno liberato dall'accensione alla

propulsione questa volta," aggiunse Leon.

Joyce Ellen si spostò indietro, poi si fermò quando sentì Miss Dena gridare il suo nome. Leon la raggiunse alle spalle e chiuse la porta.

"Il formaggio," mormorò Joyce Ellen. "Mi ha mostrato il formaggio."

Leon tornò al modello del velivolo che stava riparando. Lo teneva sollevato alla luce, scosse la testa, poi lo inserì nella fascia trapezoidale alla fine della tubatura metallica.

"Lo sai, non è vero? Tu sai cos'ha fatto."

Lui asciugò la vernice sulla parte riparata dell'ala ed esaminò nuovamente l'aereo. "Che cosa c'è da sapere?" chiese lui.

"Come puoi restare qui sapendo quello che ha fatto?" urlò Joyce Ellen. "Il Reverendo!"

"Ehi, quello è successo prima che io nascessi. Comunque, dove dovrei andare?"

"Ovunque via da qui. Da questo ... " La sua mano delineò un ampio arco, passando dalla porta alla parete di fondo prima che il gesto si concludesse nella direzione generale della casa. Gli occhi di Leon seguirono il suo percorso.

"Finiscila," sorrise lui. Poi riposizionò l'aereo, sistemandolo nei montanti della fascia.

"E' solo un'altra storia di famiglia. La maggior parte della gente ha almeno una storia di famiglia," aggiunse. Le lanciò uno sguardo provocante, come quelli che era solito farle ogni volta che la sorprendeva con una stecca di gelato o una Coca-Cola in quelle notti in cui studiava fino a tardi.

I pesanti vapori nell'officina cominciavano a irritare il naso di Joyce Ellen, e si trasferì dall'altro lato della stanza. Il pavimento aveva il rivestimento in legno grezzo che era stato ovviamente riparato e stabilizzato dopo i pavimenti di casa, come nel resto delle case nel distretto, inclinati sotto la pressione della collina. Joyce Ellen fissò le linee ondulate come capelli nelle assi del pavimento.

"Non ti capisco," mormorò.

Lo "Shhh" di Leon fu un morbido flusso di suono, come l'aria che esce speditamente da un palloncino. "Cosa c'è da capire?" sbuffò lui. "Ricordi quello che mi hai raccontato sull'appendice? Hai detto che era solo qualcosa di aggiunto, una parte che non aveva più alcuno scopo. Hai detto che fintanto che non fa male, non ci si deve preoccupare." Sorrise. "Alcune cose non possono essere spiegate. Giusto?"

Prese una bottiglia di liquido e l'agitò fino a quando si diffuse una sostanza lattiginosa. "Spero di avere la miscela di combustibile giusta questa volta," mormorò, ma quando sentì Joyce Ellen lamentarsi, continuò. "Ehi, guarda, è successo molto tempo fa. Nonna ha 93 anni, e pensa di aver qualcosa a che fare con il modo in cui morì il Reverendo. Forse perché litigavano tutto il tempo, non lo so. Quello che so è che lasciarono la casa insieme quella notte e il corpo del Reverendo fu ritrovato nel fiume Ohio tre giorni più tardi. Qualunque cosa lei pensi di avere commesso non cambierà questo fatto nemmeno un po'. Solo il Reverendo sa che cosa è successo, e non parlerà." Leon si mise a ridere. "Almeno non parlava, quando lo tirarono fuori da quel fiume. Lo trovarono nel punto in cui il Monongahela incontra l'Allegheny per formare l'O-hi-o." Leon rise di nuovo.

"Come puoi prenderti gioco di questa cosa?" chiese Joyce Ellen. "Anche se non l'ha ucciso lei, pensi che mi faccia sentire meglio sapere che lei è in pena credendo di averlo fatto? E tu la tormenti e basta, la prendi in giro e fai finta che sia tutto un grande scherzo."

"I poliziotti credevano fosse uno scherzo. Un altro uomo di colore che galleggiava nel fiume... HA HA. Perché non provi a dirlo a qualcuno? Fai una scommessa su quanti penseranno che il vecchio è stato ucciso. Non importa a nessuno di un vecchio nero dal cuore cattivo. Inoltre, Nonna non ha fatto nulla. È tutto nella sua testa, quindi dimenticatene."

"Fai sul serio," scattò Joyce Ellen. "Non si può semplicemente metter da parte la gente."

"Senti chi parla," disse lui, poi imitò la sua voce. "Leon, sono troppo GRANDE per te, non lo sai?"

Joyce Ellen si voltò. "Non è questo il punto. Solo che non riesco a vederti nascosto qui tutto il giorno. Hai talento, ma non lo usi. Che tristezza."

Leon tenne l'aereo in direzione della luce. "OK, ti renderò felice. Mi unirò all'aviazione militare nera. Vedi questo? È il mio uccello. Può volare dritto fuori da questa città." Si avvicinò a lei. "E' in grado di seguirti, per un po'. Basta che faccia un segnale. Miscelo io stesso il combustibile. Un giorno... VA-ROOM, attenta alla mia coda di fuoco."

Indicò la mensola sopra la finestra dove uno squadrone di modellini di aeroplano scintillavano come delle luminose monete nuove sopra le brillanti linee della pista d'atterraggio tubolare. Aveva fatto dei modelli in scala di biplani in legno, miniature di aerei agricoli, alianti affusolati e aerei da caccia — uno o due di loro simili al modello col muso piatto che ora metteva in prima fila sulla tubatura.

"Uno spreco," mormorò Joyce Ellen. Si girò di scatto e studiò i grafici sulla parete. Dopo un minuto o due, individuò alcuni ritagli di giornale sbiaditi inseriti tra una planimetria per una torre di controllo, le carte di resistenza per la sollecitazione del metallo e lo schema di un sistema d'iniezione del carburante.

UNA GUERRA TRA BANDE FINISCE IN TRAGEDIA, diceva un titolo. GIOVANE LEADER ARRESTATO era stampato sotto una foto di Leon, mentre STUDENTE IN VELA GETTA BOMBE INCENDIARIE A SCUOLA era la didascalia sotto una faccia che lei non riconobbe. Lo stesso volto era immortalato sotto un altro titolo — UN GIOVANE SPARA DURANTE UNA MANIFESTAZIONE DI PROTESTA.

Guardò Leon. Le sue spalle larghe e la linea della sua schiena curva come un punto interrogativo distante dal banco di lavoro. Le sue mani erano ferme e salde mentre misurava la quantità di liquido in un becher. Joyce Ellen lo vide come l'uomo che avrebbe potuto essere. Egli non era una parte della storia familiare nera immortalata nell'album di foto di Miss Dena, e nonostante i titoli, non era nemmeno una parte della città, una parte di quell'alveare di case popolari che ospitavano così tante persone in questa città simile a un'industria. Si trovava semplicemente lì.

Quando era una bambina a Pleasant Hill, sua madre la mandava al frutteto per non farle sentire troppe delle storie che Ma'Emma raccontava sul Hoodoo. Dopo un po', cominciò a utilizzare il frutteto come un modo per allontanarsi da sua madre, e più tardi, un modo per evitare di essere presa in giro da altri bambini. In quel frutteto, non le era importato di essere nera e sola. Ma non era più una bambina. Pleasant Hill era stato tanto tempo fa, anche prima di tutti quegli anni a Kansas City, e secoli prima di Pittsburgh e Leon. Aveva fatto le sue scelte, e nessun frutteto al coperto avrebbe potuto proteggerla dal mondo. Tornò ai ritagli di giornale, ma la stampa era così sbiadita che non riusciva a leggere i nomi.

"Chi è questo?" chiese.

Leon finì di riempire il becher con la miscela torbida di carburante, poi guardò sopra la sua spalla. "Oh, quello è un blood[60] di nome Thomas Lyons. Credeva di poter cambiare le cose. Lo definivano un rivoluzionario, così scese in strada. Più che altro non gli piaceva andare a casa." Fece una pausa. "Ehi, bella, questo uccello è pronto

---

[60] I *bloods* sono una banda di strada nata a Los Angeles (California) negli anni '70. I membri si riconoscono per l'utilizzo ricorrente del colore rosso nel loro abbigliamento (bandane, camicie, scarpe); il simbolo di riconoscimento della gang è la parola "blood" formata utilizzando le dita (n.d.t.).

per volare. Vuoi aiutarmi?"

Joyce Ellen scosse la testa. "No, sto andando via. Non voglio vedere i tuoi esercizi di stupidità."

"Io guardo i tuoi," Leon sorrise. "Perché tu non guardi i miei?"

Joyce Ellen chiuse bene la porta dietro di sé. Miss Dena si trovava in cucina quando lei raggiunse la casa.

"Stai bene?" chiese. I suoi occhi angariavano Joyce Ellen per avere una risposta e le bloccò il percorso per la cucina, in piedi nel piccolo cerchio di luce che proveniva dalla porta aperta come una rana sulla sua ninfea privata.

Prima che Joyce Ellen riuscisse a trovare le parole giuste, il laboratorio esplose. Non era la solita esplosione, ed entrambe lo sapevano. Joyce Ellen girò sui tacchi e vide del fumo fuoriuscire da un buco nella parete di fondo del laboratorio.

"Aspetti qui!" gridò a Miss Dena, poi attraversò di corsa il sentiero. In un primo momento, la porta non si aprì, ma quando finalmente riuscì a smuoverla, questa oscillò così velocemente senza controllo, che lei quasi cadde. Sentiva Miss Dena che la seguiva, e gridò ancora una volta, "Aspetti là!"

La stanza sembrava brulicante di colori. Il fumo grigio, blu e bianco si gonfiava come delle nuvole in una tempesta. Un flusso sottile di fumo nero restava in sospeso sopra il banco da lavoro. Ci mise pochi secondi a trovare Leon.

Prima i suoi gemiti, poi le sue mani incollate al viso. Gliele spostò. I suoi lineamenti erano indistinti, e per un attimo pensò che un lato del suo viso fosse esploso con il resto del laboratorio. Lo aiutò ad alzarsi e, passando accanto alla vecchia, raggiunsero la cucina dove lo fece stendere sul pavimento. Dietro di lei, il laboratorio rimbombava con nuove piccole esplosioni.

"Chiami l'ospedale," gridò. Miss Dena le passò vicino sfiorandola e si diresse verso il telefono nel corridoio.

Leon stava cercando di mettersi a sedere. "Stai fermo,"

disse. "Abbiamo chiamato l'ambulanza."

"E' appena decollato," mormorò lui. "Tutto da solo. Appena decollato. L'ala si è staccata. Mi sono chinato ed è venuta via... " Si sollevò sostenendosi al frigorifero. "Oh, merda! Il mio naso! È lì?" Joyce Ellen cadde in ginocchio e gli allontanò le mani dal viso. Dopo un secondo o due, riuscì a vedere il buco frastagliato dove si erano lacerate le estremità alari dell'aereo nella narice sinistra.

"E' lì," gli disse. "Un po' disordinato, ma è lì. Riesci a vedere?"

"Ehi, bella, ti vedo," sussurrò. "Ti prenderai cura di me, dottore?" Cercò di sorridere, poi gemette mentre lei copriva la ferita con un canovaccio che aveva tirato via dall'armadietto. "Non lasciare che mi veda Nonna," implorò. "Non lasciare che lei mi veda. Che devo fare? Dio... Dio... " L'asciugamano era rosso di sangue fresco.

"Zitto, zitto," disse Joyce Ellen. "Mi occuperò io di Miss Dena. Sarò qui. Me ne prenderò cura io."

Lei lo cullava e canticchiava, tenendolo vicino. Poi lo baciò dolcemente, senza curarsi che il sangue imbrattasse il suo viso, senza curarsi che avesse diciannove anni e il mondo lo avesse già messo all'angolo.

Leon la tirò più vicino a sé.

Le sue braccia erano un baldacchino e Joyce Ellen si annidò lì. Miss Dena li osservava dalla porta.

Una casa impregnata di Maude

COSA RICORDARE DELLA CASA SULLA Ashland
e Taylor? La casa di Maude con la sua oscurità, i mattoni
marroni e umidi che sembravano brillare, assorbire la luce
in modo tale che la casa somigliava più a una fessura alla
fine dell'isolato piuttosto che a un palazzo. La persistente
umidità – in inverno e in estate – un rivestimento
muschiato e vellutato che sembrava crescere, muoversi
nello sforzo di assorbire ogni millimetro di mattone. E gli
stessi mattoni, resi lucidi da quel materiale – un residuo
che permeava ogni cosa, si faceva strada attraverso la
superficie esterna e all'interno della malta, dell'intonaco,
dei pannelli di rivestimento della casa. Il cortile odorava di
muffa. L'umidità sembrava affievolire i suoni provenienti
dall'interno della casa o dalla strada, e la nuova DeSoto di
Maude, rotonda e nera come Maude stessa, occupava
un'estremità della corsia.

Non si riusciva a vedere la casa dal confine sud di
Taylor. Quell'estremità era divisa in precisi piccoli
appezzamenti post bellici di bungalow e casette. E
ciascuno di essi era occupato da una donna determinata a
lasciare la sua impronta sulla proprietà. Oneste, massicce
donne nere come mia mamma, che era solita farti credere
che la sporcizia fosse un nemico personale e quindi, la
casa era la minaccia maggiore. I loro cortili trattenevano la
potenza della casa. Ciascuno ostentando alcuni
caratteristici assortimenti di piante invasate, o economici
segnavento e numeri civici di ottone. Ciascun cortile con
il suo livello di cattivo gusto, il successivo molto peggio
del precedente fino a che non si raggiungeva la casa,
quelle casette eccessivamente decorate, imbrattate da una
fila pacchiana di gingilli economici. Ciascuna era un
pezzetto di campagna e un pezzetto di ciò che le donne
vedevano nella serie televisiva di Ozzie e Harriet[61] ogni

---

[61] *The Adventures of Ozzie and Harriet* trasmessa sulla ABC dal 3

sera nei loro apparecchi grandi come francobolli quando non stavano guardando Ed Sullivan,[62] o ascoltando le melodie gospel del Reverendo Staples e sognando di tirare quel vecchio fuori da Memphis e dentro i loro parlatoi. La casa imponeva la sua presenza oscura sopra la fine di quest'appariscente schieramento di vicini. La casa era cupa, riservata e molto più grande di qualunque altra cosa sulla strada, che riduceva la Taylor Avenue a un vicolo cieco che qualcuno aveva soprannominato Piazza Ashland[63] ma che era, in pratica, una viuzza, un viottolo asfaltato pigiato tra la casa e il pezzo del parco della città che completava il confine nord dell'isolato. E la casa, annidata in un semicerchio di alberi di cotone e salici, spinta in avanti da un miscuglio di stanze strette e magazzini a veranda abusivi, sembrava allungarsi per raggiungere la strada. Sporta in avanti come per passare oltre le stoppie di alberi e giungere al sole dove spalancava le sue finestre e tutti i suoi volgari segreti mulinavano giù per la strada e terrorizzavano a morte i suoi vicini bigotti.

La prima volta che oltrepassai quella casa, questa diffuse l'eco della risata di Maude attraverso una finestra, e quel suono mi avviluppò e mi tenne inchiodata in quel punto. Stavo indossando un miserabile vestitino in fine tessuto di cotone con arricciatura nell'ordito, tutto puntini sfocati color pastello, e la risata si attaccò al materiale, colando sotto le maniche fino a bagnare le ascelle, poi diede un colpetto all'orlo e l'aria calda dell'estate si gonfiò sotto la gonna avvolgendo le mie gambe. La risata mi ronzava

---

Ottobre 1952 al 3 Settembre 1966 aveva come protagonista la famiglia Nelson. I Nelson rappresentavano un modello stereotipato di famiglia americana, ciò che veniva considerato "normale", ma che non rappresentava la realtà della vita (n.d.t.).
[62] Edward Vincent Sullivan fu un conduttore televisivo e giornalista statunitense (n.d.t.).
[63] Nell'originale *Ashland Place* come verrà chiamato da adesso in poi (n.d.t.).

nelle orecchie, il suo suono così chiaro che sembrava contenere delle parole che riuscivo quasi a capire. Una risata che mi fece fare un passo indietro, e poi fece ridere anche me. Una risata di donna. Una risata che dominava il mondo. Una risata che sapeva qualcosa che io volevo sapere.

II

Violet Nashberry aveva quattordici anni, tecnicamente. Perlomeno Violet era al mondo da quattordici anni, ma Violet aveva vissuto più dei suoi anni e si vedeva. Credeva nella vita. Un mese in una settimana, tre settimane in una notte. Di qualunque cosa avesse bisogno, la prendeva senza problemi. La casa l'accoglieva, l'attirava oltre il suo anello interiore come se fosse stata sempre là. Quando si stabilì nell'ala sinistra della casa, quando sua madre aveva finalmente smesso di saltare fuori dall'ombra degli alberi e di strappare la povera ragazza di strada nel tentativo di trascinarla a casa, la casa si era assestata, le grida notturne del pavimento fatto di assi scricchiolanti si affievolirono in impercettibili gemiti. Violet prese la prima camera ad angolo sul lato dell'Ashland Place. Sporgeva dalla struttura principale, arrotondata nell'arco della sua primitiva forma a veranda. Quella si adattava alla sua fantasia, le dava la sensazione di non trovarsi realmente là. I bovindi la tentavano alla fuga e a entrare senza utilizzare la porta d'ingresso. Ma la casa accoglieva con favore le sue abitudini fuggitive. Quando entrava dalla strada, svoltava verso il sentiero centrale tra gli alberi e si fermava sempre per un ultimo sguardo al resto della strada e alle sue cianfrusaglie uniformi. Sia che riuscisse a vederle o meno, alcune tende cucite a mano si muovevano mentre occhi timorati di Dio osservavano il suo passaggio, e la gente di chiesa marchiava un altro peccato sulla casa di Maude. Le gambe nude marroni di Violet, la luce che faceva scintillare i grandi orecchini a cerchio, la testa quasi rasata con un taglio da ragazzino cosicché i capelli corti e crespi coprivano la rotondità del suo cuoio capelluto come velluto e invitava la mano ad accarezzare la sua curva ondulata. La sua già formosa corporatura pressava contro qualunque camicetta economica e gonna che si era gettata addosso in fretta, la chiusura della sua camicetta fissata con gli spilli dove molto probabilmente era scoppiato un bottone o si era rotto un punto. E più di un succhia-denti *uh-uh-uh* giudicava i suoi modi sciatti. A quel punto, Violet appariva stanca e stufa del mondo intero. Poi faceva un balzo verso la casa e quando le ombre allineate degli alberi pezzavano la sua schiena con macchie di luce che danzavano come farfalle o pesciolini d'argento, sembrava lanciare le maledizioni del mondo alle macerie raggruppate insieme alle foglie alla base degli alberi. Mi sono sempre sentita combattuta tra il commentare l'atteggiamento quotidiano di Violet contro il pettegolezzo dei vicini e l'odore misto di acqua di colonia economica e muffa che si diffondevano insieme a noi attraverso la porta. Poiché fu Violet che mi aprì le porte di casa di Maude.

Io avevo diciotto anni ma ne dimostravo dodici, l'età che avevo quando la casa aveva cercato di raggiungermi per la prima volta. In parte o interamente, la casa aveva cominciato a dominare la mia vita. Sapevo quello di cui avevo paura e volevo ancor di più riposare in quella casa, immersa nei miei sogni fino a quando non ero più sicura di quello che avevo immaginato e quello che avevo realmente visto — una camera col soffitto alto, una soglia ad arco, i tubi pluviali a forma di gargoyle, nel cortile un sentiero aperto tra gli alberi sovrastanti, le finestre rese scivolose dall'umidità facevano l'occhiolino nella penombra. A dodici anni, avevo ispezionato quelle finestre dalla distanza di sicurezza dell'area giochi nel parco adiacente, dondolando così in alto, che riuscivo facilmente a superare il muro e a posizionarmi in vista diretta del corridoio al piano superiore. A volte, a fortuna, intravedevo la schiena nuda di Maude entrare nel bagno, o una mano che accarezzava la sua spalla nuda. I miei sogni completavano il resto. Quelle immagini fugaci m'invogliavano a spingere quel dondolio ad altezze pericolose, le ginocchia piegate fino a quando volavo molto vicina al bordo degli alberi e poi mi spingeva a terra, il sangue mi andava alla testa, borbottando fino a che il mio peso costringeva il dondolio indietro invece di farmi fare un volo al di sopra della ringhiera. A diciotto anni e fuori dalla fase parco giochi, divenni più audace. Scoprii una panchina in ferro battuto sepolta per metà nel terreno erboso sotto uno dei salici dove, se mi sedevo immobile mentre i rami del salice sfioravano il mio viso come delle dita oppure come i capelli di un innamorato, riuscivo a vedere la cucina di Maude sul lato più lontano della casa. Tutti finalmente riuniti in cucina e per gran parte degli anni in cui li osservai, tre fratelli dominavano la casa fino a che uno ad uno la lasciarono — il più giovane prima, poi gli altri in ordine inverso fino a quando il più grande se ne andò. Violet viveva nella camera che era appartenuta al più grande. La sognai nel suo letto, la sua sagoma riempiva lo specchio in cui egli aveva trascorso tanto tempo a guardarsi.

E fu Violet che mi sorprese a fissarla un pomeriggio mentre si sporgeva dal bovindo per provocare il ragazzo delle consegne del negozio di liquori, il cugino del mio vicino di casa che aveva trascorso la sua prima estate dopo le superiori alzando rapidamente con le mani il vestito di ogni ragazza sufficientemente imprudente da avvicinarsi a lui. La mia mamma diceva che Peck era così pieno di sé perché era il primo ragazzo dell'isolato a essersi diplomato appena dopo l'abolizione della segregazione razziale, ma Peck era sempre stato fastidioso. A scuola aveva avuto molti problemi a inserirsi tanti quanti ne avevo avuto io, legge o non legge. Ma nell'isolato non doveva preoccuparsi dei bianchi e degli insegnanti. Tormentava tutti. Guardava divertito Violet sporgersi più lontana oltre il davanzale della finestra. Gli occhi di Peck seguivano l'onda del suo petto all'interno della sua veste da camera semiaperta. Un movimento mi fece sussultare. I salici si piegarono, turbinando vicino al bordo del marciapiede. Un uccello o forse uno scoiattolo graffiò un tronco d'albero o qualcuno lanciò dell'acqua da una delle finestre sul retro. Mi spostai. Violet si girò, rise e mi chiamò in un tono di voce che diceva che sapeva che ero stata là tutto il tempo. "Hey, ragazza."

III

Il corridoio al piano di sotto era un percorso singolare. Curvato verso l'interno da entrambe le estremità della casa, convergeva su una tromba di scale, un pozzo che gettava luce nell'ingresso come un dito imponente. Da questo pozzo centrale, il corridoio si estendeva verso entrambe le estremità della casa come due braccia, o se si guardava in basso, due gambe a cavalcioni sul disimpegno centrale e addolcito da pannelli in quercia lucidata e liscia come la pelle. In cima alle scale e su entrambi i lati del disimpegno, la luce, oscurata da vetri della fine del secolo, si espandeva pallida e patinosa, ma i gradini conducevano a una grande finestra — un mosaico di vetri smussati che trasformavano la luce in un carnevale di forme. E lo stesso corridoio era abbastanza largo per far passare gli abiti da ballo che si sfioravano solo leggermente nell'andirivieni. Su un lato del corridoio c'erano delle finestre e delle ombre verdi bisbigliavano contro i vetri. Dall'altra parte, le voci erano udibili dietro le pesanti porte che si aprivano alle camere che si affacciavano sulla parte posteriore della casa. Ma né le porte né il percorso obliquo della sala tenevano fuori gli odori. Fievoli cattivi odori e odori che tagliavano l'aria. Odori che si scontravano con quegli odori così familiari che avevo portato da casa di mia madre. Gli odori in casa di Maude mi aprivano scenari che potevo a malapena immaginare.

La casa era matura con la sua età. Ogni angolo invaso da uno o un altro dei suoi inquilini, e dalla sua stessa decadenza. Sembrava provare e abbandonare gli odori con la stessa facilità di una donna che prova file di bottiglie di profumo in un grande bancone del magazzino. Il leggero odore di gesso distaccato dagli strappi nella carta da parati, uno strato squarciato per esporne un altro in cui, a sua volta, si era formata una crepa che aveva staccato lo strato successivo e sotto quello, un altro ancora. L'odore di stramonio dei vecchi tappeti e dei mobili imbottiti fluttuava a livello del pavimento, ma non lo si sentiva a meno che qualcuno non strisciasse una sedia sul tappeto o decidesse di pulire una stanza. Ogni camera aveva il suo odore. Gli odori della camera da letto che, a casa, venivano coperti dalla mia pia madre con acqua di colonia e ammoniaca. Nella casa, trovai stanze da bagno piene di borotalco, irrigatori e aceto, con il loro apposito armadietto sotto il lavandino, nascosto da delle tende che coprivano gli scaffali. Una cucina dove si friggeva la pancetta, anche di notte, gli odori del suo affumicatoio mascheravano appena quelli delle sigarette e del whisky, delle frattaglie e dei vasetti per la conservazione dei sottaceti. E nessuno di essi pungente come l'unguento sulla stufa in cui Maude si piastrava i capelli prima di andare alle prove del coro. La luce tremolante, gli odori e i rumori. La casa si muoveva sulle fondamenta, gemendo con la vita che passava sotto il suo tetto. I rami umidi si muovevano velocemente al di là del vetro della finestra. Le porte che non montavano più sui cardini dei loro telai. Il suono dei colpi di tosse o delle maledizioni di qualcuno durante una partita a carte, un lamento che avrebbe potuto essere di maschio o femmina, una registrazione di musica gospel — il disco bloccato in un unico solco. E nessuno a dirmi che non potevo o non dovevo.

IV

Ogni mercoledì e domenica sera, Maude usciva di casa. In quelle notti, il Tempio del Tabernacolo di Dio nella Chiesa di Cristo vacillava. Maude Morgan dirigeva il coro. Tutti cantavano esattamente come Sorella Morgan diceva loro di cantare. Li intimidiva con le sue mani, li schiacciava con la sua voce, li guidava da un coro a un altro con sguardi feroci che non li offrivano alcuna salvezza fino a quando Sorella Morgan si logorava nelle ripetizioni di una canzone. Sorella Morgan amava le sue canzoni. Era convinta che ogni canzone possedesse gli infiniti ritornelli di un coro in grado di far danzare l'anima e non si fermava finché non li aveva cantati tutti. Era fedele alla musica come lo era al cibo. Quando li aveva veramente intonati con la sua frenesia, quando tutti applaudivano e schioccavano le dita, gridando: "Sì Gesù. Amen," Sorella Morgan riuniva i suoi centotredici chili e saltava su e giù dritta come uno Zulu[64] durante i riti di fertilità. L'importanza del suo peso aggiungeva timbro alla gioia della congregazione mentre lei li sbatteva da un "Amen" a quello successivo. La gente in strada temeva che l'intero negozio[65] crollasse quando Maude Morgan iniziava a saltellare. I metodisti più puritani scuotevano la testa alle sue buffonate da giungla, e i Battisti scrupolosi pregavano Gesù di condurla verso un culto più tranquillo. Dopotutto, i fantasmi di quelle immagini vivevano nelle loro case e lavoravano sodo per metterli a riposo. Ma non appena prendevano il suo peso come deterrente per le gioie carnali della vita, prendevano il suo entusiasmo per il canto come pura fede alla maniera della religione. "Non importa che cosa dici purché dia il tuo spirito alla musica," diceva Maude a tutti quelli che la mettevano in guardia sul sovraffaticamento. E lei non si asciugava mai il

---

[64] Gruppo etnico africano (n.d.t.).
[65] Durante il periodo della segregazione razziale nel sud, le chiese nere venivano spesso allestite dentro i negozi in disuso per permettere a tutti di praticare il proprio culto (n.d.t.).

sudore dal viso. E a lei non importava se i capelli si disfavano sulla nuca. "Là è dove dovrebbero apparire naturali. Questa è la cucina e la cucina è dove faccio gli affari miei," diceva lei. E io certamente non avevo bisogno di trovare il più grande di quei tre fratelli per aiutarmi a dimostrarlo.

V

Maude Morgan era il genere di donna che poteva ficcare il naso ovunque senza mai prestare attenzione a ciò che stava succedendo. Sembrava sempre sapere quello che tutti stavano facendo senza essere praticamente lì. Una donna color prugna che odorava di spezie e di talco che sembrava aderire strettamente alle pieghe del vestito, della nuca e dei gomiti. La sua pelle era brunita a una lucentezza intensa come se qualcuno avesse lavorato lungo i fianchi e le cavità della sua carne in lunghe pennellate, terminando ogni pennellata in cerchi stretti per aggiungere splendore alla sua pelle già liscia. E Maude amava toccare ed essere toccata, quindi era facile notare quando non era in giro. Prima che Maude entrasse, ogni stanza sembrava simile a uno spazio che invitava solamente ad essere riempito. "Avanti," diceva una volta arrivata. "Entrate qui e datemi un po' del vostro tempo," rideva, come se le persone avessero semplicemente aspettato in quella stanza solitaria che Maude Morgan aprisse le sue braccia alla loro compagnia. Alcune persone, in particolare alcuni tra i superbi, le donne rette di chiesa, si risentivano per il modo in cui Maude riusciva a fare rannicchiare un estraneo accanto a lei e a farlo sentire come a casa, ma altra gente sentiva che il Signore li aveva benedetti mettendo una donna così amorevole sulla terra per dare loro conforto. Abbastanza vero, ma era sconcertante vedere Maude riuscire ad allontanare un giovane uomo da qualche giovane donna con occhi sofferenti solo perché lei si era strusciata su di lui, ma

Maude lo rimandava presto alla fonte della sua ammirazione. "Alcune persone non riescono a capire la differenza tra avere bisogno e possedere," Maude rideva. "Non c'è motivo di essere sciocca nel 1954 come lo sono stata nel 1953. C'è troppo in questo mondo per me perché mi manchi ciò di cui ho bisogno." Poi allisciava il vestito sui fianchi, cancellando le pieghe dal materiale fino a quando si riusciva a vedere la carne premuta contro le sue mani. E le palme delle sue mani, grassocce e pungenti, lasciava una scia umida di rugiada che, invariabilmente, luccicava appena a sufficienza per costringere i tuoi occhi a seguire il suo percorso lungo le cosce. Questo movimento ti metteva sempre a conoscenza, ancora una volta, della circonferenza di Maude, e come gran parte di lei era rinchiusa nel vestito, sottoveste e mutande. Per quanto la sua risata diventasse roca, o quanti "dolci amanti" si vantava di conoscere, Sorella Morgan sembrava essere piena di leziosi segreti. Le piacevano molto i segreti. Quando il coro iniziava il suo ritornello "La mia Anima è Testimone del Mio Signore" o "Il Mio Signore non l'ha detto a Daniele,"[66] il suo seno vibrava per l'emozione di ciò che non veniva detto, ciò che era tenuto inconfessato, nascosto, e nel buio. E quando Violet e io sedevamo in cucina a guardarla aggiungere un po' di pepe a un piatto di stufato, o un po' di zucchero a una crostata, lei ci faceva penetrare in una miriade di segreti. "Gli uomini sono divertenti," diceva. "Nulla li fa avvicinare a te più rapidamente che pensare che tu sia felice. Poi si gettano a pesce negli affari tuoi cercando solo di scoprire che cosa ti renda così felice. E ti ricordi solamente che non devi dire loro nulla." Poi ci dava un pizzico di qualcosa per assaggiarlo e Violet annuiva con la testa proprio come se avesse capito tutto ciò che Maude aveva detto. Ogni volta che ci raccontava una storia di un brutto

---

[66] "Witness for My Lord" e "Didn't My Lord Deliver Daniel" sono entrambi dei ben noti spirituals (n.d.t.).

momento che aveva avuto con un uomo, smetteva di cucinare. Non rigirava mai la storia per rendere l'uomo peggiore di quanto non fosse — non come facevano mia madre e le sue amiche — lei la raccontava onestamente, la sua voce bassa e le parole canterellate nella sua gola come un gospel. E mentre raccontava, massaggiava la testa di Violet, lentamente e con attenzione, finché Violet sembrava addormentarsi. La prima volta che mi accarezzò la testa in quel modo, mi sentii così bene che quasi piansi, ma chiusi solo gli occhi e lasciai che le dita di Maude mi tirassero verso la sporgenza del suo ventre.

VI

Violet disse, "Ragazza, questo lavoro mi sta facendo impazzire." Il ferro friggeva sul grembiule della sua uniforme.

"Gliel'ho detto che stai lavorando là da sole tre settimane."

Fece una macchia color marrone bruciato sulla cintura. "Non importa. Quella gente è pazza. Vogliono che lavori in una bettola per quattro soldi."

"Meglio di ciò che avevo io." Dissi.

"Chi tu?" chiese Violet.

La guardai bruciare il berretto. "Forse dovresti tornare a scuola."

"Non ho bisogno di nessuna scuola per quello che faccio," disse ridendo.

"Devi avere diciotto anni, Vi. Come pensi di poter fare la spogliarellista quando non puoi nemmeno prendere da bere in un bar?"

"Peck dice che dimostro... "

"Peck!"

"Già. Peck." Il ferro da stiro sbattuto con violenza contro l'emblema di Shepherd's Burger. "E Peck non è l'unico."

"Se tua mamma lo scopre, ti starà addosso come la

205

gramigna.”

“Accidenti a lei!” gridò Violet, poi gettò l'uniforme sul letto e tirò la corda del ferro da stiro dalla presa di corrente. Io muovevo la bocca seguendo la melodia di Dance Fever[67] che trasmettevano alla radio. Violet e io eravamo testa e croce di una moneta. Io ero figlia unica e lei quella di mezzo in una nidiata di fratelli e sorelle. Io passavo troppo tempo a nascondermi dietro i miei occhiali e a Violet importava meno di chi la vedeva fare che cosa. Ma entrambe eravamo d'accordo sull'esasperazione che provocavano le madri. “Lascia che ti mostri quello che ho fatto la notte scorsa,” disse Vi. “Mi sono comprata alcune piume verdi ieri, e ragazza... sto per diventare la cosa migliore che questa città abbia mai visto.” Cominciò a spogliarsi.

Cercai di non guardarla — non che facesse alcuna differenza. Tutti quanti nel quartiere potevano vederla attraverso le finestre aperte. Inoltre, questa non era la prima volta che la vedevo spogliarsi. Il nostro programma di lavoro estivo mi rendeva facile visitare Violet. Il mio lavoro con il Recreation Department[68] finiva a mezzogiorno. Venivo direttamente a casa dopo che me ne andavo dal parco. Il lavoro di Vi da Shepherd non cominciava prima delle sei, così avevo tutto il tempo di farle visita prima di cena. Era sempre addormentata quando arrivavo e qualche volta durante la mia visita, si preparava per il lavoro, senza mai preoccuparsi di girare le spalle o di vestirsi in bagno. Quando faceva pratica con lo spogliarello, si prendeva il suo tempo, cadendo quasi inconsciamente nella sua routine. “Dai, Smilza. Dammi un po' di ritmo,” diceva lei. Come se a un segnale, la radio si sintonizzasse su un assolo di batteria di Little Richard. “E ora, la signorina Vi Berry,” annunciava mentre io

---

[67] Un varietà musicale che andò in onda settimanalmente da gennaio 1979 a settembre (n.d.t.).
[68] Simile alle colonie estive per bambini (n.d.t.).

alzavo il volume della radio e cominciavo ad applaudire. Allontanò la sua parrucca dall'ombra del paralume e se la gettò sulla testa. L'aveva comprata con la sua prima paga. Una cosa marrone rozza e piena di riccioli oleosi che quasi si abbinava ai toni beige della sua pelle. I capelli la trasformavano, indurivano i suoi lineamenti, facevano sembrare il suo corpo più adatto allo sguardo furtivo che ostentava. Anche la camera era adatta a ciò che faceva. Il semiovale dei bovindi un palco grossolano — i pannelli delle finestre di vetro vecchio, disegnato in uno spessore non uniforme, rendevano la luce stucchevole e gettavano degli arcobaleni sulla sua pelle. Le sottili membra tagliavano la luce come fari mentre la mano di Violet serpeggiava fuori, lasciando cadere un indumento qui, accarezzando la pelle lì. Una bambola di caramello. Un *trompe l'oeil* per la vista e la mente. Un sogno di ciò che pensavo non sarei mai potuta diventare. Anche con la pratica e senza le pungenti dure raccomandazioni di mia madre che risuonavano nelle mie orecchie. Che razza di mondo poteva dare la miseria a una diciottenne, quando aveva concesso tanti doni a Violet a soli quattordici anni?

VII

Violet e Maude trascorrevano troppo tempo insieme. Io ero l'estranea. Ero in casa, ma non della casa. Maude parlava per indovinelli e Violet rispondeva. La mia lingua era bloccata nella mia bocca. I ruoli erano invertiti. Io ero quella che avrebbe dovuto saperne di più, che avrebbe dovuto avere le risposte giuste. Ma eccoci — una ragazza che voleva essere una donna e una quasi donna che non era mai stata una ragazza. Ogni giorno mi sentivo più incompleta. Alle sei in punto, entravo in casa di mia madre e diventavo di pietra. Voleva sapere se avrei mai parlato di nuovo. Aspettavo la mattina, aspettavo lo squallore di intrattenere dei bambini irresponsabili. Giocavano agli stessi giochi a cui io avevo giocato —

mosca cieca, la piccola Sally Walker, acchiapparella. Cosa gli insegnava? Che cosa mi aveva insegnato? Iniziavo a vivere una volta che entravo nella casa. Non importa se l'aria era viziata, o che sarei rimasta intrappolata per venti minuti dalla signora Cole, catturata mentre entravo dalla porta e costretta a portarla giù per le scale e in cucina, un passo artritico alla volta. Se ero fortunata, Violet era sveglia quando raggiungevo la sua stanza. Se ero fortunata l'aiutavo con il bagno, versavo una generosa quantità di sali da bagno di Maude e riempivo la vasca con acqua saponata. Se ero fortunata, non le dispiaceva se mi sedevo accanto a lei, in attesa di lavarle la schiena. Se ero fortunata. Oppure correvo da Beulah che aveva una stanza vicino alla cucina e faceva parte delle donne dell'associazione di beneficienza. Lei conosceva mia madre, ma non le piaceva, così mi mandava al negozio e mi dava della birra in cambio delle sue commissioni. Il marito mi pizzicava le braccia ogniqualvolta lei non guardava. Se non riuscivo a svegliare Violet, facevo un salto da Maude che stava sempre in cucina preparando il suo prossimo pasto intanto che finiva il suo ultimo.

Un giorno, a metà estate, aprii la porta e trovai il fratello maggiore seduto a un tavolo. Una faccia distante si avvicinò all'improvviso. Mi sentii gelare come se un vento fresco avesse soffiato attraverso la cucina, ma l'aria era invasa dal fumo e dal calore. Si tolse la camicia e Maude gli accarezzò le spalle. "Non ha la dimensione della nave che fa venire il mal di mare al marinaio," disse Maude. "E' il movimento dell'oceano." Poi mi vide in piedi sulla porta. "Entra," mi chiamò con un cenno. "Guarda chi è tornato." "Tornato nei quartieri delle donne. Non c'è nulla di meglio," rise lui e premette la testa contro la sporgenza soffice del ventre di lei, la sua voce così profonda che le sue parole sembravano rimbombare nel ruggito dell'acqua che Maude stava riempiendo a forte pressione nel lavandino. Maude lo chiamò Bud e mentre mi raccontava dov'era stato e perché era tornato, lui mi fissava. Gli occhi castani cerchiati di nero. Una faccia lunga e squadrata con una mascella forte e i denti bianchi dritti. I suoi capelli erano corti, quasi come quelli di Violet, ma tagliati in modo da accentuare la sua forza e né da invitare né da scoraggiare il desiderio di toccarlo.

VIII

"L'ho detto a tua mamma. Le ho detto, Dorothy Nashberry, hai avuto di gran lunga troppi bambini per comportarti come fai con Violet. Quando avevo l'età di Violet, ero già scappata dal mio primo marito. Un sacco di ragazze più carine di me stanno ancora a casa lavorando per una misera paghetta per potersi permettere di andare al cinema. E guardami adesso, dico io. Ho una casa grande, un sacco di amici... Non è vero, Bud? Sì, la buona musica del Signore. Ma ancora ti preoccupi di Vi, gliel'ho detto... Ora, ti sveglierai. La scelta del mazziere." Giocavamo a carte una o due volte alla settimana. *Bid whist* [69] e Violet dichiarava sempre come se potesse selezionare accuratamente le sue carte a ogni mano. Bud osservava ogni mossa che facevo, girandosi di tanto in tanto a sorridere a Vi o ad accarezzare il braccio di Maude. Violet faceva troppi errori. Guardava appena le sue carte e ogni volta che aveva bisogno di dichiarare o giocare una carta, prolungava il gioco: richiamava l'attenzione su se stessa, fumando, ridendo, sfiorando con le mani la sua parrucca — che insisteva a indossare tutto il tempo in questi giorni. "Non devi prepararti per il lavoro?" chiedevo. Mi guardava fissa e faceva un'altra

---

[69] *Whist* è un classico gioco di carte in voga nel diciottesimo e diciannovesimo secolo, evoluzione del più antico "Ruff and Honours." Nonostante le regole siano estremamente semplici, il gioco richiede un'analisi attenta e scientifica. *Bid whist* è una variante dello stesso e si gioca a squadre con l'aggiunta di puntate. Molto famoso negli USA (n.d.t.).

domanda a Bud, facendo come se non avessi detto niente. E Bud ci raccontava su quale cacciatorpediniere era stato di stanza, della Florida e dei porti del Mediterraneo, e come a molti giovani marinai sarebbe piaciuto essere nella stanza con lui a giocare a carte con tante belle donne, come ci definiva. "Che ci dici sui marinai, Smilza?" chiedeva Violet, ma quando non rispondevo, grugniva e si rivolgeva di nuovo a Bud. Lui aveva appena il tempo di cambiare la sua espressione prima che lei lo vedesse. Ma Maude strepitava, una risata dal profondo della gola che minacciava il lampadario già incrinato. "Bud, non sei cambiato nemmeno un po'," diceva mentre versava un altro po' di vino dolce nei bicchieri per acqua vicino ai nostri gomiti. Bud diceva: "Sì," in modo distaccato e strizzava l'occhio. Riuscivo a spifferargli la mia dichiarazione senza guardarlo direttamente negli occhi. Avevo già memorizzato il suo sorriso, la curva del suo collo, il colore marrone abbrustolito della sua pelle. Il più delle volte, sapevo cosa diceva e come lo diceva, ma questo non sembrava importare tanto quanto sentirlo pronunciare le parole. Negli altri pomeriggi, ballavamo. Violet, come al solito, ci apriva la strada con la sua fantasia da spogliarellista e faceva ricordare a tutti di quando era stata una grande stella. Allora Bud sollecitava me e Maude ad alzarci. Sollievo comico, lo chiamavo. La mole di Maude scivolava alla rinfusa come l'olio misto all'acqua, come un ippopotamo che si alza dopo un bagno, mentre io mi adoperavo per tenere i gomiti indentro ed evitare di fare il passo dell'oca. Ma Bud mi notava sempre, mi accoglieva sempre tra le sue braccia. "Solo un po'," sussurrava mentre mi conduceva in una danza dolorosamente lenta. Violet aveva lo sguardo cupo, ma Maude rideva e rideva e diceva a Bud che razza di stallone fosse.

Violet saltava il lavoro il più delle volte, ma un giorno dopo averla convinta che doveva andare, scattammo lungo il corridoio verso la sua stanza, tutt'e due piuttosto adulterate dal vino dolce e meno pronte per il resto della bottiglia che Violet aveva con sé. Aveva cominciato a farsi crescere i capelli, così dopo che finalmente ero riuscita a farle togliere la parrucca, accarezzai la massa di riccioli morbidi, rimproverandola di essere in ritardo per il lavoro, mentre io mi concentravo per prendere la mira della spazzola sui suoi capelli, e non sul collo o sulla fronte. Entrambe prendemmo un sorso dalla bottiglia. Mi disse che Maude non dava a Bud un momento di pace. Dissi di sì, e che la vedevo palparlo ogni volta che ne aveva la possibilità. Mi disse che Bud stava solamente perché Maude gli dava vitto e alloggio gratis, e Maude lo teneva solamente perché questo faceva ingelosire le altre donne. Le dissi che era meglio non lasciare che Maude la sorprendesse mentre usciva dalla stanza di Bud com'era successo a me il giorno prima.

"A chi stai dicendo?" chiese.

"Nessuno."

"QUINDI?"

"Niente."

"Ricordati solo chi sei venuta a vedere qui," disse. Rimasi in silenzio. "Ehi ragazza," disse lei. "Ecco dove sta, non lo sai?" E rotolammo sul letto, ridendo e bevendo vino come se avessimo parlato di lavoro o di Peck o della chiesa di Maude o di quante stanze vuote c'erano in casa.

IX

Non potevo rientrare a casa che odoravo di vino e Violet non era in grado di vestirsi. Non ci siamo subito date per vinte — abbiamo davvero provato a stare in piedi dritte, ma nessuno sforzo è valso a non far vacillare le nostre ginocchia. Pensammo che il caldo di agosto ci avesse scioccato. Il Signore lo sa, eravamo rimaste a sorseggiare il vino dolce di Maude per tutta l'estate senza lasciare che ci rincretinisse nemmeno un po'. Violet diede uno strattone alla finestra, e con il mio aiuto, riuscì ad aprire una fessura. L'aria era calda appiccicosa, peggio di prima, ma non avevamo le forze per tirare giù la finestra. Infine, ci lasciammo trasportare dal vino. Come fossi caduta in un sogno fradicio, un braccio steso sopra Vi che stava già dormendo, le voci dei bambini si allontanavano dal campo da gioco sull'altro lato di Ashland Place. Dormivo, sognando di raggruppare i miei alunni della terza elementare con le finestrelle ai denti intorno al loro tavolo da gioco preferito, sapendo che crollavano alla fine, piccole bambole di pezza esauste.

La piccola Sally Walker, seduta su un piattino.
Alzati Sally alzati. Asciuga gli occhi dalle lacrime.
Metti le mani sui fianchi e lasciati guidare
Balla verso sinistra, balla verso destra.
Balla di fronte a chi ti fa girar la testa[70]

X

Violet aprì la porta. Non si preoccupò di mettere addosso un accappatoio e Bud non si sorprese nel vedere le sue nudità. "Maude è andata alle prove del coro," disse lui.

"Dimmi," Violet si mise a ridere. Guardò la sua mano toccare la sua spalla, poi scorrere fino alla curva della sua vita.

"Già," disse lui.

Io ero riuscita solo ad aprire un occhio, ma presi la veste da camera di Violet e mi misi a sedere. "Vi!" gridai, o tentai di gridare. Ciò che venne fuori suonava come il lamento di una rana morente.

---

[70] E' un canto che affonda le sue origini nelle feste di nozze nel periodo pre-Celtico. Si è poi trasformato in un gioco da farsi in cerchio normalmente in età pre-scolare. Fu registrato per la prima volta il 15 maggio 1939 (n.d.t.).

Bud mise il palmo della sua mano contro la porta come se si aspettasse che Violet la chiudesse. "Bè, guarda questa."

"Non è carina?"

Ero tutta ossa. Ginocchia e gomiti. Le braccia sembravano estendere la lunghezza del letto. Avevo gettato a Violet la sua vestaglia ma lasciai il mio corpo scoperto. Bud sorrise. Un sorriso da mister-brezza-fresca. Un sorriso da pianista-in-un-club-di-blues. Un sorriso da ora-vedo-ciò-che-voglio. Ingoiai l'aria. "Oh Gesù," urlò Violet. "Si sta per sentire male." La sentivo premermi la testa in avanti. "Dai, Smilza," diceva mentre mi massaggiava la schiena. "Non starmi male, ragazza." Bud fece apparire come per magia un panno umido e un bidone dell'immondizia allo stesso tempo. Mi fecero sedere sul bordo del letto, Violet mi teneva e Bud mi asciugava la fronte e il collo con il panno. "Va tutto bene," sussurrò. "Non preoccuparti." E' una fesseria, pensai. Questo non è reale. Mi chiedevo se fossi malata, quindi mi lasciai andare a zoppicare mentre loro tubavano e mi coccolavano. Violet lasciò che Bud mi sorreggesse mentre lei accendeva una sigaretta. Dopo un paio di tiri, passò la sigaretta a lui e lui la passò a me. Violet mi teneva la mano. Senza volerlo, sentivo il bisogno di piangere. Eravamo naufragati. C'eravamo persi in una casa infestata, senza via d'uscita. Un cane abbaiava fuori dalla finestra, e due ragazzini gli gridavano contro. Una voce di donna, acuta, chiamò a casa qualcuno. Chi poteva sapere dove eravamo? La casa ci teneva all'interno del suo cerchio. Le brezze pomeridiane scansavano la sera.

XI

Bud si sporse in avanti e baciò Violet. "Non hai ragione," gli disse. La sua mano stringeva la mia più stretta, e il mondo mi passò davanti, tutto in una volta. "Devo andare," dissi e provai a farmi strada attraverso il groviglio delle loro braccia. Bud premette la sua mano contro le mie reni e mi tirò verso di lui. Violet ridacchiò e io allontanai dalla mente il volto di mia mamma. Riuscivo a sentire Bud parlare, mormorare nello stesso modo di quando avevamo ballato. Sentivo la lunghezza del suo corpo, i muscoli troppo vicini alla superficie e riluttanti a soddisfare le mie palme nel modo in cui il mio stesso corpo scivolava così facilmente contro le mie mani. Mi appoggiai a lui desiderosa di diventare un tutt'uno con la curva del suo collo, con la larghezza della sua spalla. Inalavo la burbera dolcezza della sua pelle. L'odore della pelle in estate ha lo stesso odore pungente del caldo, del lievito di pane, o dell'odore di un cuscino che ti sveglia da un sogno. La pelle può invitarti a toccarla, a osare. Ti può tirare dentro fino a quando l'unico modo per smettere di soffrire è quello di lasciare che ti prenda. La pelle di Bud era pelle nuova, ti dava la stessa sensazione di un bel paio di guanti da donna quando li prendi dalla loro confezione di tessuto. Così graziosi e nuovi di zecca, che quasi si ha paura di indossarli. E Violet, Violet era il regalo per cui avevo fatto da brava per tutta la mia vita, il pacchetto avvolto in segreto e nascosto da qualche parte in casa. Ciò che ricevevo per il mio compleanno o in un giorno speciale in cui tutti i lavori ingrati erano finiti e dicevo "sì signora" con la voce giusta. Aiutammo Bud a spogliarsi, toccandoci a vicenda ad ogni movimento che faceva. E Bud parlava sottovoce a entrambe mentre scivolavamo sopra e sotto di lui. La mia mano, stretta in quella di Violet, era una macchia d'inchiostro, una sagoma rivelatrice che avrebbe potuto essere un elefante che teneva un ombrello o dei cannibali sopra una pentola di stufato. Lei condusse la mia mano sul petto di Bud, la sua vita e sotto, e si mise a ridere quando volli tirarmi indietro, quando volli arricciare le mie dita in un pugno. Quando toccai Violet e tremai, Bud mi aiutò, e quando girai la testa, Violet era sempre lì. Noi tre inginocchiati insieme, i nostri corpi come alberi in torsione verso il cielo in un groviglio di membra. Un albero che si divideva in più parti o tre che si nutrivano a vicenda. Noi tre, in qualche modo, in equilibrio sul letto traballante di Violet, i vestiti di Bud cadevano come foglie, finché, in un unico movimento, cominciammo a cadere. Un corpo galleggiante contro un altro come degli abiti che cadono nell'armadio di una donna. E poi, i gomiti e le ginocchia come armi. Violet gridò, "MERDA!" Sangue sul suo labbro inferiore e il mio occhio già gonfio. In un primo momento, solo il gusto del sale — le mie stesse lacrime. Poi Bud che baciava me e Violet. Poi Violet. La mia mano si muoveva tra le gambe di Violet. Pensavo a tutte le parole: manicotto, barboncino, castoro. Tutte troppo brutte per la dolcezza che sentivo. Le nostre bocche si zuccheravano. La mano di Bud contro la coppa delle mie cosce. Le unghie di Violet gli accarezzavano la schiena. La mia lingua tracciava l'ascesa del petto di Violet. Il suono del salice frusciava come la seta, le foglie ondeggianti come il movimento tremante dell'abbraccio di Bud. Ovunque fossimo, nessuno poteva trovarci. Nessun gioco per bambini, nessun pettegolezzo su star del cinema e delle riviste. Nessun occhio attento dei padri che irrigavano i prati alla luce del sole pomeridiano, o di madri che predicavano sul peggio che poteva accaderci, che discutevano se il nostro castigo sarebbe venuto a causa mia e di Violet o a causa di noi due con Bud. Nessuno ci trovava. Violet sussurrò "Hey, ragazza," e Bud rispose con una risata. Mi riempii con i loro profumi, e risi di tutti noi mentre mi dicevo che non stavo sognando. Questo stava realmente accadendo. Potevo davvero vedere le ombre luminose lungo le pareti, e gli alberi diventare rosei, le loro foglie macchie sfuocate di tenebra contro i disegni di alberi finti della carta da parati. La casa accoglieva con favore la sera, le sue travi di legno comparivano mentre essa calava. L'odore di sudicia umidità mista al profumo di muschio per il corpo, al gelsomino dei sali da bagno e al dopobarba. La pressione

215

dei corpi mi trascinò dentro i muscoli che pulsavano, pensai, imitando le riviste true confessions,[71] troppo simili a un battito cardiaco. "Ragazza, questo è sciocco," dissi a me stessa. Poi presi un respiro profondo.

XII

L'abbagliante luce zenitale affettava le ombre senza possibilità di riscatto. Maude faceva baccano in cucina a modo suo — insaporendo una pentola di fagioli, tagliando le cipolle a dadini, bevendo vino. "Signore, oggi è più caldo di quanto non fosse ieri, non ti pare?" Io ero d'accordo, anche se lei non aspettò il mio commento. "Vi non deve andare a lavoro oggi? Se non va, lo perderà di sicuro quel lavoro. Dicevo a Miz Evans... dico, Beulah, i giovani non sanno cosa vuol dire NON avere un lavoro. Questo è ciò che c'è di sbagliato in Violet. Dovrebbe imparare da te, bambina. Tu tieni la testa sulle spalle, lo fai." Grugnii di nuovo e mostrai il mio solitario che stesi sul tavolo pescando una regina che avevo ammirato nella pila degli scarti. "Non tutto a questo mondo va bene," continuò Maude. "Bisogna lavorare e giocare." Si fermò un momento per assaggiare i fagioli, il suo viso, sotto la nube di vapore della pentola, apparve scuro come il legno verniciato nell'ingresso. "Signore, prendi la mia mano... " per metà cantava e per metà canticchiava. Rimescolai le carte per un altro tentativo a solitario. "Non sembra che tu stia andando così bene con le carte oggi," disse Maude. Scossi la testa. "E sei anche troppo silenziosa," aggiunse, e mi scrutò molto da vicino. Sorrisi. Iniziò a tagliare a fette la pancetta in una padella calda. Distribuii le carte e mi chiedevo distrattamente se mia madre avesse cominciato la cena. Sia Maude che io alzammo bruscamente lo sguardo quando tre pesanti tonfi fecero eco nella sala. "Credo che Miz Queen Bee ti stia

---

[71] Una rivista americana lanciata nel 1922 (n.d.t.).

chiamando," rise Maude. Allontanai la sedia dal tavolo. "Suppongo ti fermerai anche per cena, eh?" strinsi le spalle e diedi un bacio sulla guancia a Maude prima di lasciare la stanza. Stava già cantando quando raggiunsi la porta, ed era passata già a un terzo coro di "I Ain't Gonna Study War No More,"[72] quando raggiunsi la fine della sala. Bud stava aspettando davanti alla porta aperta del bagno. "Misericordia," disse, come se qualcuno avesse pietà di me. Come aprii la porta, continuò: "Il mio amore sta scendendo giù." Violet gettò un nugolo di schiuma da bagno verso di noi, le bolle scoppiavano nell'aria calda fumante quasi prima che lasciassero la sua mano. "Non permetto che venga da te," gli disse lei. Poi mi guardò e ridemmo entrambe. Quando chiusi la porta, per un momento questa si bloccò cigolando in corrispondenza dei cardini, poi all'ultimo momento scivolò via lentamente senza ulteriori difficoltà. Mi sedetti sul bordo della vasca e cominciai a passare la spugna sulla schiena di Violet. Riuscivamo a sentire Maude che chiamava Bud, ma nessuno le rispondeva. Bud si appoggiò alla parete, pulendosi le unghie, il suono del suo tagliaunghie cliccava come un tasto del telegrafo. Violet si scostò da me, soffiando la schiuma a piccoli sbuffi e tubava a tempo con i piccioni che saltellavano nelle grondaie fuori dalla finestra del bagno. Alzai gli occhi proprio mentre uno saltellava sulla gronda vicino al vetro della finestra. Il suo corpo grasso e nero quasi riempiva un quadrato di vetro piombato, e la sua testa era piegata in modo che un occhio rosso fissasse il vapore caldo del bagno. Alzai la testa con la stessa angolazione e guardai a mia volta quello stupido occhio fisso. Dopo un po', sentimmo Maude cantare nuovamente.

---

[72] "Non penserò più alla guerra" (n.d.t.).

Sposta la foto di Mamma lontano dalla luce

LE PROFONDE PIEGHE NELLA FANTASIA A PETALI DI ROSA della poltroncina sembravano ripetersi nelle rughe del suo viso. Si mise a sedere mezzo accasciata nella rientranza della sedia, il giornale a pochi centimetri dal suo naso, gli occhiali a penzoloni su una catena di perle di ottone intorno al collo. La stessa catena era quasi nascosta tra le ombre grigio-blu della sua camicetta scura. Inclinò la testa, strizzando gli occhi per mettere a fuoco le parole, ma nessun ostacolo e visione sfocata l'avrebbero mai costretta a spingere su gli occhiali in modo da poter vedere il giornale più chiaramente. Il suo strizzare gli occhi era automatico e improduttivo quasi come il noioso dialogo che ronzava nel programma televisivo sullo schermo davanti a lei. Di tanto in tanto, abbassava il giornale e osservava l'apparecchio, ma per la maggior parte del tempo lo ignorava.

Era stata una bella donna un tempo, l'immagine perfetta della donna sensuale, come quelle immagini di Billie Holiday[73] e Sarah Vaughan[74] sulle copertine dei dischi negli anni '50. E c'era quella sua foto, scattata una ventina di anni fa che ora giaceva in uno degli angoli nascosti della casa: era Rebecca seduta accanto al mobiletto color noce del fonografo, qualche bicchiere di champagne e delle sigarette sul tavolo accanto a lei. Rebecca che poltriva su un divano di lusso, la sua pelle nera messa lievemente in evidenza da un copri poltrona bianco che rivestiva la sedia. Rebecca sorridente nel mezzo di una foto in una cornice dorata, le sue labbra carnose rese lucide e morbide dall'ultima ombra di rossetto rosso, e i suoi capelli

---

[73] Billie Holiday è stata fra le più grandi cantanti statunitensi di tutti i tempi nei generi jazz e blues (n.d.t.).

[74] Sarah Lois Vaughan è stata una cantante statunitense, esponente di punta dello stile jazzistico chiamato be bop (n.d.t.).

costretti in una corona di riccioli bigodinati che ancora luccicavano con l'olio pressato. In quella foto, le sue gambe erano accavallate e sotto l'orlo di un abito di chiffon senza spalline, delle leggere scarpette da ballo sembravano essersi casualmente appoggiate ai suoi piedi.

La foto era così perfetta, che si riusciva quasi a sentire il lamento di un trombone jazz sopra il canticchiare sommesso del disco che riposava sotto l'ago del fonografo: Nellie Lutcher cantava "Fine Brown Frame," o la versione di "Ain't nobody business" di Billie Holiday.

Adesso era difficile immaginare come quell'esile donna nera seduta nella penombra del salotto fosse mai potuta essere la giovinetta nella foto. Ora, tutto ciò che chiunque poteva vedere era la stanchezza che mostrava sul suo viso mentre faceva una smorfia alla carta sfocata del giornale. Il suo viso, quando non era tirato in un cipiglio, aveva ancora la pelle liscia come in quella vecchia foto, nonostante il modo in cui la sua bocca si fosse abbassata agli angoli, e i riccioli oleosi che incoronavano la sua testa, fossero ora piatti e pettinati troppo frettolosamente. Le sue braccia erano distese rigidamente davanti a lei, e quando scosse la testa sopra la triste immagine che la notizia presentava, le luci blu fluorescenti del televisore rimbalzarono contro la patina unta dei suoi capelli.

Non appena finiva un articolo, Rebecca sfogliava rapidamente le pagine del giornale. Guardò per un attimo lo schermo del televisore. Un annunciatore lesse con voce stridula le linee di apertura per uno spot pubblicitario. Lasciò cadere il giornale per guardare. Un manichino di plastica esplose sullo schermo non appena l'annunciatore proclamò l'angoscia della vita piena di martellanti mal di testa. Finita la pubblicità, Rebecca rivolse la sua attenzione nuovamente al giornale, poi improvvisamente alzò di nuovo la testa quando udì un debole cigolio.

"Chi è là?" chiamò.

Nessuno rispose. Si tolse gli occhiali dalla punta del naso, dove si erano poco a poco sistemati. Le foglie sbattevano sulla finestra del portico nel retro della casa, e da qualche parte un cane, solo, abbaiava al nulla. Il suono divenne ritmico e ininterrotto per tre secondi o giù di lì, poi il silenzio fu seguito da altri latrati. Rebecca non riusciva a capire in quale cortile del vicinato fosse il cane. Su entrambi i lati del vicolo, i cortili sfumavano uno nell'altro in una serie interminabile di detriti e recinzioni rotte, rivestimenti di legno di portici e verande esposte al sole che sembravano tutte così simili che anche un vagabondo avrebbe avuto difficoltà a trovare una casa in particolare. L'orologio ticchettava fuori sincrono con i latrati del cane. Rebecca riusciva a malapena a vedere i numeri senza gli occhiali.

"Avrebbero dovuto essere a casa," mormorò.

Si accigliò ancora una volta, le linee tagliavano lo spazio tra le sue sopracciglia in incavi di pelle nera. Poi diede un'aggiustatina ai capelli sopra la fronte, e immediatamente dovette asciugare l'olio dal palmo della sua mano.

"Quell'uomo mi tiene sveglia tutta la notte," sussurrò.

Si tolse gli occhiali, sollevò la catena al di sopra della testa e li asciugò sul vestito. Il movimento lasciò una macchia di olio su una lente che assunse un bagliore cereo. Rebecca scosse la testa e rimise gli occhiali intorno al collo. Poi si alzò e andò in cucina.

"Non c'è niente che tenga un uomo fuori così tardi," mormorò. "Tutti e due fuori. Non c'è niente che non pagherei per vedere quest'ora della notte."

Molte persone avevano pagato per vedere Ernestine Cross. Venne annunciata come la "Ebony Queen", e il nome era adatto a lei. Era di color ebano e il manager del Club pensò che "regina" gli avrebbe dato un margine di guadagno — qualcosa da pensare per la gente che sorseggiava le sue bevande annacquate. Ernestine aveva appena finito un'esibizione, la terza e ultima per quella notte. Lasciò il palco, la sua pelle resa luminosa dall'olio sotto la luce viola mentre entrava in una stanzetta nel retro del bar.

Aveva quasi trent'anni, e sebbene fosse grossa in alcuni punti, il suo corpo aveva quella piacevole, morbida sensualità che spingeva gli uomini a immaginare se stessi sprofondarvi dentro. Era pettoruta, con i fianchi abbondanti e le cosce carnose che consentivano ai suoi clienti, coloro che erano affascinati dall'idea della maternità, di pensare a lei come abbastanza matura per avere un bambino o pronta per allattarne uno. Ma lei era anche astuta e agile come un serpente. Così quelli turbolenti, gli uomini con i tatuaggi e le cicatrici di coltello — oppure quelli che si credevano dei duri — potevano solo sognarla nelle loro fantasie. Ernestine non aveva alcuna intenzione di soddisfare nessuno di questi due gruppi.

Nella sua testa, lei era diafana come la seta, una vera professionista, e la sua danza era solo lavoro da palcoscenico. Il costume che aveva ideato l'avrebbe potuta far finire su una rivista di danza esotica. Era stato realizzato in un materiale patinato, con effetto bagnato che prendeva vita e forma una volta indossato. Nella sua testa, Ernestine era un pacchetto costoso, pronto per Parigi, pronto per qualcosa di più di un bar di autostrada. Si guardò allo specchio incrinato dello spogliatoio e tirò fuori la lingua. Le catene della sua cintola si erano aggrovigliate, ma alla fine riuscì a sistemarle e si scrollò nella maglietta di cotone attillata e nei jeans che aveva indossato al club poco prima quella sera stessa.

I jeans erano stretti, ma per Ernestine, erano comodi, un abbigliamento che le permetteva di mischiarsi tra la folla, soprattutto quando stava entrando nel club.

A quell'ora di pomeriggio, il Club non poteva mantenere la facciata di taverna che autorizzava i clienti ad allontanare da sé la consapevolezza di quanto poco sicuri fossero i loro stipendi inconsistenti. In pieno giorno, appariva un posto a buon mercato come di fatto era, l'esterno ridipinto molte volte, i recenti strati di pittura sbirciavano l'ultimo squallido strato di copertura del rivestimento esterno, le finestre sprangate e le porte a doppio spessore. I pezzi di vecchi manifesti che pubblicizzavano altri cantanti e ballerini erano ancora aggrappati ai chiodi arrugginiti. Ma il Club si adattava bene al resto della striscia di autostrada: i parcheggi di auto usate, i negozi di fucili e chiodini, gli istituti per massaggi con servizio completo, i negozi di ferramenta, quelli di liquori — l'abituale commercio periferico di ogni città. Ernestine aveva lavorato in almeno nove bar come il Club.

Si tolse la parrucca color platino, gettandola nella scatola accanto al tavolo. La luce evidenziò dei pezzi di lanugine attaccati alle corte trecce di capelli suoi. Nei punti in cui le trecce non reggevano, i capelli si erano annodati a formare una peluria fitta e crespa. Evitò di guardarsi allo specchio di nuovo fino a che non avesse messo una parrucca marrone scuro sulla testa. Poi guardò intensamente il suo riflesso, asciugando l'umidità dal labbro superiore con un asciugamano e controllando le ciglia finte che erano migliori delle vere. Infine, fece scivolare i piedi negli stivali nascosti sotto i pantaloni e li allacciò fino al ginocchio.

Quando tornò al bar, nessuno le prestò attenzione. Era come se avessero dimenticato che la "Ebony Queen" fosse scomparsa attraverso la stessa porta che Ernestine stava ora utilizzando. Il complesso stava suonando stonato, ma i corpi ammuffiti che affollavano la pista da ballo prestavano attenzione a tutto tranne alla qualità della musica. Le luci rosse e verdi evidenziavano le fronti sudate, mettevano in mostra le pance irrigidite, evidenziavano le mani maschili sui sederi delle donne, e aggiungevano macchie di colore a molti visi femminili rimasti a bocca aperta. Il barista versava da bere e lavava i bicchieri con lo sguardo assente di un uomo che aveva smesso da tempo di separare la guerra, il sesso e l'alcool. Due cicatrici che correvano parallele lungo il lato sinistro della sua faccia svelavano che non si preoccupava di capire la differenza tra uno sgabello da bar e un calcio di fucile. Era diventato un osservatore, e si rifugiava in quella posizione.

Ernestine gli fece un cenno e si spostò in fondo al bar. Mentre passava, il barista si ricordò di una donna asiatica vicino a Da Nang il cui particolare profumo del corpo riusciva a fargli dimenticare ogni prudenza. Ernestine si avvicinò a un uomo che era stravaccato sul suo drink. Fu al suo fianco prima che lui se ne accorgesse.

"Ciao tesoro," disse lui. "Siediti."

Ernestine scosse la testa. "Rudy, sembri uno straccio."

"Merda, sto al massimo. 53 anni e sto andando forte." Prese il suo bicchiere e se ne andò quando lei fece cenno al barista di portarle il suo solito scotch e acqua.

"Ernestine, devo uscire da questo posto," Rudy aggiunse senza guardarla.

"Ok tesoro", lei sorrise. "Ho finito per stanotte. Vuoi andare a casa?"

"No," grugnì lui. "Voglio dire fuori. Fuori di qui. Fuori città."

"Dove?"

"Ovunque tu voglia andare, bambina. Basta dirlo."

"Il tuo stipendio?" rise lei.

Rudy strofinò meccanicamente la mano sul ginocchio di Ernestine, ma lei si ricordò come aveva russato una volta che era riuscita finalmente a portarlo a casa sua la notte prima. Lei scosse la testa. Il barista osservò questo scambio e si voltò, sorridendo, ma dietro di loro, in un séparé sul lato opposto al bar, anche una ragazzina osservava. Non stava sorridendo.

Ogni volta che Rudy alzava il bicchiere o strofinava più vigorosamente il ginocchio nell'abito di jeans della spogliarellista, la ragazza nel séparé stringeva i denti. Era stata in altri bar come il Club prima d'ora, ma questo era sull'autostrada e fuori dal sentiero battuto. Di solito, era una delle prime ballerine sulla pista affollata. Si lanciava nel ritmo della musica, i suoi fianchi roteavano in perfetto fuori tempo qualsiasi canzone la band suonasse. Tutti conoscevano Georgia Rae, e ovunque andasse, c'era un uomo ansioso che attendeva di poter parlare con lei. Ma stanotte, Georgia aveva insistito per sedersi nel séparé.

Erano entrati nel Club proprio quando la folla che guardava le prestazioni di Ernestine si era diradata un po'. Georgia era già stanca. Per tutta la notte era stata infastidita dal ragazzo col quale era uscita, e la possibilità di sedersi le permise di evitare le sue attenzioni. Sulla pista da ballo, la pressione del suo corpo contro quello di lei avrebbe condizionato la sua conversazione. Seduta invece, poteva osservare la folla e ascoltare solo per metà le mezze verità che lui mormorava. Era stata contenta di guardare la pista fino a che Ernestine era apparsa dal retro.

Georgia notò inizialmente l'attillatezza dei suoi pantaloni. I jeans sembravano tesi in ogni piega, stirati a livelli impossibili, a rischio di strappo ad ogni passo che Ernestine faceva. Anche il materiale si era consumato assottigliandosi fino a diventare quasi trasparente dov'era stirato dalle ampie distese di carne.

Ma in qualche modo, nelle zone più chiare, profonde, quasi delle nuove tonalità di blu riposavano tra le pieghe lasciate dai movimenti di Ernestine. Attorno alla cerniera dei pantaloni, il materiale era quasi zebrato. A Georgia Rae non piaceva mettersi in mostra e stava quasi per licenziare la donna come una tipa scadente quando notò la spogliarellista parlare con un uomo che era chino sul suo bicchiere. Dopo che lui si voltò per salutare la donna, Georgia non era più riuscita a togliergli gli occhi di dosso, e il suo continuo aggrottare la fronte segnò delle profonde trincee nella sua pelle color crema.

Il tizio nel séparé accanto a lei diventò inquieto.

"Cos'hai in mente, tesoro?" chiese. "Cosa stai guardando?"

"Mi hai detto qualcosa?"

"Già. Cosa guardi, Georgia? Non mi hai detto due parole da quando siamo entrati in questo club."

Georgia si voltò verso lui. "Va... via", disse lentamente. "Due parole, giusto?"

Lui sorrise.

Era così bello che lei quasi gli perdonava quel suo sorriso smagliante. Fu il suo sorriso a darle una scossa di piacere quando stette lontana da lui per un po'. Lei gli sorrise, tirando lentamente le labbra sui denti in quella che lei chiamava la sua posa da Miss America. Lui inarcò un sopracciglio, e fece un sorriso più profondo.

"Tesoro, potrei amarti per sempre," disse lui.

"E tua moglie?"

"Cosa?" chiese lui.

"Non puoi amarla?"

"Che c'entra?" la sua voce si fece severa e scontrosa.

Georgia scosse la testa e si voltò verso il bar. Nella luce blu offuscata dal fumo della stanza, il suo volto appariva del colore di un soldo di rame scuro. Quando si voltava, sembrava usasse la luce per spazzare via le ombre dal suo viso e inclinava un po' il mento in modo che il suo profilo fosse inciso nel bagliore della pista da ballo. Avrebbe voluto essere una modella, ma pensava che la sua fronte larga le facesse gli occhi troppo grandi e le labbra troppo carnose. Le caratteristiche di un'Ashanti,[75] le aveva definite il padre. Ora, nella luce nebbiosa del bar, il suo viso era fortemente in contrasto col girocollo d'oro in stile africano che le circondava la gola.

L'uomo accanto a lei si chinò in avanti e le baciò l'orecchio. "Tesoro, somigli a una di quelle teste di Nefertiti che si trovano nel museo, lo sai?"

"Lo so," rispose Georgia.

Al bar, la spogliarellista era appoggiata all'orecchio del suo partner. Lui sembrava assorto nei suoi pensieri, e di

---

[75] Gli Ashanti o Asante sono uno fra i più importanti gruppi etnici del Ghana (n.d.t.).

volta in volta, la donna chiacchierava con il barista mentre l'uomo sullo sgabello accanto al suo le accarezzava la gamba.

"Uff," Georgia sbuffò. "Ebony Queen dei miei stivali."

"Cos'hai da sbuffare?" chiese il suo ragazzo.

"Ho detto, Ebony Queen! Bè, una parte è giusta. E' nera come la pece."

Georgia levò la mano dell'uomo dal suo ginocchio. "Ora cosa ti frulla in quel cervellino?"

"Stavo solo dicendo quanto sei bella, tesoro."

"Già, ho preso il profilo da mia mamma e le movenze delicate da mio babbo."

"E' una buona combinazione, tesoro," disse, e si chinò di nuovo a mordicchiarle l'orecchio.

"Non farlo," scattò lei. "E non chiamarmi Tesoro. Il mio nome è Georgia Rae. Non voglio che nessuno mi chiami più Tesoro. Hai capito?"

Lui continuò a mordicchiarla. "Andiamocene, tesoro. Sono quasi le due e devo tornare a casa. Possiamo fare un salto da mio fratello. Ascoltare dei dischi."

"Ora, questa è una balla. Non abbiamo mai sentito un disco a casa di tuo fratello."

"Sì," lui rise. "Ma ascoltarli è divertente."

Georgia aveva rivolto nuovamente la sua attenzione al bar quasi prima che lui avesse finito. La coppia era ancora lì, ma avrebbe voluto sentire cosa si dicevano.

Con il pezzo successivo, la band cambiò ritmo, e molti più ballerini raggiunsero gli altri sulla pista da ballo già affollata. Qualcuno inviò un bicchierino alla spogliarellista e lei sorrise al barista, poi si voltò verso l'uomo sullo sgabello accanto al suo e gli levò la mano dal suo ginocchio. Rudy sembrò risvegliarsi quando lei mosse la mano.

Afferrò il braccio di Ernestine quando lei fece cenno di andarsene, ma non alzò mai veramente lo sguardo. Ernestine esitò per un attimo. In quel momento, per metà sopra e per metà fuori dallo sgabello, i suoi jeans stretti sulle cosce fino a che le grinze scure si miscelarono nella sfumatura più chiara.

Una cucitura minacciava di cedere sotto la pressione di tanta tensione. Ernestine scese completamente dallo sgabello con delicatezza, diede un bacio veloce a Rudy sulla guancia e andò via.

Quindici minuti più tardi, anche Georgia augurò la buonanotte, e se ne andò prima che il ragazzo protestasse.

Quando raggiunse casa sua, la sua bocca era ancora stretta in una linea dritta.

Rebecca aveva appena finito di raccogliere i rifiuti in salotto quando la porta si aprì. "Chi è là?"

"Sono io, mamma," disse Georgia. "Non dovresti essere ancora in piedi. E' molto tardi."

"Devo aspettare il tuo papà," le disse Rebecca. "Gli piace trovare una minestra calda quando rincasa tardi. Quando lavora fino a tardi, lo aspetto in piedi."

"Papà lavora fino a tardi, eh?" chiese Georgia. Si tolse il berretto e mise i capelli a posto, poi si diresse dall'altra parte della stanza e si accasciò sul divano. "Il lavoro dev'essere faticoso. Lo so, io sono stanca morta."

"Il tuo papà deve lavorare fino a tardi a volte."

Georgia sorrise guardando le sue unghie e ignorò il cipiglio di sua madre.

"Sei uscita con quel ragazzo degli Harris?" chiese Rebecca. "Ho sentito dire che è tornato a casa dal servizio militare. Me l'ha detto Miz Harris in chiesa domenica scorsa. Vorrei che tu andassi in chiesa più spesso. Non so più chi frequenti. Sei così riservata su questo. Miz Harris mi ha detto che il suo giovanotto ha chiesto di te."

Georgia brontolò. "Ci scommetto che l'ha fatto. Quando ha smesso di spacciare, scommetto che ha chiesto."

"È un bravo ragazzo," continuò sua madre. "Credevo fosse lui oggi al telefono. Era lui, vero? Non quel Billy Wallach. Ti ho detto di stare lontana da lui. Quella povera moglie ha già la sua buona dose di problemi."

"Sì, mamma. Lo so. Esci col giovane Harris. Lo so."

Sua madre andò in cucina. Georgia la sentiva riscaldare la minestra, quando la porta si aprì ed entrò il padre.

"Ehi Georgia Rae. Sei ancora in piedi, tesoro?"

"Già. Sono appena rientrata."

"Fai le ore troppo piccole, principessa," disse. Si chinò e la baciò. Georgia si allontanò dall'odore di scotch.

"Sì, è tardi," disse, allungandosi verso le scarpe che aveva lanciato. Quando si raddrizzò, annusò l'aria rumorosamente, la bocca tirata giù agli angoli. "Scommetto che sono solo una vagabonda come te, papà."

"Dove sei andata?" le chiese mentre lei si allontanava.

Georgia gli rispose ruotando il volto sopra la spalla. "Ero col giovane Harris," disse e si diresse verso le scale. "Basta chiedere a mamma."

"Rudy?" Rebecca chiamò dalla cucina. "Ti sto preparando la minestra."

"Minestra calda ogni volta che lavori fino a tardi, eh, papà?" Georgia scoppiò a ridere. Poi salì lentamente le scale verso la sua stanza.

Rudy riusciva a sentire sua moglie in cucina e il rumore dei piatti non riusciva a soffocare abbastanza la sua voce mentre preparava la sua cena tarda. Stava cantando e mentre Rudy si sistemava nella poltrona che sua moglie aveva abbandonato, sentì Georgia unirsi al coro di sua madre mentre scendeva nuovamente giù. Sua figlia schioccava le dita al ritmo del motivetto.

I want to scream cause I never seen such a fin-ine brown frame[76]

Rudy chiuse gli occhi. Cercò di ricordare il cantante che

---

[76] *Voglio urlare perché non ho mai visto una così bella cornice marrone…*
"Fine Brown Frame" è una nota canzone popolare degli anni '40 del 20° secolo. Nel testo è presente una richiesta ironica, giocosa e civettuola da parte del cantante di imparare il nome di una straniera attraente (n.d.t.).

aveva sentito cantare quella canzone prima. L'aveva sentita in un bar da qualche parte, pensò. C'erano stati tanti bar e tanti cantanti. Troppi luoghi, pensò. Troppi luoghi e troppe donne.

Quando alzò lo sguardo, Georgia gli stava portando la minestra. Lui si allontanò dalla fantasia a foglie di rosa della poltroncina. La voce di sua moglie suonava un po' stonata, ma Georgia completava la melodia, dando fiato ad ogni parola come se la canzone, scritta anni prima che lei nascesse, potesse appartenere solo a lei.

Imogene

ERA A CORTO DI SIGARETTE E QUALCUNO STAVA facendo l'amore in fondo al corridoio. Flebili gemiti, improvvisi respiri profondi, poi suoni impercettibili. Sbatté i piedi nei sandali, appoggiandosi alla credenza per non perdere l'equilibrio.

Si era agitata come una pazza nella stanza, rigirando ogni cosa, cercando nervosamente una sigaretta o un mozzicone che riuscisse a calmarla. Stava accadendo di nuovo. Si sentiva al massimo un momento, e distrutta quello successivo. Era stata in ansia per lui la notte scorsa, non si fidava di lui. Così stasera, aveva aspettato, aspettato fino a quando fu costretta a uscire, finché il rumore e la gola secca la costrinsero alla porta.

Quando alzò lo sguardo dalla cassettiera, l'immagine allo specchio rifiutò dapprima di riconoscere la somiglianza, poi divenne tutto fin troppo familiare — il viso gonfio, la pelle scolorita sotto le ombre giallognole.

Gesù, ho preso peso, pensò.

Il gemito esplose di nuovo e si strinse lo stomaco, ma quando raggiunse le scale, riuscì a sentire la coppia che si aggrovigliava ancora una volta. Il respiro percepibile, le inevitabili effusioni amorose, percettibili a intensità variabili.

Faceva freddo per strada. L'aria della notte le accarezzava il viso, fece delle giravolte su se stessa e poi cadde nell'abbraccio delle tenebre. Sebbene digrignasse i denti, era una notte d'estate in California. Le poche palme che punteggiavano questo lato dell'Oakland sembravano fuori posto come si sentiva lei, qualcosa rimasto indietro da qualche altra città e trascinato in questo luogo per essere ignorato da tutto, fuorché dalla terra. La sua fronte era umida di sudore e di trucco vecchio: non aveva badato all'umidità di ritorno nella sua stanza, ma adesso la sentiva pesante, premeva contro di lei, aggiungendo ulteriore peso. Si asciugò il viso con la manica del maglione.

Non dovrei permettergli di vedermi agitata. No!

Ma non riusciva proprio a non pensarci sapendo che non era venuto a cercarla. Era tardi e lui non era salito in camera per incontrarla.

Osservò nuovamente la sua trifamiliare. Una scatola di legno. Qualcuno aveva dipinto ogni unità con dei colori pastello diversi, qualche tempo fa. Ora, come tutte le altre case del quartiere, il colore si era sbiadito, la vernice scheggiata e le finestre mancanti. Quante case simili aveva visto? Quante mono-trappole pluri-stanza? Si convinse che doveva apparire stanca come l'edificio. Anche le mattonelle irregolari sulla soglia le ricordavano il letto disfatto che stava abbandonando.

Camminava in fretta, abbassando la testa al minimo movimento: un pezzo di carta fluttuante, ombre di alberi, un lampo di luce riflessa da lunghe e basse automobili cromate. Le parve di sentire qualcuno chiamare il suo nome dalla porta di una bottega aperta tutta la notte, ma lei non alzò lo sguardo. Si affrettò ad oltrepassarla, camminando dritta, il suo corpo curvo, senza fianchi, senza busto, senza vedere nessuno ma sapendo che qualcuno l'aveva riconosciuta. Parlavano. Dicevano come lei avesse fatto finta di non vederli. Avrebbe rimediato comunque. L'indomani, avrebbe fatto delle domande, sorriso. Avrebbe chiesto dei fratelli o dei cugini. Delle automobili. Domande e risposte che aveva imparato a ignorare.

Imparare. Bah! Che cos'ho imparato? Tutti questi anni e non ho motivo di credere che lui sia diverso.

Non era l'uomo più bello che avesse conosciuto e il problema non era che lei non potesse permettersi qualcun altro. No, non il più bello, ma di stile! *Posso ancora sceglierli. E' alto 1.83 e aggraziato. Si muove come un cacciatore. Come uno di quei gatti di montagna. Conosce ogni luogo appartato. Anche un po' di studi universitari. E' uno che veste bene. Ohh-hh, riesce a farsi bello. Begli abiti e unghie pulite.*

Ma non era per come appariva. Poteva vedere le stesse

cose nei film ogni giorno. Era commovente poter allungare la mano, raggiungerlo e trovarlo là quando lei aveva bisogno di lui. Quanti altri ne aveva frequentato, ma che non l'avevano mai turbata allo stesso modo? Era il suo uomo, quello che lei poteva amare e sentire! Quella sensazione dolce e terribile al tempo stesso di sapere come si sentiva qualcun altro. Non tirava a indovinare. Non fingeva. C'era così poco da chiedere.

Camminò più veloce, strascicando un po' per tenere i sandali ai piedi, quando le crepe del marciapiede irregolare sporgevano di fronte a lei. Tirò i gomiti ai fianchi, tagliando la brezza e avvolgendo l'umidità. Era il modo in cui lui piegava la testa. Sì, *doveva essere quello*, pensò improvvisamente. Una specie di spinta inconscia poco prima che sorridesse. E le sue mani. *Sì, le sue mani. Non il modo in cui teneva la testa. Nient'altro.* Quelle dita larghe e i loro movimenti sicuri e rapidi.

Due cani si rincorrevano da una parte all'altra della strada. Il piccolo si muoveva velocemente, correndo prima davanti, poi dietro quello più grande. Il grande procedeva a grandi passi, interrompendo di tanto in tanto la sua andatura per girarsi e ringhiarle contro senza troppa convinzione. Lei esitò, strinse gli occhi strizzandoli e fece uscire delicatamente il fiato. I cani si diressero verso i cespugli e lei inciampò all'angolo successivo. Le ombre allungavano le sue gambe attraverso metà arco di luce del lampione. Era compiaciuta del fatto che questo aggiungesse qualche centimetro in più alla sua statura bassa.

Avrebbe voluto rimanere nella sua stanza. Dovrebbe cercare di dimenticarlo. Senza aggrapparsi a delle scuse per uscire, nonostante il gradito sollievo dell'aria notturna. Dovrebbe dimenticare tutto di lui, le sue mani e le sue cosce.

Le cosce, nient'altro. Sono sempre andata matta per le cosce.

La sua mente si soffermava su quell'immagine di levigatezza sotto i pantaloni che stringevano i muscoli. Lo immaginava sotto di lei, sopra di lei. Le sue mani sulle pendenze lungo le cosce, tirandole verso di lei, quasi dentro di lei. Avvolse le sue braccia strette intorno alla vita.

All'improvviso, l'esplosione acuta di un clacson mandò in frantumi i ritmi della strada: 5 rapide coltellate e 2 colpi decisi. Barba-e-capelli. Sempre offensivo, non importava quante volte l'avesse sentito. Abbassò la testa quando il cappello a falde larghe del conducente si girò nella sua direzione.

Non c'era bisogno di salutare. Non c'era ragione di parlare. Solo vagare senza meta. Una buona notte per vagare senza meta. Un cielo limpido. Forse lui è qui da qualche parte. Forse è andato sulla baia, in città. Forse sta cercando qualcun altra.

Un uomo la superò non appena scese dal marciapiede. *Troppo facile. Un segno morto,* pensò. Lo sentì fermarsi, ma lei non si girò quando le disse ciao.

Nel momento in cui raggiunse la BART,[77] aveva parlato con se stessa dentro e fuori della possibilità di rivederlo almeno una mezza dozzina di volte. Un treno sibilò sopra la sua testa. I fari delle macchine le permisero di vedere le teste della gente. *Scommetto che è dall'altra parte della baia,* pensò. *L'ha superata prima che facesse buio perché sa che non l'avrei seguito fin lì.*

Si fermò per un attimo a guardare il treno scomparire dietro la curva. Pensava vagamente alla città, ma come al solito, non riusciva a pensare a niente che conosceva, a quello che lei immaginava potesse accadere sull'altro lato della baia. Anche in quelle notti, quando qualcuno l'aveva fatta salire per fare un giro in macchina abbastanza vicino all'acqua in modo che potesse vedere le luci della città e la linea dell'orizzonte, niente la collegava a quel mondo. Oakland. Questo era sufficiente.

L'intersezione sull'altro lato del cavalcavia della BART

---

[77] BART è l'acronimo che indica la "Bay Area Rapid Transit" — la metropolitana della baia di San Francisco (n.d.t.).

era sgombro da automobili. Era l'unica figura visibile alla luce del lampione. La gonna si strinse quando fece un passo indietro sul marciapiede. Il materiale strinse i suoi fianchi e la cintura penetrò la sua carne. Si strattonava il maglione.

Devo perdere peso. Dannata vecchissima gonna. Vecchia gonna. Vecchia io.

Respinse il pensiero e strinse meglio il maglione contro il vento vorticoso e i suoi detriti. Sentiva l'uomo che l'aveva superata ancora in piedi dietro l'angolo dalla parte opposta della BART. La guardava allontanarsi dal suo campo visivo.

Dannati uomini. Dov'era? Idiota. Io sono un'idiota. Perché preoccuparsi? Aspetterà. Perché non dovrebbe? Merda! Lei sapeva che lui poteva trovare qualcun'altra, soprattutto se lei l'avesse fatto aspettare troppo a lungo.

Aveva creduto in lui, gliel'aveva detto. Aveva creduto a tutto su loro due, anche che si sarebbero sposati. *Dio, lui era buono. Quasi per un mese.* Quello era stato un buon segno. Ma lui se n'era andato via, come tutti gli altri. *Quelli belli corrono più veloci*, pensò.

E lei aveva capito che potevano farlo, ma voleva andare avanti, sentirsi sicura con loro. Aveva cercato i loro visi ogni volta, sperando in quello giusto, cercando l'ultimo, quello onesto. *Ogni volta.*

Frugò nella tasca per cercare una sigaretta e solo allora si ricordò perché aveva lasciato la sua stanza. Poi si ricordò della sua borsa, abbandonata sul letto. O sotto. Raramente la dimenticava, ma tutti quei gemiti lungo il corridoio e la sensazione di asciutto senza le sigarette in quella strana stanzetta.

Accidenti! Ho bisogno di qualcosa da bere. Devo bere qualcosa da qualche parte. Se solo potessi convincerlo a interessarsi. Potremmo trasferirci. Provare in un'altra città.

Gliel'aveva detto una volta. Gli aveva detto che era disposta a trasferirsi, a trovare un buon lavoro e a lavorare col sole alto, per fare amicizia. E poi avrebbe avuto le notti solo con le labbra di lui a filo con le sue, spingendo le spalle mentre lui la girava più e più volte.

Dio, lui è buono, pensò di nuovo. E pensò a come riusciva facilmente a rendere il mondo tutto rose e fiori. Come faceva sentire il suo corpo innocente.

Il Tambourine era vicino, il suo neon a intermittenza si scorgeva già. Era apprezzata lì. E a lui piaceva quel posto. Doveva essere lì. Piazzole, inganni, progetti. Aveva davvero bisogno di quel bicchierino. Dal lato opposto della strada del Tambourine, si fermò a guardare la porta del bar per un secondo. Se lui non fosse stato là, allora si sarebbe fatta solo un bicchierino. Quindici minuti al massimo.

L'odore pesante del liquore la investì appena aprì la porta. La birra stantia e il fumo le ricordarono l'odore delle ascelle e chiuse i gomiti e si diresse alla cieca verso uno sgabello. Le sue gambe sfregarono il legno lucido quando oscillò sul sedile. L'aveva notato subito e sentì l'afflusso di sangue dietro le palpebre. Si sforzò di girarsi verso le bottiglie che facevano da sfondo al retro del bar. *Doppio bourbon. Sì, nient'altro.* Annuì e ordinò.

Era solo, non guardava dalla sua parte, ma l'aveva vista. Mentre entrava, lo vide controllare l'orologio, poi allungare la mano per prendere una sigaretta. Lei si leccò le labbra, e le asciugò immediatamente con il tovagliolo del bar, le sue dita sfioravano i baffetti che le coprivano il labbro superiore, e nel riflesso dello specchio sul retro del bar, i suoi occhi controllavano lo spazio oleoso da una parte all'altra della superficie larga del suo naso.

Bastardo! Una volta, se potessi aspettare che venisse da me solo una volta!

Fece cenno al barista e si diresse al tavolo, bevendo mentre attraversava la stanza. Qualcuno allungò le braccia, toccandole la coscia. Fece a tempo a vedere solo il colore del jeans scadente quando la mano si ritirò. Il bourbon era buono e il bicchiere freddo. Tenne la superficie ghiacciata premuta contro la fronte. Il bicchiere era mezzo vuoto nel momento in cui attraversò la sala.

Aveva una sigaretta appena accesa in mano quando si girò verso di lei. Non appena si sistemò sulla sedia, lui le mise la sigaretta tra le labbra e accese un fiammifero con un colpo di unghia del pollice. Lei respirò, cercando di non guardarlo direttamente in viso, poi fece seguire al fumo un sorso di bourbon. La mano di lui le sfiorò la guancia e le diede un bacio finto. Lei guardò il suo bicchierino, cercando di ignorare l'eccitazione lasciata dalla sua mano.

Si voltò per parlare, la sua voce profonda accarezzava la sua fragilità come un guanto di pelle scamosciata.

"Facciamo una passeggiata, tesoro."

Lei non si mosse. Lui accennò un sorriso, poi tirò i polsini della camicia e fece scivolare il suo corpo verso di lei. Le prese la mano, strofinandole le dita e accarezzandole il palmo. Poi accostò le dita alle sue labbra, baciò le punte, poi le mani. Lei si sforzò di sorridere.

"Sei una brava donna," disse lui in tono amorevole, la sua voce più bassa questa volta, quasi un mormorio, un sussurro carico di quel segreto che condividevano.

A malincuore, lei guardò su, alla ricerca dei suoi occhi, ma lui si era voltato per prendere le sigarette. Abbassò di nuovo lo sguardo, la sofferenza del desiderio le si espandeva nel petto come il vapore caldo. Lei tolse la mano dalla sua. Poi lui si alzò, prendendole di nuovo la mano e chinandosi a baciarla leggermente sulla guancia.

"Dai," disse lui. "Andiamo."

Lei si alzò per metà dalla sedia, finì il suo bicchiere in un sorso, poi si lasciò portare via dal tavolo. Le tenne la mano fino alla porta. Alcune persone li guardarono e si sentì protetta. Quando lui la sentì esitare, si voltò e le fece l'occhiolino. Lei si lasciò andare. *Ha aspettato*, pensò lei. *Era qui, che aspettava, tutto il tempo.*

Lui fece dei passi lunghi, i suoi stivali corti da città colpivano il pavimento con una cadenza da cowboy. Si

fermò per guidarla intorno a un tavolo, le sue spalle
ostacolavano il riverbero dell'insegna al neon sopra il bar.
Ogni cosa di lui faceva pensare a delle linee parallele: le
sue gambe, le sue braccia, l'angolo della mascella, le spalle,
anche la piega dei pantaloni a filo di rasoio che coppettava
il rigonfiamento che si curvava dolcemente nel nido del
suo cavallo. Il suo corpo era un po' troppo magro, ma
vestiva in blu, il vestito che lei aveva comprato la scorsa
settimana. Una giacca azzurro polvere, il materiale
morbido, pieno di ombre e nuvole di colore, la felpa si
increspava a ogni movimento del suo corpo. Una cerniera
dal taglio diagonale rimaneva in parte aperta, e la sua
camicia di seta scura contrastava con la morbidezza della
giacca. Sopra il colletto di seta, la pelle nera era vellutata.

Anche sulla porta del bar fiocamente illuminato, la vista
della sua pelle liscia la faceva sentire imbarazzata. La
condusse sul marciapiede e quando la porta del bar si
chiuse, lui si voltò e salutò il barista, e lei notò come le
deboli pieghe intorno agli occhi e la barba incolta sul
mento aumentassero la prestanza del suo volto allo stesso
modo di una pipa per alcuni uomini.

"La macchina," fece cenno lui, "laggiù."

Veloce. Troppo veloce, pensò lei. La vide aggrottare le
sopracciglia.

"Va tutto bene. Non essere ansiosa. Son qui, giusto?
Non si può stare in quella stanza tutta la notte. Calma,
tesoro, calma."

Lui la condusse dall'altra parte della strada. Lei abbassò
le spalle curvate dalla tensione, cercando di camminare a
grandi passi, cercando di apparire come se stesse per
godersi la serata. Chiunque poteva vedere che era con lui.
Era suo. Questo era tutto. Nient'altro. Lui camminava al
suo fianco, e lei cercava di stargli dietro, i suoi fianchi
dolcemente ondeggianti sotto la gonna stretta, i sandali
sbattevano per terra ritmicamente, interrompendo gli altri
rumori della strada. Quando guardò in fondo all'isolato,
un altro treno della BART passava oltre dirigendosi verso

la città.

Raggiunsero l'auto. Lui mise la mano sulla maniglia, il grigio canna di fucile della portiera scintillante scivolava contro la trama nodosa della sua giacca.

"Tutto bene?" chiese lui.

Lei annuì. Le diede una stretta rassicurante al braccio e aprì la portiera della macchina. Si aprì senza far rumore, i sedili in pelle nera eleganti e lisci, quasi respiravano alla luce che gli cadeva sopra. Lui le ostruiva la visuale, il nero del suo collo catturava la luce mentre si sporgeva in avanti, si chinò dal sedile anteriore verso la parte posteriore della vettura.

"Il signor Preston? Tutto a posto. E' arrivata. Lei è stato davvero paziente."

Lui fece un passo indietro, in piedi tra lei e la macchina aperta. Il suo sorriso era dolce ora, e le accarezzò nuovamente la guancia prima di mettere un capello ribelle al suo posto, e sistemarle il maglione ad angolo retto sulle spalle.

"Cinquanta dollari, tesoro," disse lui. "Io sarò al Tambourine."

Poi le baciò la fronte e si mise da parte, aiutandola a salire nel sedile posteriore. Lei non si voltò a guardarlo quando si chiuse la porta. Chiuse gli occhi e spinse il suo corpo sul sedile. La viscidità della pelle sfiorava la sua gonna, afferrandola e trattenendola sopra le ginocchia. Mentre si contorceva sul sedile, si bagnò nuovamente le labbra, levigando la secchezza della carne.

Teneva gli occhi chiusi, trattenendo l'immagine di lui nella mente, dando una rapida occhiata e lasciando che il suo viso si rilassasse in modo che le ciglia toccassero le guance. L'uomo sul sedile posteriore inspirava con respiri profondi. *Un bevitore di scotch*, pensò. Le mani ruvide dell'uomo si mossero con rapidità sopra le sue ginocchia verso il pube bagnato e lei rabbrividì. Ma i suoi pensieri erano chiari: si ricordava del suo uomo, del modo in cui aveva sorriso e la sensazione di calore quando le sue mani le accarezzarono il viso poco prima che scivolasse dentro la macchina e la portiera si chiudesse. Sperava che sarebbe stato di buon umore quando fosse tornata al Tambourine. Il suo maglione si aprì e lasciò andare il suo corpo morbido, appoggiato sul sedile, accarezzando la pelle liscia con la mano libera.

Sotto l'equinozio

1 febbraio

NON SONO RIUSCITO A DORMIRE. SENZA UNA RAGIONE particolare a parte il dolore alle ossa, un eco nella mia mente. La mia mente arde dal desiderio di fare qualcosa. Rispondo alle domande più complesse fugacemente e ritrosamente eseguo i compiti a me richiesti. "Gira da questa parte, Nicky. Solleva le braccia, Nicky. Fletti le anche. Spostati Nicky, non riusciamo a vedere con questa luce."

Sorrido alle lingue rosa che brillano tra le labbra sottili. Osservo come i deboli colpi di pennello vengono sbaffati tela dopo tela. Sono finalmente soddisfatto quando il primo tremito di eccitazione rovescia un barattolo di tinta o schizza una macchia nera d'inchiostro indiano sopra una tela quasi perfetta.

Guardo la luce boreale oscurarsi sopra la mia testa – "pallida luce invernale, la migliore," hanno detto in coro. Osservo la sua magia danzare in ombre lungo il mio gomito se mi giro da questa parte, o il mio ginocchio se mi giro da quella parte. La vedo ballare e mi diverto con un raggio di luce qui, un raggio di luce là. Cronometro la noia delle mie quattro lunghe ore al centro dello studio con i cambiamenti di luce. Sono l'eunuco che sorveglia i tesori del sultano; leccano i suoi tesori con brillanti lingue rosa e dipingono grottesche immagini di me mentre le loro menti si denudano sui loro volti, i loro occhi cerchiati dalla paura, la paura di sapere cos'è ciò che vogliono.

2 febbraio

Mi sono fermato a casa di Bella. Mi sono annunciato sfacciatamente, le mie labbra premute contro la griglia del citofono. "Sono qui," rimbombai. Poi ho alitato nella cassa, ho inalato profondamente ed esalato per un minuto intero, credo. Sono ancora debole dall'ultimo attacco d'influenza. "Una nuova specie di germi," aveva detto il medico. "Germi forti, attivi." Il mio regalo a Bella e a tutti i suoi amichetti. Ho salito i gradini soddisfatto e felice per avere lasciato un pensierino nella griglia.

Bella mi stava aspettando sul pianerottolo in cima alle scale, la sua sagoma sembrava un sorriso luminoso al centro delle sue braccia spalancate. Le sue piccole orecchie appuntite si muovevano delicatamente. Oh Lupus, oh Bella mio delizioso lupo, i tuoi denti dovrebbero gocciolare rosso, gocciolare sangue. Quante vittime hai catturato oggi, delizioso piccione?

Mi sono lasciato lucidare con olio di oliva fino a che sono quasi riuscito a vedere il mio riflesso sulla schiena negli specchi. Il mio volto riflesso sulla mia schiena come un tangibile eco nero. Il mio volto nello specchio — nero; la mia schiena — nera e lucente col riflesso del mio volto — nero; il riflesso curvo e distorto quando contraggo i muscoli della spalla. E Bella dietro di me, mi accarezza la coscia, la spalla. Ha imparato una dozzina di nuove espressioni fiorite. I suoi occhi ancora si abbassano e si stringono quando fantastica su cosa stiamo per fare. Le pupille diventano verdi come quelle di un gatto, decisamente elettriche, iridescenti, luccicanti dentro le cavità profonde, inserite in quella pallida faccia bianca.

Quando l'ho lasciata aveva ancora braccia e gambe divaricate ed era bagnata. Il suo volto freddo e le gocce di sudore impigliate tra i peli del labbro superiore. L'ho guardata per un momento prima di chiudere la porta. Sembrava quasi morta. Poi sono riuscito a vedere che stava respirando, ma il suo respiro era lieve come quello di un vecchio cane.

15 febbraio

Sono andato in cattedrale oggi. Gregory mi ha visto prima che potessi uscire. Non lo vedevo dall'ultima volta che fummo arrestati a Washington Square per una protesta contro la guerra. Ho sentito un tremito nella sua voce mentre mi chiamava: "Nicholas — Nicholas —

Nicholas — Nicholas." L'eco ha rimbalzato dall'altare alle panche, alla statua di Nostra Signora, alla porta, prima che si affievolisse e morisse contro il vetro colorato della finestra sopra le candele vespertine. Gregory si è precipitato dal presbiterio mi ha stretto a sé chiedendomi se avessi dimenticato di portargli una copia dei canti. Sì, è passato tanto tempo, pensavo tra me mentre scuotevo la testa, ma non potevo ammettere di averlo deliberatamente ignorato. Mi sono unito a lui per qualche minuto per alleviare il suo evidente dolore alle mie risposte. I suoi occhi si sono ravvivati di nuovo e hanno perso la loro innocenza quando gli ho accarezzato la guancia.

Gli ho chiesto di mostrarmi le sue traduzioni più recenti, i tediosi poemi del Vecchio Mondo in cui si dilettava tanto, gli stessi poemi che mi annoiavano quando ci incontravamo come novizi nell'Ordine otto anni fa. Lavora sodo e ha bisogno di essere lodato. Sono rimasto un po' sorpreso quando si è rifiutato; tuttavia sono rimasto ad ascoltarlo suonare, lasciando che le note si trascinassero oltre le mie orecchie, più avvinto dal lento movimento delle sue dita sulla tastiera e dalla luce pomeridiana che danzava dentro e fuori le lunghe canne dorate sopra la sua testa, piuttosto che dalle sue tristi melodie. Gregory poteva cullare una foresta con le sue melodie. L'ho lasciato senza salutarlo.

7 marzo
Ha chiamato Bella.

8 marzo
La mia mente è grigia come la pioggia. Devo fare subito qualcosa.

12 marzo
Mi chiedo se Canada senta la mia mancanza? Ho visto una bottiglia di vino nella cunetta oggi – l'etichetta era integra. Lo cercherò prima o poi. E' facile trovarlo qui

come in ogni altra città. Lo aiuterò a cacciare via i ratti e mi lascerò raccontare nuovamente com'è iniziato il mondo. Lo stringerò a me e canterò come quando lo cullavo dopo gli attacchi di sudore, brividi e febbre. E rideremo ancora. Sono in trappola; Canada è libero, libero nei suoi abiti fatiscenti, libero dalle manette di orari e pause caffè.

Non riesce a ricordare di possedere un orologio o se è stato con una donna. Osserva i piccioni e ne condivide i segreti. Quanto lo odiava Hillary, disprezzava la sua libertà. Hillary è così pratica. Accumula le passioni come suo padre accumula grandi somme di denaro nelle sue cinque banche. Hillary voleva che distruggessi lo spirito malvagio del drago, voleva che fossi il Cavaliere Nero che avrebbe spezzato l'incantesimo dello stregone, ma io non ero il catalizzatore adatto. Non reggevo mai lo stendardo nella battaglia contro le cinque banche di suo padre e i suoi diciotto abiti di cashmere, e le sue camicie bianche e le scarpe accuratamente pulite. Potevo solo appoggiare Canada, la sua filosofia e la sua libertà. Lei ha solo respirato il suo sudore stantio, visto le sue scarpe coperte di giornali e il suo cuoio capelluto pieno di cicatrici e pidocchi. Tutto ciò che le potevo veramente dare era il mio nome e ancora ce l'ha. Ce l'ha per presentarsi, o firmare assegni o caricare i libri nella tessera della biblioteca. Starò ancora con lei fino a che deciderò di riprendere il mio nome. Ah, per una donna onesta. Il mio reame per una donna onesta. Una senza un sorriso serafico e l'odore di sarcofago. Canada, tu hai aperto la porta a tutti i miei problemi. Tu con il mento brizzolato e i denti gialli spezzati, e io non ho avuto la forza di varcare la soglia e cadere al sicuro tra le tue braccia.

15 marzo

Bella è stata nella mia stanza. Ha scarabocchiato il mio nome per otto volte stesa sul tappeto ruvido vicino al letto. Nicholas — Nicholas — Nicholas, ancora e ancora nelle sue flessuose lettere uniformi. Poi le ha cancellate dalla pagina con i tratti grossi di un pennarello che avevo lasciato vicino al tappeto. "Nicholas," giustiziato otto volte con la stilettata smussata di un colpo passionale di penna. Oh Bella, presto... presto...

Oggi, mi sono rasato la testa.

17 marzo

C'è caldo malgrado i temporali e il terreno stia diventando incantevole con la promessa di nuovi germogli ed erba fresca. Ho visto Gregory in piedi vicino ad un incrocio. Aveva l'aria così sconsolata e senza speranza. L'ho guardato per un minuto intero prima di raggiungerlo. Abbiamo attraversato insieme la luce verde.

Quando ha visto la mia testa, ha pensato fossi diventato penitente e se n'è compiaciuto, sfregando il mio cuoio pelato ancora e ancora mentre faceva le lodi alla sua forma e nerezza. Odiavo disilluderlo, ma alla fine gli ho suggerito di berci una bottiglia di vino. Il suo alito odorava già flebilmente di vino e Gregory ne è stato facilmente soggiogato, come sempre.

Abbiamo trovato la lista scarabocchiata dei "Nicholas" fatta da Bella con i segni marcati del pennarello. Gli ho raccontato cosa e chi, quando me l'ha chiesto. Si è seduto là, mezzo nudo, la parte superiore del lenzuolo tirata sotto il mento con una mano. "Come puoi farle questo?" chiese. "Con la stessa facilità con cui ero solito affittare questa modesta stanza per noi due, e con i tuoi soldi, mio amico Gesuita," gli dissi. "Non mi sono mai permesso di essere il tuo sofista, Nicholas. Siamo troppo intimi per questo," tirò su col naso. Gregory diventa così androgino quand'è arrabbiato. I suoi occhi, femminili e pieni di lacrime, le lunghe ciglia bagnate e appiccicate, il mento dritto, la mascella squadrata in angoli ben affilati con il suo collo grosso. Ho afferrato il lenzuolo da sotto il suo mento, ho strappato lo scadente materiale a metà, e con esso mi sono modellato una manica di stoffa.

22 marzo

Stavo traducendo Rene Depestre. Non mi ha condotto a
ciò di cui ho bisogno, ma amo la sensazione del francese
che scivola via dalla mia lingua. Leggevo a voce alta nel
balcone del secondo piano per fare colpo, sollevando la
voce verso il cielo per soffocare il fragore incessante delle
cabine della funivia ai piedi della collina. Disturbo i
piccioni, e le poche persone che passeggiano dal nostro
lato della strada, ma mi rivolgo alla folla in ogni caso. Ieri,
sono rimasto sul balcone per tre ore gustando i ritmi di
Senghor e Dumas. L'inglese è così rude, un cappio del
boia, un attrezzo utile se hai voglia di Baraka[78] o Lee.[79] Il
francese è una spada affilata, un elegante pugnale.

26 marzo

Sono stato bene le ultime tre ore di lavoro oggi, ho
sorriso veramente. Mi sono immerso nella luce come non
avevo mai fatto prima, le mie membra si sono arrese e la
mia pelle liscia come un'ossidiana contro la tenda bianca
dello sfondo. Posavo come se zuppa e pan bagnato
fossero Michelangelo e van Gogh, piuttosto che delle
appiccicose mogliettine ciccione dei sobborghi. Il mio
cuoio capelluto era in fiamme, ma non sollevai la mano
nemmeno una volta. Sapevo che domani sarebbe apparso
sfregiato, ma le cicatrici sono regali del sole. Prima di
guardare verso la luce fredda dello studio e prima delle

---

[78] Amiri Baraka, poeta, scrittore e critico musicale statunitense
(n.d.t.).
[79] Haki R. Madhubuti (noto Don Luther Lee) nacque il 23
Febbraio 1942 a Little Rock, Arkansas. Intorno al 1960 furono
pubblicati i suoi primi sei volumi di poesia scritta in dialetto
afroamericano e slang che influenzò i predecessori degli attuali
rappers. I contenuti del suo lavoro spaziano dalla rabbia per le
ingiustizie economiche e sociali all'esultanza nella cultura
afroamericana. Le sue poesie erano estremamente popolari in
questo periodo (n.d.t.).

contrazioni spasmodiche degli aspiranti artisti, ho meditato nel parco a North Beach. La meditazione ha rasserenato la mia anima, il sole era piacevolmente caldo, ma il mio cuoio capelluto inaridiva e bruciava. Sono stato un occidentale per troppo tempo; il mio cuoio capelluto chiede la protezione dei capelli.

27 marzo

Sono nuovamente scappato a casa di Bella. Mi ha bagnato il capo dolorante e mi ha dato il nome di un guerriero, "Shujaa," mentre sfregava il mio cuoio con una soluzione di bicarbonato. Ho lasciato che si prendesse cura della mia testa tra i suoi seni, mentre leccavo i suoi capezzoli di tanto in tanto, ma non rispondevo quando mi chiamava "Shujaa" in tono amorevole. Sono stato il guerriero di una donna e ho fallito; ho tentato la via monastica e ho fallito in una guerra nel nome della Trinità. Sarebbe sciocco riprovare.

29 marzo

Ci deve essere qualcosa di più nella vita di un'intensa luce settentrionale. Me ne andai dopo quaranta minuti nello studio. Mi era stato detto che potevo essere rimpiazzato. Crowell alzò il naso e tirò su, "Posso trovare qualcun altro, lo sai." Quello stronzo menefreghista pensa che io sia uno stupido. Sta a guardarmi contorcermi da questa e dall'altra parte sotto il lucernario, ma non alza mai una penna o un pennello. Vedo gli sguardi sognanti quando fletto il sedere per far danzare le ombre. So che posso tornare la settimana prossima e non si rifiuterà mai, tirerà fuori solo la mia scheda delle presenze e spunterà le quattro ore come sempre.

Zuppa e pan bagnato camminavano nervosamente su e giù mentre mi vestivo, gorgogliando e gesticolando, "Cos'abbiamo detto? Perbacco, abbiamo fatto qualcosa? Oh caro, qualcuno ha detto qualcosa di sconveniente? Ti hanno insultato? Perbacco! Santo cielo!" I loro polsi tozzi si agitavano fuori dalle camiciole blu come l'impasto del pane nell'impastatrice del panettiere. "Tornerai, lo farai, lo farai," disse zuppa. "Dobbiamo catturarti nell'ultima luce boreale prima della primavera," disse pan bagnato. "Al diavolo la luce boreale," dissi io.

12 aprile

Gregory è venuto a trovarmi oggi, eccitato per un vecchio articolo su alcuni africani che anni fa hanno ricevuto dei riconoscimenti dall'Ordine. L'aveva tradotto da una vecchia copia tarmata di *Stimmen der Zeit*. Talvolta è così serio, crede in se stesso. Oh Gregory, un giorno ti smaschereranno; ti sorprenderanno con alcuni giovani coristi stesi sulla credenza degli arredi sacri.

23 aprile

Bella ha dato una festa, Bella e i suoi graziosi amichetti. Sono stati spediti gli inviti: *Un'Orgia per festeggiare la Primavera/ alle 18:00 A CASA MIA!* I pavimenti erano stati lucidati, i trenta specchi lavati e le candele nuove piazzate discretamente nelle nicchie lungo gli scaffali. La casa si era riempita di fumo quando arrivai. Ho tirato fuori uno spinello e ho fatto un viaggio veloce nel mondo dei sogni prima di raggiungere gli altri. Abbiamo pitturato con le dita l'enorme sedere e la flaccida schiena di Dulcine per due ore. Succosa Ducey! È più carina con i colori a olio che con quelli acrilici. Ho disegnato per primo sopra di lei e ha gridato di piacere, dicendomi mentre barcollavamo verso la stanza da letto: "Oh, posso essere fottuta e benedetta allo stesso tempo!" Non indossavo la croce a letto e sebbene fosse appagata e felice quando finii, ammetto — il mio cuore non c'era.

23 aprile

Dulcine, Stanley e io ci siamo trattenuti da Bella dopo che gli altri sono andati via. Io e Dulcine abbiamo dormito fino a tardi. Quando ci siamo svegliati, lei ha trovato un grammo di marijuana e alcune eskatrol. Abbiamo fatto un viaggio, e ho deciso di mostrarle tutto il mio repertorio. E' meglio da pitturare comunque.

Ho cercato di convincere Bella di questo quando ha fatto irruzione nella stanza dopo avere bussato forte alla porta. Bella non era molto contenta che Dulcine avesse chiuso a chiave la porta. Le sue unghie mi hanno lasciato i segni lungo schiena dopo che l'ho tirata via dalla povera, grassa Dulcine. Ho fatto una tirata da Stanley e sono volato fino al soffitto. Son riuscito a sentire la voce di Bella rimbalzare contro la botola chiusa mentre m'insultava a urla. Il soffitto era piacevolmente freddo e spoglio, l'ultima notte fredda della stagione, secondo una previsione del tempo che ho sentito più tardi. Ho lasciato urlare Bella scioccamente, e, steso a braccia e gambe aperte sopra la botola, mi sono goduto la tirata di Stanley.

Devo essere stato là per un po' di tempo quando ho sentito la voce di mia madre. Mi è giunta attraverso le travi di supporto e il lucernario, stridula e aspra come sempre. Sapevo che il vecchio doveva essere vicino, quindi l'ho cercato con lo sguardo. Si stava nascondendo dietro un baule nell'angolo, tenendo nel pugno chiuso il capo libero di un pezzo di fune, l'altro capo della fune assicurata a una trave in alto.

Bella ha detto che ci hanno messo quasi un'ora per tirarmi giù, riportarmi in camera, e schiaffeggiarmi per farmi riprendere. Ha leccato le bruciature della corda sul mio collo, la sua saliva salata penetrava il dolore più in profondità nella mia pelle. Mi ha detto di non ascoltare più la voce del mio vecchio, mormorava che non mi avrebbe mai lasciato. Non so come possa smettere di ascoltarlo. Ogni volta che sento la sua voce, so che sentirò subito il peso delle sue mani, le percosse rimbalzare nella testa e nella schiena accompagnate da delle imprecazioni. "Stai a casa, negro – uno schiaffo. Fai da bravo, negro – uno schiaffo. Faccio ancora a tempo a ficcarti un po' di sale in zucca – un ceffone. Farai come dico io, altrimenti

— colpi, uno schiaffo." Quello era ciò che mi diceva in soffitta. "Fai come dico, negro." Quello era ciò che avevo sentito prima di legare la corda sulla mia testa, tirarla tra le lacrime, oltre la mia bocca e intorno al collo, poi son saltato dal tronco impolverato nell'accecante mare di rosso.

"Sì Papà. Sì, lo farò."

2 Maggio

Me ne sono andato mentre Bella faceva la spesa. Alla fine L'avevo sentito! Geova mi ha parlato la notte scorsa, la Sua voce è penetrata nel cranio. Ho risposto così ad alta voce, che Bella si è svegliata e mi ha stretto a sé, piangendo nel suo annebbiato dormi-veglia. Ho provato a dirle che non era stato un incubo, ma Bella ha una mente piccola. Così ho aspettato fino a che son potuto partire senza trascinarmi dietro le sue infinite domande.

Son sceso verso North Beach, proprio come Lui mi aveva detto di fare. Ha detto che avrei capito quando avessi trovato il Suo messaggero. Ho girovagato per un po', ho tenuto la mano di un vecchio ubriacone mentre scivolava nel coma che lui stesso si era provocato. Non aveva niente da dirmi; non era Canada.

Quando mi sono ritrovato di fronte alla galleria d'arte, sapevo che dovevo entrare.

Lei stava in piedi al centro della galleria, in piedi nella luce pallida come l'albume dell'uovo, la sua ombra rivolta dall'altra parte del pavimento e contro il muro lontano, dando così consistenza a quel muro blu pastello. Stava in piedi di fronte alle serie di *Notte Araba* di Dulac.[80] Mi son diretto verso di lei e mi son voltato verso le tele, leggendo l'iscrizione sotto a voce alta, la mia voce risonante e strana persino per le mie orecchie.

"Mentre lui calava l'alba si affievoliva alla vista." "Carino, non

[80] Edmund Dulac, disegnatore francese naturalizzato inglese (n.d.t.).

è vero?" disse. Le ho permesso di osservarmi per alcuni minuti. Il suo ventre, magnificamente rotondo, premeva contro la sua camicetta verde e sbocciava visibilmente insieme al bimbo che portava in grembo — mio figlio, il messia. È arrossita quando si è accorta che la stavo fissando, quando ha visto come sorridevo gioioso al piacere di averla trovata. Ho visto i suoi occhi guardare la mia testa, l'ho osservata inclinare la sua un po' a sinistra come se vedesse un cuoio calvo per la prima volta.

"Non porti un anello," dissi. Ha iniziato ad allontanarsi. "No, aspetta," le ho detto. "Come ti chiami?" "Leslie," ha detto. L'ho lasciato srotolare dalla mia lingua: "Leslie — Leslie." Le ho chiesto di prendere un caffè insieme. Ha risposto che doveva andare. "A incontrare tuo marito?" ho chiesto. "Bè, non porto l'anello, quindi... quale marito?" La sua voce era fioca e rauca mentre rideva della sua stessa risposta. Poi si è voltata ed è andata verso la porta. L'ho lasciata andare. Sapevo che l'avrei ritrovata. Ero certo che avrei saputo dove era. Lui mi ha detto che l'avrei saputo. Geova mi ha detto cosa fare. Le parlerò di nuovo domani. E lei risponderà, perché sta portando in grembo mio figlio; mio figlio che scaccerà la voce di mio padre, che quieterà le richieste di Gregory e zittirà gli echi di Hillary, che mi aiuterà come Canada non è stato capace di fare, e mi libererà da Bella finalmente. Figlio mio! Berrò del suo sangue e mi libererà. Mangerò della sua carne e sarò libero.

Riderò quando piango, piangerò quando rido e camminerò rasente ai confini del mondo. Non c'è cielo. I colori sono un tutt'uno e io sono uno solo con i colori. Il tempo è la sola distanza tra me e il destino, e Leslie — Leslie, tu hai il mio destino. Quando il sole seccherà la terra, noi staremo sopra la sua lordura e mio figlio aprirà la strada.

Sono caduto a terra e ho pianto, l'Aladino di Dulac che cavalca il suo stallone bianco attraverso i cieli della tela stava sopra di me. Me ne sono andato quando il direttore della galleria ha rotto l'incantesimo, chiamandomi "dannato hippy" e ha chiesto strillando una spiegazione alle mie lacrime. Come potevo dire a quella faccia arcigna che avevo trovato la vita!

Ballo con una bambola con un buco nella calza[81]

I CANCELLI SONO CHIUSI, SIGILLATI MECCANICAMENTE in modo che quando il fermo viene allentato, i chiavistelli stridono, aprendosi e ansimando come il respiro di un vecchio asmatico. Ma quel suono, in modo irrevocabile e scientifico, si dissipa fino a che il ticchettio cessa, la guardia gira il cancello in ferro battuto fino alla sponda del vialetto d'ingresso e lo incatena a uno spuntone a mezza luna che sporge dal cordolo. Ho ascoltato il modo in cui il conducente dell'autobus e il portiere si scambiavano delle parole, sperando in qualche modo che trovassero un motivo per negarci l'ingresso, ma pochi secondi dopo, le serrature hanno cominciato a scivolare e a ruotare, le lunghe stanghe in metallo sfregavano contro gli zoccoli in una rapida successione di esplosioni da petardo: WHACK WHACK—WHACK WHACK!

Mi sono seduta in un pullman di studenti le cui facce mi erano talmente familiari che non le avrei mai dimenticate. Mi faceva male il collo ma non volevo spostarmi. Questo gelo improvviso della mattina mi aveva costretto a indossare una giacca, e dopo essermi abituata ai larghi abiti estivi, non mi sembrava che il mio corpo riuscisse a sopportare il prurito della lana invernale. E ora, questo posto con i suoi cancelli in ferro battuto ritorto, doppio graticcio in filigrana, come le recinzioni del cimitero di Ash Hill o l'ingresso principale di Anheuser Brewery[82]

---

[81] Il titolo del racconto, *A Dance With a Dolly With a Hole in Her Stocking*, è anche il titolo di una famosa canzone popolare degli anni '40 che fu registrata da numerosi artisti, inclusa una versione rock 'n roll di Bill Haley (n.d.t.).

[82] La Anheuser-Busch Brewery è una azienda statunitense attiva nella produzione di bevande alcoliche e analcoliche. La compagnia è stata per oltre un secolo uno dei principali produttori americani e mondiali di birra, annoverando nel suo

dove aveva lavorato papà. E su ogni lato del cancello, dei pilastri di cemento reggevano delle lastre di ottone inciso, OSPEDALE di STATO, le parole centrate nel rettangolo di metallo come degli inviti a un matrimonio. O degli avvertimenti.

Non appena si mise in movimento, il custode afferrò una parte della catena che oscillava alla fine della traversa e ci voltò le spalle, trascinando il cancello dietro di sé come un contadino che afferra un bue silenzioso lungo la valle di un campo già arato. Ma da sopra la sua spalla, ci osservava, la sua faccia con gli occhi storti e severa per il sospetto — un occhio rivolto all'esterno verso il cancello e la strada che tornava alla città, l'altro rivolto verso il parco dell'ospedale.

Oh, era contento di vederci, lo diceva il suo sorriso, ma i suoi occhi trattenevano la scialba luce cupa di un cielo invernale. Una volta assicurato il cancello, ci fece cenno di passare. Lo guardai mentre l'autobus si allontanava. Stava ancora sorridendo, ma un occhio fissava un punto da qualche parte vicino ai coprimozzi posteriori mentre l'altro ci aveva già congedato e si era diretto verso la portineria. Ho provato a rilassarmi, ho tentato di afferrare un po' dell'eccitazione che gli altri mostravano. Alla fine l'ho fatto, ho fatto qualcosa della mia vita, come diceva mia madre. Con un po' di sana incitazione, ero qui. Ma mi sentivo di carta pesta, piatta e priva di dettagli come uno schema a penna e inchiostro. "La vera Josephine Ethel Barron si alza per favore?"

Chi stavo prendendo in giro? Questo è dove stavo indirizzando la maggior parte della mia vita. Questo è dove mi stavo indirizzando fin dalla quinta elementare quando tutti i ragazzi del quartiere avevano sentito parlare dei mangiatori di fuoco del circo e avevano deciso di scappare e unirsi all'attrazione. Ero stata legata a questo posto da quando McKinnely Turner mise un serpente

catalogo marchi famosi e prestigiosi come Budweiser (n.d.t.).

dentro il vestito di Rochelle Watkins il giorno del ballo studentesco dei diplomandi.

Rochelle era sempre stata scorbutica ed egocentrica. Non altezzosa come le ragazze Dunlap o Monica Frasier, ma Rochelle era stata comunque egocentrica. Ciò richiedeva un po' di attenzione in una scuola dove le ragazze più snob erano mulatte. Rochelle era praticamente tra il nero e il blu e bella come la mano di un predicatore durante il battesimo, ma rozza e taciturna. Piena di parole meschine e sguardi affettuosi che attiravano i ragazzi. Ma era una brava Battista e teneva le gambe incrociate così ermeticamente come la sua mamma aveva tenuto dritti quei capelli grossi come una corda con la pomata Dixie Peach.[83] Il serpente di McKinnely Turner pose fine all'eccessiva rigidità di Rochelle.

Rochelle aveva gridato così a lungo, che la sua voce si spezzò e scomparve nella sua gola come l'acqua risucchiata dentro un tubo pluviale. Anche dopo che il suono cessò, la sua bocca rimase aperta, urlando benché lei fosse l'unica che poteva sentirne il suono. I suoi occhi erano diventati completamente bianchi, ma non era caduta a terra come il fratello di Miz Lucy Bates quando gli vennero i colpi apoplettici. Il fratello di Miz Lucy era morto durante uno di quegli attacchi, contorcendo via la sua vita sul terreno proprio davanti alla loro casa, ma Rochelle aveva attraversato la sua apoplessia stando in piedi, il suo corpo rigido e la testa buttata all'indietro come se stesse chiamando qualcosa tra le nuvole.

"Dice che non ha nulla se non un attacco di nervi," la vecchia aveva sussurrato quell'estate. "Ed è agitata come un gatto."

E quell'autunno, sentii che Rochelle stava per essere mandata a Sud. "Dove alcuni dei suoi parenti possono accudirla," dicevano alcuni. Ma la mia mamma diceva,

---

[83] Una pomata grassa e cerata che è utilizzata dalle donne afroamericane per farsi l'acconciatura (n.d.t.).

"Hanno trovato una di quelle case per la gente pazza dove rinchiuderla. Una che accetta gente nera. E' una colpa e una vergogna essere nero e folle in questo mondo, Dio lo sa. Allora non ti verrà mostrata alcuna pietà dai bianchi."

Dopo quel fatto, iniziai a fare visita a Rochelle ogni settimana. A volte Monica Frasier veniva con me e qualche volta andavo da sola, ma le visite erano sempre le stesse. Io leggevo e Rochelle fissava la finestra. Oppure il muro o qualsiasi altra cosa che stava di fronte alla sua sedia.

"Incolpano quel ragazzo," mamma aveva sbuffato, "ma quella bambina è sempre stata malaticcia. Totalmente andata adesso."

Quando giunse il momento per Rochelle di andare via, quando avevano caricato tutte le sue cose in macchina e le avevano legate in modo che non si perdessero durante il lungo viaggio, ero dispiaciuta di vederla partire. Mentre l'auto si allontanava, l'avevo salutata. Rochelle aveva alzato la mano. Non aveva salutato in realtà, ma aveva guardato dritta verso di me.

"Il Signore abbia pietà," aveva detto Miz Lucy e il resto delle donne sbarrarono gli occhi come se avessi fatto qualcosa di speciale.

Ora ero qui e cercavo di apparire calma riguardo all'intera procedura come gli altri studenti. Acro dopo acro di prati recintati e potati, srotolati con precisione paesaggistica, come quegli incredibili labirinti nei giardini di Versailles. Quando l'autobus si fermò all'ingresso del personale nell'edificio principale, io seguii gli altri verso la porta, poi mi voltai indietro per un ultimo sguardo al cancello anteriore. I prati erano rasati nell'omogeneo stile pablum,[84] allargandosi verso l'orizzonte come se estendessero la lunghezza della Contea Crévecoeur e oltre. Quando la porta si chiuse dietro di me, quel mondo scomparve.

---

[84] Detto di qualsiasi cosa molto semplice (n.d.t.).

Dentro, trovai Bill Madero che parlava con una donna bassa grassoccia sulla quarantina. *Miss Thayer*, annunciava il tesserino. La donna ci osservò con sospetto, il suo sguardo catturava ogni difetto, ogni manica stropicciata o orlo consumato o bottone mancante. Ci introdusse in un corridoio, un lungo tunnel di alluminio lucido e smarcato con diverse indistinte aree rientrate che si allontanavano dall'asse principale.

Oltrepassammo una porta che conduceva a un complesso di uffici, poi ci trasferimmo in un corridoio adiacente che portava alle camere di degenza dell'edificio principale. Il corridoio deviava la luce in modo che tutta la sua lunghezza sembrasse uniforme e liscia. Quindi mi resi conto che solo la metà inferiore della parete era di metallo. Il pavimento era a piastrelle in linoleum grigie lucidate a specchio tanto che riflettevano l'alluminio come una luce fredda. Lo stesso pavimento sembrava di metallo, e in quella luce austera, l'intero corridoio era immerso nell'alluminio pulito e indeformabile.

Mentre noi ci ammassavamo in fila dietro la molliccia Miss Thayer, Terri Morton, che firmava sempre "Terri" con un cuore sulla "i" invece di un puntino, si faceva largo tra gli altri per raggiungermi. La sua chioma bionda increspata ballonzolava sulla mia spalla e mi tornò in mente che avevamo superato insieme più di una notte di sessioni di studio. La mia accettazione a bocca chiusa della sua ansia ridanciana in qualche modo raggiunse un equilibrio, un fulcro che avevamo utilizzato per accelerare le tediose ore di memorizzazione e di ricerca. Bionda o no, lei c'era stata quando ne avevo avuto bisogno. Non solo per i film clandestini, o per condividere una bistecca per cena, ma per aiutarci l'un l'altra a sembrare più professionali. "Per liberarsi dal callo," come la mise Terri. Aveva trascorso delle ore a insegnarmi a dire *luna* in modo che non suonasse come *lana*. Avevo trascorso altrettanto tempo a tirar via il suo accento del Kentucky dalle parole come *celere* e *calare* in modo che non suonassero come *cale-*

re. Ma entrambe dicevamo ancora, "La piccola orfanella Annie va *zpesso* a *zpasso* tra i negozi." E qui, nella mia uniforme inamidata e i gomiti ben oliati — ("Spaventerai a morte qualcuno con quelle braccia e quelle ginocchia cineree, bambina. Si suppone che tu debba aiutare la gente," aveva ridacchiato mamma) — qui, la mia pelle nera, i brufoli e tutto il resto, erano sotto lo stesso controllo del pallore zuccherato di Terri.

"Bene Josey, questa è la tomba. Sinistra, eh?" Terri arricciò il naso.

"La gente nel mio quartiere non usa la parola *sinistra* Terr. Stai ragionando come quelli che hanno paura di creare problemi, ragazza." Terri arrossì rapidamente. "Ma è inquietante come l'inferno," aggiunsi.

Lei allora rise, mantenendo il passo mentre oltrepassavamo un reparto. La metà superiore della porta di accesso alla camera del reparto era rinforzata con collegamenti esagonali di filo metallico. Era un reparto chiuso a chiave, e c'era un'esasperata aria di pulizia per coloro le cui menti erano ingombrate dalle macerie di una vita. Riuscivo a vedere dei raggruppamenti di figure spettrali attraversare la camera. Avevano tutti l'aspetto di nuvole in un giorno gravido di pioggia — grigi e a mala pena in movimento. E non sembrava esservi alcuna reale differenza tra maschi e femmine. Erano tutti chiazzati di riflessi grigi. Anche le loro vesti da camera blu slavate sembravano avere una cortina di nuvole grigie. Ed erano tutti bianchi.

Mi spostai più in fondo al gruppo, cercando di nascondere la mia oscurità nel loro candore ma per tutto il tempo, accettando il colore della mia pelle più intensamente che mai. Terri fermò il mio volo, quasi volutamente bloccando la mia manovra. "Sono tutti così pallidi," sussurrò. "Come se fossero morti. Bianchi e morti."

Non ho potuto resistere. "Sinistro, eh?" borbottai. Terri potrebbe aver risposto, ma ho sentito la voce di mia madre che mi diceva: "Prendi il buono e il cattivo, bambina."

Scossi me stessa per liberarmi dal ricordo e cercai di prestare attenzione.

Miss Thayer ci stava portando in tutta fretta dentro una nicchia, dicendoci mentre sfilavamo oltre che per la comodità dell'orientamento, dovevamo essere divisi in due gruppi più piccoli, uno guidato da lei e l'altro dalla sua assistente, una donna cavallina di corporatura robusta che ci aveva seguito in fondo al corridoio. L'assistente fece cenno a diversi membri della nostra classe di seguirla verso l'ingresso sul retro. "Assistiamo a un'altra lezione di burocrazia," sussurrai a Terri. "Per tornare all'inizio, è necessario cominciare nel mezzo."

"Fanno qualunque cosa per farci sapere chi comanda," mormorò. "Un, due, tre..."

Dopo che gli altri sfilarono fuori dall'alcova, otto di noi furono lasciati ad affrontare le incisive direttive di Miss Thayer. Era la donna più simmetricamente rotonda che avessi mai visto. Le sue mani curate chirurgicamente e il suo allestimento di capelli facevano apparire la sua figura più simile a un solido fagottino crudo. Solo la bocca sembrava viva e, per me, rassomigliava a un bacio di Clara Bow[85] fatto alla perfezione. Non c'erano accenni di sorriso, ma le labbra sembravano sempre sul punto di sorridere. O imbronciarsi. Il suo piccolo discorso in filodiffusione per darci il benvenuto a bordo era così omogeneo, che mi aspettavo iniziasse a citare la legislazione sui diritti civili, ma strinse solo le labbra e disse: "Buona Fortuna".

La seguimmo fino alla fine del corridoio e all'improvviso ci trovammo di fronte a un complesso insieme di doppie porte, solennemente larghe e inquietanti. "I bianchi

---

[85] Clara Gordon Bow è stata un'attrice statunitense simbolo dell' "età del jazz." Divenne famosa per le sue labbra a forma di cuore (n.d.t.).

costruiscono le porte per tenere la gente dentro, non fuori," aveva mormorato mia madre.

Terri inspirò e disse: "Cristo, guardate quei lucchetti!"

La doppia serratura univa una sezione a incastro del disegno intarsiato. Provai a immaginare quante serie di porte dovevamo attraversare prima che la giornata fosse finita. Mentalmente, accelerai il discorso di Thayer alla fine, bramando l'odore di erba e di alberi visibili attraverso le finestre sul lato opposto della porta.

"La maggior parte di voi saranno inviati al reparto intensivo," disse la direttrice allegramente.

Lo cantava, la sua voce saliva a un ritmo crescente alla fine della frase, e il modo in cui disse, reparto intensivo suonava più come isolamento. Immediatamente, pensai al carcere e a una serie di paure. Di ritorno nel mio quartiere, la perdita della libertà era sempre imminente — una mentalità ghetto, come la definiscono gli esperti, come se fosse un prodotto della fantasia. Ma il ghetto era reale. Non eravamo qui per dimostrarlo? Terri, Bill Madero, Thelma Johnson — tutti noi infilati in un pantano di corsi speciali e spremuti fuori dall'altra estremità per diventare prove statistiche delle pari opportunità. E ognuno di noi aveva abbattuto delle porte per arrivare qui.

Allora, cosa ci facevo qui, dove le pareti e le porte erano tutto ciò che importava? Guarendo il corpo si guarisce la mente, ci dicevano i professori. *Dovete ricordarvi: l'ospedale non è una discarica per anime erranti, voi non sarete donatori di misericordia, ma donatori di vita.* "E alcuni di noi sono completamente pazzi," la voce di mia madre fece eco inconsciamente.

Quando entrammo nel cortile che collegava l'ala principale a quella adiacente, ingoiammo l'aria, cercando disperatamente di farlo in silenzio. La risucchiammo, gentilmente ma decisamente, poi ci fermammo. Alcuni pazienti attraversarono il cortile, miscelandosi tra le ombre delle piante e le panchine di legno allo stesso modo in cui si mescolavano nei corridoi e nelle sale d'attesa. Si muovevano senza alcuno sforzo apparente, scivolando come spettri ma spostando la sagoma di luce e ombre, mentre mantenevano intatto lo schizzo di base. Bill Madero tirò giù le spalle e pigiò le mani in tasca. Terri cominciò a commentare, poi cambiò idea.

"Andiamo avanti, signorina," le dissi con la voce di mia madre.

Terri mi fece cenno di seguire Thayer. All'ingresso del reparto successivo, Thayer ci aspettò, il suo stretto sorriso da piccola foresta incantata era in qualche modo appropriato al forte odore acre delle medicine e dei disinfettanti. Dopo l'aria fresca del cortile, gli odori sembravano appesi in aria come polvere sottile. Bill Madero fu il primo a entrare nel reparto. Un vecchio gli si avvicinò. Bill fece mezzo passo indietro, poi resistette all'attacco. I libri non ti preparano mai a questo, diceva il suo sguardo. Guardò il paziente, poi la direttrice. Lei non gli offrì alcun aiuto. L'uomo si fece più vicino. Sbavò leggermente ma non fece cenno di pulirsi la bocca. I suoi occhi scintillavano vuoti, poi il riconoscimento, poi di nuovo il vuoto. Le sue pantofole di tela erano silenziose e le sue mani erano incrociate dentro le maniche della veste. Bill fece un cenno con la testa, poi disse a chiara voce, "Salve."

L'uomo si fermò, tenne le gambe leggermente in movimento, anche se i suoi piedi rimasero saldi in un punto. Poi si voltò e si allontanò. Si muoveva come se il suo corpo non avesse volume, non avesse massa. Come se le sue braccia e le sue gambe fossero controllate da dei fili. Mi ricordai delle lezioni sui tranquillanti e dei loro effetti sulle posture dei pazienti pesantemente sedati. Sembravano essere tutte solo delle belle parole da ricordare, niente di più. Terri toccò il braccio di Bill e lui sobbalzò in un riflesso di spavento, poi si ricompose in fretta, annuì, e tirò indietro le spalle per ammettere che aveva superato il primo test di corretto comportamento in reparto.

La direttrice sospirò. "Bene, questa è l'ala intensiva," disse. "Bene, yuppi-doo," Terri sussurrò. Io annuii.

Thayer spiegò che dovevamo firmare l'entrata e l'uscita ogni volta che lasciavamo il reparto per qualsiasi cosa, anche se per poco tempo. Sottolineò "poco", come se lei non riuscisse a immaginare per noi alcun motivo di lasciare il reparto. Un'infermiera, seduta dietro la scrivania a vetri, arcuò un sopracciglio, poi lasciò cadere la testa nuovamente sui suoi grafici. La guardammo scarabocchiare pochi appunti sui fogli di registro giornaliero. La sua mano si muoveva rapidamente e le linee sui fogli aumentavano a una velocità sorprendente nel linguaggio magico di pillole e pazienti scritto solo per i medici. Passammo oltre la scrivania. L'infermiera non alzò nuovamente lo sguardo mentre ce ne andavamo. In un angolo lontano della stanza, una televisione era chiusa in un armadio di legno incernierato a un'asse fissata alla parete. L'armadio era stato dipinto del colore opaco putrido dell'argilla della Georgia. La direttrice spiegò che solo le infermiere erano autorizzate a cambiare i canali. "Nemmeno i medici," rise.

Alzai gli occhi al cielo e feci a Terri un sorriso vaudevilliano. Mentre la direttrice spiegava le regole per guardare la televisione, noi studiavamo i pazienti. Alcuni seduti nelle sedie di fronte all'apparecchio. Sembrava stessero a malapena respirando. Uno era seduto alla scrivania in un angolo, la testa affondata tra le braccia. Il calamaio era asciutto. Nient'altro era visibile sul tavolo. C'erano dei pazienti appollaiati sulle panche sotto la finestra di fronte al muro o sui pannelli di rivestimento del radiatore di fronte al nulla. Improvvisamente, nel corridoio adiacente all'altro lato del salotto, una figura seminuda si fermò in volo, ci guardò e si precipitò oltre. Pochi secondi dopo, altre tre figure la seguirono: un infermiere di reparto con una veste tenuta aperta all'inseguimento del suo proprietario in fuga, e due inservienti che frustavano l'aria con gesti disperati che ricordavano i film dei Fratelli Marx, gli asciugamani da ospedale bianchi e blu che sventolavano dalle loro mani come bandiere. Non si fermarono.

Thayer interruppe il suo discorso sull'importanza dei privilegi per la televisione. "Oh, quello è Geremia. Era intrappolato in una miniera crollata. Danno cerebrale all'emisfero destro. È uno schizoide post-traumatico. Insulto primario al lobo occipitale. Soggetto ad arresto respiratorio quando è eccitato." Elencò rapidamente i sintomi che erano la totalità di Geremia. "Odia assolutamente gli spazi chiusi e il momento del bagno," aggiunse, cinguettando leggermente alla fine. "Venite, dunque."

Formammo la fila a passo dietro di lei, imitando come anatroccoli la sua efficiente e decisa andatura — un altro team di servizio medico, ansioso e addestrato per dare precise risposte senza senso. Solo pochi pazienti sembravano anche solamente accorgersi della nostra presenza. Una era una donna anziana seduta su una sedia vicino alla porta di fronte al corridoio. Era rannicchiata in una posizione quasi a "U". Le sorrisi. Lei cercò di restituire il sorriso, ma in qualche modo non lo fece mai. Poco dopo la sua testa s'inclinò in avanti e gli occhi si chiusero. In una sola mossa, sembrò scomparire, inserendosi perfettamente nelle pieghe a brandelli della sedia in ecopelle. Vicino alle finestre, un vecchio torturava le estremità dei suoi capelli mimando movimenti insensati di pettinature. Io annuì. Lui rifece il gesto, poi fece un cenno come se mi chiedesse di unirmi a lui. Vidi me stessa nei suoi occhi, gli occhi dell'infermiera. Anche gli occhi di Thayer. Finora, non ero riuscita a riconoscere quello che vedevo.

Sentivo che mi stavo isolando in quella posizione privilegiata in cui il mondo era stato diviso in "loro" e "noi", e nel reparto, c'erano un sacco di "loro" e un minimo necessario di "noi". Tutti coloro che vedevo sembravano vecchi, vecchi e non degni di sforzo.

"Anche *tu* puoi vivere abbastanza da diventare vecchia o morire, sorella," mi aveva detto mia madre. E ogni volta che dovevamo fare visita alla Signorina Owida Granberry, la vecchia insegnante di scuola domenicale di mia madre che era addirittura più grande di Claudia Lumpford, che era la donna più anziana in chiesa e che affermava di aver visto Marcus Garvey[86] in carne e ossa, sapevo che cosa la gente intendesse quando diceva "vecchio come il mondo." Ma vecchie o non, sia Owida che Claudia erano ancora impertinenti e petulanti come sempre, non come questi pazienti che sembravano vecchi e trasparenti, quasi senza colore. Non voglio dire bianchi — Thayer era bianca — i pazienti erano come dei fossili, dei resti conservati di alcune forme di vita che non esistevano più. Troppo vecchi per essere caparbi; troppo vecchi per essere irascibili; semplicemente troppo vecchi.

Devo aver detto questo ad alta voce, perché improvvisamente, sentii Thayer scattare. "Signorina Barron! Sto dicendo a lei. Vecchio? Definisca vecchio?"

"Josey... Voglio dire, la signorina Barron," si offrì Terri. "Pensa solo che dovrebbe conoscere i pazienti, Signorina Thayer."

Thayer rispose al sorriso di quella ragazza anni '20.[87] "Non credo che lei debba *conoscere* questi pazienti, signorina Morton. Qualunque cosa avete bisogno di *conoscere* l'avreste dovuto imparare prima di arrivare qua. O perlomeno, me lo auguro sinceramente. Ma," sorrise, "questo è da vedere, non è vero?"

---

[86] Marcus Mosiah Garvey (1887 –1940) è stato un sindacalista e scrittore giamaicano. Lottò negli Stati Uniti d'America per migliorare le condizioni inumane in cui venivano fatti lavorare i neri. Garvey predicò il ritorno in Africa da parte di tutti i neri del mondo, che non dovevano né sentirsi né chiamarsi cittadini dei paesi in cui risiedevano, ma africani (n.d.t.).

[87] Nel testo: *flapper girl* (n.d.t.).

Terri si schiarì la gola. "Scoliosi lombare. La donna sulla sedia, ha questo. Anche sintomi di senilità avanzata. Disfasia forse. E quello... quello vicino alla finestra... " Fece una pausa, a corto di parole da libro di testo.

"Va bene per ora," concluse Thayer. "Abbiamo il resto dell'ala ancora da vedere."

Terri lentamente espirò e mi sorrise. Mi sentivo come se avessi appena bocciato uno Stanford Binet.[88] Terri mi trascinò al passo con il resto del gruppo.

Per contro, il reparto successivo che visitammo sembrava contenere i pazienti che non avevano un'età particolare. Ed eravamo lì solo da pochi minuti quando mi resi conto che eravamo diventati una grande curiosità per i pazienti, come loro lo erano per noi. Poi notai due di loro dirigersi chiaramente verso di noi: uno magro, quasi scheletrico, e accanto a lui, una donna. Non proprio una donna, ma una ragazza, e ragazza o donna che fosse, la sua pelle era marrone uva passa, nonostante la colorazione grigia proveniente dalla luce abbagliante. Non era che non mi aspettassi di vedere pazienti di colore qui, ma lei sembrava essersi materializzata dal pallore grigio che pervadeva il reparto.

Diede una piccola spinta con il gomito all'uomo, spostandolo lateralmente come per tenerlo in movimento nella stessa direzione. Il mio primo impulso fu quello di dire che non sembrava folle. "Difficile da dire quando la gente nera ha solamente un atteggiamento negativo o quando è uscita di testa," aveva detto mia mamma. Ma non potevo smentire Rochelle e i suoi incubi dei serpenti. E c'era lo zio Raymond di Thelma Wooten, chiuso nella sua stanza per giorni, e i Greens, che fecero passare la loro primogenita per una bambina per quasi trent'anni per richiedere gli aiuti statali. Ma erano tutti a casa e non ci sapevamo prendere cura dei nostri, come diceva la

---

[88] La Scala di Stanford-Binet è un reattivo mentale di livello, finalizzato a valutare l'efficienza intellettiva (n.d.t.).

mamma?

Mentre i due si avvicinavano, riuscii a vedere la ragazza che sembrava non avere più di sedici o diciassette anni. Si fermarono davanti a me. Almeno i piedi dell'uomo si fermarono, ma le sue gambe a forbice minacciavano di trascinarlo lontano da noi nel corridoio. E la ragazza pompava le braccia su e giù come un passeggero su un autobus che segnala una sosta. Sotto l'attaccatura dei capelli, c'era una cicatrice frastagliata, rialzata e lucida. Cheloidi, pensai. Il marchio del mio popolo.

Sussurrai, "Signore Gesù, avremmo potuto essere nella stessa manifestazione." Disobbedienza civile, la chiamavano. È questa la punizione? Pensai. La sua di essere paziente, e la mia di essere il custode? Scoccai una freccia in aria senza sapere dove sarebbe atterrata.

"Attenta," avvertì Terri. "Thayer sta guardando."

La ragazza cominciò a fare dei rumori, tirando fuori e dentro la lingua, anche se le labbra si spostavano appena. Thayer ridacchiò. "Questa è Agnes. Le piace la gente. L'hanno portata qui dopo i disordini a St. Charles. Talvolta ha le convulsioni, ma di solito è socievole. Non è vero, Agnes?"

"Quant'è stazionaria?" chiesi.

Per un attimo, il sorriso di Thayer si sbiadì ma il suo brillante, "Prego?" fu intonato a una cadenza musicale.

"Ha mostrato qualche cambiamento radicale nei sintomi?" chiesi di nuovo. Sentii Bill Madero schiarirsi la gola. Erano tutti tranquilli, così scivolai poco a poco fino a quando mi trovai un po' in disparte rispetto al gruppo, al centro tra Thayer e i pazienti.

"Se l'insulto iniziale è stato confermato durante la sommossa," continuai, "con un ematoma subdurale, potremmo vedere alcuni cambiamenti nel suo comportamento. Se il medico è in grado di prevedere alcuni sintomi specifici... " Alzai le spalle.

Terri si spostò accanto a me e sussurrò il mio nome, ma non fece nient'altro per interferire. Era confortante sapere che c'era. Poi Agnes si fece più vicina. Alzò le mani verso la mia testa, e cominciò a risistemare i capelli sciolti come se avesse bisogno di mettere perfettamente a posto ogni capello. Poi mise le mani nei suoi. Le feci un sorriso.

"Pettinati i capelli!" aveva urlato mia mamma. "Sembrano un nido di topi," aveva detto. Ma lo zio Roman aveva riso e aveva detto che la mia acconciatura gli ricordava le piume di un piccolo su un'anatra marina, e Miz Claudia Lumpford aveva detto che i miei capelli sembravano il collare di pelliccia arruffata intorno al collo di un bufalo. Secondo Miz Claudia Lumpford, portavo i capelli nel modo in cui li avevano le donne di colore quando gli schiavi si stavano dirigendo verso ovest sui convogli dei carri, dopo che furono liberati dalla Proclamazione di Emancipazione. "Miz Lumpford ha sicuramente ragione," aveva detto mia nonna. "Mi ricordo che mia madre me lo raccontava. Stavano partendo dal Kansas allora, vicino al confine del Missouri, e mamma era solita andare giù ai convogli dei carri con suo papà per dare alla loro gente delle vettovaglie per la lunga strada da percorrere. C'erano dei cow-boys neri in quei giorni e chiamavano le loro donne Ragazze Buffalo, per via dei loro capelli crespi."

Sorrisi mentre Agnes passava la mano.

"Ha ancora dei colpi apoplettici," Thayer disse con voce piatta.

Agnes mi sorrise, gli occhi resi luminosi dai farmaci.

"Stiamo cercando da mesi di fare in modo che Agnes si tagli quella scopa," continuò Thayer. "Forse ci può aiutare in questo, Barron."

"Chi mi farà i capelli?" chiedeva mia nonna ogni venerdì per quanto ho memoria di tutti i miei anni, e troppo stanca per sopportare il freddo, si sedeva accanto alla stufa mentre Mamma tirava e intrecciava i folti capelli grigi in sezioni perfette. Mi venne in mente una cosa che avevo sentito recitare alle donne per farsi coraggio durante un raduno di protesta.

Mother to child, sister to daughter
And I lay my hands upon her hair, combing,
And I think how women do this each for the other[89].

"Cosa?" chiese Terri. "Che cosa hai detto, Josey?"

Iniziai a rispondere, ma lo sguardo di Thayer mi zittì. Elencai, invece, i sintomi così ovviamente collegati all'uomo gracile che accompagnava Agnes. "Sonnambulismo è il termine antico," intonai mentre controllavo mentalmente disturbi e sintomi. "Discinesia è una diagnosi più comunemente utilizzata." Cercai le parole, srotolando gli sterili suoni attraverso la mia lingua allo stesso modo in cui alcuni professori mimavano con la bocca parole come *insidiose o arroganti o economicamente privati*. Sillaba per sillaba, attinsi dal catalogo dei sintomi come se l'uomo magro ripudiasse la connessione tra le parole e il suo sguardo assetato di sonno. Come se le parole deviassero l'attenzione di tutti da Agnes.

"Le potrebbe piacere lavorare con Agnes," disse Thayer. "E' stata la nostra cavia per molto tempo. Ritengo che sia pronta per il passaggio all'unità di riabilitazione. Quest'ospedale ora comprende quattro contee invece di tre e ci occorre spazio. Non accade spesso di trovare qualcuno di cui un paziente come Agnes riesca a fidarsi immediatamente." Fece una pausa, mentre ascoltavo quello che non aveva detto.

"Non si preoccupi," Thayer continuò. "Avrà modo di conoscere un bel po' di cose su Agnes. Ma adesso, si va alla mensa."

Vidi Agnes con i capelli pettinati. Sorrideva di nuovo.

"Prendiamolo come un progresso," Terri borbottò alla figura sfuggente di Thayer. "Ma cos'hai detto ad Agnes, Josey?" alzai le spalle.

"Una poesia. Qualcosa che ricordavo, ecco tutto." Cercai Agnes, ma era sparita nel gruppo dei pazienti

---

[89] *Madre a figlio, sorella a figlia/ E io poso le mie mani sui suoi capelli, pettinandoli,/ E pensa a come le donne lo fanno l'una per l'altra* (n.d.t.).

267

dall'altra parte della stanza. Vidi l'uomo magro. Era seduto in mezzo al divano sotto un poster di un gabbiano che portava il messaggio: "Vieni a riposare in riva."

"Era solo un poema," ripetei. "Nient'altro."

"Me lo puoi raccontare in un secondo momento," sussurrò Terri. Poi aggiunse a voce più alta, "Andiamo avanti, signorina Barron."

Una linea blu dipinta sul pavimento della sala intersecava una linea rossa che portava al cortile dietro di noi. La linea blu indicava la direzione verso la sala da pranzo. Terri ballava nello spazio stretto tra le due linee. "Solo un programma televisivo ogni sera," cantilenava. "Biancheria pulita il martedì, giovedì, e sabato; film il lunedì, mercoledì e venerdì. Nessuna rivista nell'ala nord; niente caffè nella Cappella." La sua voce assunse la stessa snervante allegria che utilizzava Thayer. "Venga, signorina Barron. La prossima cosa da fare è andare nella sala da pranzo con lei," ridacchiò.

Guardai il prato ben curato scivolare oltre il disegno a forma di diamante della rete metallica incorporata nelle finestre. Eravamo vicino all'ultima serie di finestre quando improvvisamente, gli irrigatori automatici si misero in funzione e il mio ultimo sguardo al prato ondulato fu offuscato da vorticanti ombrelli di zampilli d'acqua. Mentre entravamo attraverso le doppie porte della sala da pranzo principale, dei flussi d'acqua sbattevano contro le finestre, il suono accelerava la sua stessa musica: *Miss La-dee, Miss La-dee.* Mia madre prontamente fece schioccare la lingua contro il palato come per farmi andare più veloce.

Postfazione
di *Elisabetta Soro*

Struttura, tematiche e *fil rouge*

La raccolta di racconti dal titolo Gesù e Martedì Grasso
dall'originale Jesus and Fat Tuesday della scrittrice Colleen
J. McElroy è di sicuro un'opera di piacevole lettura. Si
tratta di quattordici racconti brevi fortemente radicati
nella realtà afroamericana a cui la scrittrice appartiene. Ma
l'opera è anche e soprattutto uno spaccato di vita
americana che offre un'originale prospettiva di lettura
storico/culturale degli avvenimenti sociali tra il 1882 e il
1987. I quattordici racconti della collezione, infatti,
abbracciano un arco temporale di cento anni, dal 1882,
appunto, (nel primo racconto Cressy Pruitt, la
protagonista, ha quindici anni e nasce due anni dopo la
Guerra Civile americana) al 1987, anno in cui l'opera fu
data alla stampa.

L'ambientazione dei racconti varia sia dal punto di vista
diacronico (si narra dei famosi fuorilegge Cole Younger e
Jesse James attivi con la loro banda negli anni appena
successivi alla Guerra di secessione, della rivoluzione
islamica, della guerra civile, della guerra in Vietnam
raccontata dal punto di vista delle vittime rimaste a casa,
dei neonati movimenti femministi del 1960 e così via), che
diatopico (viene raccontata la vita in città come quella in
campagna) e diastratico (ci viene presentato lo studente
universitario, il laureato, il contadino, il pianista
squattrinato...).

I protagonisti di McElroy sono tutti neri: donne di
chiesa, inservienti, prostitute, bambini, infermieri, pie
donne islamiche. Tutti insieme offrono al lettore un
quadro sintetico e al tempo stesso esauriente della vita
americana e della cultura afroamericana in particolare,
mettendone in luce la complessa identità. Ogni
personaggio, bambino o adulto, uomo o donna, viene
descritto nella sua intimità di pensiero, nella sua lotta

interiore contro le limitazioni di opportunità dovute alla sua condizione. Ciascuno vivrà la sua esperienza fino in fondo, cercando, ma non sempre riuscendoci, a riscattarsi. Ed è proprio il tema della lotta, per la ricerca dell'amore, dell'autostima, dell'integrazione, il collante dei quattordici racconti.

Ogni storia, tuttavia, ha vita propria, come dimostrato dal successo solitario del racconto "Sorella Detroit" che, con i suoi toni talvolta comici: "Tesoro, quando ti metti in ginocchio, stai parlando con Ajax e Spic-e-Span" e talvolta drammatici: "Roger non può essere morto," è stato per anni protagonista indiscusso di antologie e riviste. Come sottolinea Donne Fry nel suo articolo apparso su *The Seattle Times* dell'11 giungo 1987, partendo dall'importanza sociale che l'automobile ha per l'uomo afroamericano, McElroy compie abilmente un'evoluzione e nel giro di poche pagine riesce a trattare in modo esauriente della rivoluzione urbana, delle proteste contro la guerra in Vietnam e dei neonati movimenti femministi degli anni '60, tutto a bordo di una Gran Turismo Hawk.

Gesù e Martedì Grasso ha il merito di riuscire a mostrare ai lettori un'immagine molto variegata e reale della popolazione afroamericana, lontana dagli stereotipi culturali in cui per secoli è rimasta imbrigliata. Il nero sciocco e senza cervello, parassita meritevole solo di bastonate, oppure violento e guidato da istinti animaleschi e per questo meritevole di linciaggio, viene sostituito dal nero capace di provare sentimenti profondi, di piangere, di soffrire, di aiutare, di gioire e di guardare speranzoso al futuro.

In *Un breve incantesimo in riva al fiume* Cressy Pruitt è un'adolescente di quindici anni quando sulla via di rientro verso casa si imbatte in un gruppo di fuorilegge bianchi. Alla sua giovane età sperimenta la violenza, l'angoscia, il dolore e, con un po' di incoscienza, il dono di una nuova vita. Il protagonista di *I limiti di Jason Packard* è un pianista squattrinato che, a dispetto dei suoi progetti di vita insieme alla sua amata Regina Blackwell, trascorrerà il resto della sua esistenza in solitudine. Jeremy Franklin Simmons è un bambino come tanti ce ne sono che, nell'incoscienza tipica della sua età, cerca il divertimento in gesti estremi dei quali l'ultimo lo condurrà in una stanza di ospedale, vegliato da una mamma, come tante ce ne sono, che prega di vederlo presto fuori di là. E così via, Joyce Ellen in *Sole, Vento e Acqua*, Suka e i suoi ricordi di bambina, Toulouse, l'infermiere del reparto del Centro di Riabilitazione per Alcolisti, la piccola Josephine a cui è dato il compito di interpretare attraverso i suoi occhi i delicati equilibri familiari, e ancora la studentessa di medicina Joyce Ellen Mayfield, che s'imbatte nella vecchia Miss Odena e i suoi segreti, Maude e la sua casa sinistra sulla Ashland e Taylor, Rebecca e il suo matrimonio fallito, la prostituta del Tambourine e così via. Il racconto permette, quindi, di narrare storie diverse, presentare personaggi diversi e mostrare angolature diverse di una stessa realtà in poche pagine. Questo genere, tuttavia, ha sempre patito e ancora patisce l'eterno confronto in perdita con il più apprezzato romanzo (Christian, 11). Non è stato facile trovare una casa editrice disposta a pubblicare la raccolta. La risposta è sempre stata: il "racconto" semplicemente non va.

Bisogna tener conto, però, che il racconto è parte integrante della cultura afroamericana che per anni si è tramandata oralmente ed è stato per secoli una strategia di sopravvivenza all'interno dei gruppi etnici oppressi. Un "genere letterario ingannevolmente semplice," come sottolinea Barbara T. Christian nel suo saggio contenuto nell'antologia *Volo di Ritorno* (Christian, 11). E il racconto è parte integrante anche della vita della stessa autrice che, figlia di militare, è stata costretta fin da piccola a numerosi trasferimenti e che ha fatto del raccontare la sua arma vincente per farsi dei nuovi amici in ogni nuovo porto di approdo. Lei stessa afferma che i suoi coetanei mostravano grande interesse nel momento in cui narrava

271

di dove era stata, cosa aveva fatto, cosa aveva visto e dove si preparava ad andare. A sua nonna, con la quale ha vissuto per diverso tempo, poi, il merito di averne fatto un'attenta osservatrice, dote che metterà a frutto particolarmente in quest'opera.

Lingua, cultura e traduzione

Non sono pochi i problemi che si presentano davanti a una traduzione di questo genere.

Jesus and Fat Tuesday racconta una cultura lontana, per molti aspetti differente dalla nostra. Le parti dialogate sono spesso ricche di inflessioni dialettali e non sempre è facile trovare una perfetta equivalenza di significato tra i termini del testo di partenza e quelli del testo di arrivo.

Sappiamo che esistono diverse scuole della teoria della traduzione. In questo lavoro, tuttavia, non voglio ripercorrere gli studi fatti finora, ma desidero, prendendo in esame degli esempi concreti tratti dal libro, condividere alcune difficoltà di traduzione e le conseguenti strategie messe in atto per risolverle. Nel riferire tali esempi mi rifarò di certo a qualche grande studioso di teoria della traduzione, ma senza dilungarmi troppo e sempre tenendo presente lo scopo: raccontare il "dietro le quinte".

Detto ciò, è noto che la traduzione è si, un lavoro che richiede fedeltà al testo fonte, ma è anche un lavoro di interpretazione individuale e soggettivo. Come afferma Hans J. Vermeer (studioso di teoria della traduzione della scuola funzionalista tedesca) un traduttore interpreta liberamente il messaggio e decide di adottare una strategia piuttosto che un'altra a seconda del suo primo approccio al testo fonte. Ecco perché esistono diverse traduzioni di uno stesso libro ed ecco perché alcune di queste sembrano essere abbastanza diverse tra loro, pur partendo entrambe dallo stesso testo. Quindi è obbligatoria una traduzione fedele al testo di partenza, ma non equivalente ad esso, poiché il testo di destinazione deve tener conto anche della sensibilità e delle conoscenze enciclopediche del lettore destinatario (Eco, 16).

Per riassumere, le parti in gioco nel processo di traduzione sono tre: l'autore col suo testo fonte e la sua cultura di partenza, il lettore col testo d'arrivo e la sua cultura, al centro il traduttore che deve mediare tra i due operando delle scelte in base alla sua sensibilità. Eco chiama queste operazioni di scelta "negoziazione" (Eco, 18).

Passiamo ora a degli esempi concreti.

Nel brano "I limiti di Jason Packard" ad un certo punto Jason e Buford giungono a Bond Street e qui salgono su un autobus. L'autobus, però, non è un autobus qualunque. È un *jitney*, ovvero un autobus a bassa tariffa. Ad un parlante nativo la parola *jitney* evoca diversi aspetti.

Durante il periodo della segregazione razziale gli afroamericani non erano i benvenuti sugli autobus di linea frequentati dai bianchi e dovevano spesso rivolgersi a dei vettori indipendenti che servivano le stesse tratte. Questi vettori, essendo a basso costo, quindi accessibili alle tasche dei neri, erano spesso anche malconci, pericolosi e sovraffollati.

Ora, il processo di negoziazione in questo caso è stato lungo e ha causato delle inevitabili perdite. Eco ci insegna che la traduzione non deve impiegare un numero di parole eccessivamente superiore all'originale, pena la perdita del ritmo della frase (Eco, 72). Quindi, quali tratti considerare pertinenti rispetto al contesto? Ricapitoliamo. Il bus era: 1) piccolo; 2) economico; 3) affollato; 4) malconcio; 5) per soli neri. Nell'originale *jitney* riassume bene ognuna di queste caratteristiche. Mi sono chiesta come poterla rendere in italiano senza scadere in definizioni da dizionario, ma senza tralasciare qualcosa di importante. Ho optato per "presero un autobus economico." Il ragionamento è stato questo. I due amici erano alla ricerca di un lavoro che li facesse vivere degnamente, in altre parole erano due squattrinati in cerca di lavoro. Ho ritenuto che il tratto più importante della lunga spiegazione fosse, quindi, che il mezzo fosse economico. Ho negoziato la proprietà che ritenevo pertinente per rispettare le finalità del testo fonte (Eco, 85). Durante il processo di negoziazione ho perso diverse caratteristiche dell'autobus, ma ho risparmiato al lettore una lunga e forse noiosa descrizione che ai fini della comprensione non avrebbe aggiunto troppo (era importante che l'autobus fosse per soli neri? Forse se i due uomini prima avessero tentato di salire su un autobus per soli bianchi e fossero stati cacciati via. Allora la distinzione sarebbe stata pertinente. Era importante che l'autobus fosse malconcio? Forse se i due uomini nella tratta fossero rimasti coinvolti in un incidente. Siamo sicuri, poi, che il fatto che l'autobus fosse economico non dia già l'idea che forse nuovo non era?).

Un'altra "trappola" linguistica l'ho incontrata qualche pagina dopo nello stesso brano. Si descriveva l'aspetto fisico di Jason.

Fisicamente, somigliava poco a suo padre, la cui mole poteva inondare una stanza con forme confuse, o alla nonna paterna, la cui bellezza statuaria non aveva lasciato alcuna traccia su Jason. Jason aveva la pelle color sabbia ed era svelto come un gracile topo del deserto, "a high yellow mosquito of a man."

Inizialmente ho creduto che il rimando alla zanzara avesse a che fare con la gracilità del suo aspetto e il colorito giallo a un ipotetico rimando alla sua aria malaticcia. Ho scoperto più tardi, grazie a un confronto diretto con l'autrice, che "high yellow" descriveva si il colorito chiaro della pelle di Jason, ma portava con sé un riferimento che altrimenti mi sarebbe sfuggito.

Durante gli anni della schiavitù vigeva un sistema di caste che voleva gli afroamericani più chiari di pelle essere "migliori" di quelli con la pelle più scura. Jason, in poche parole, poteva, grazie al colorito della sua pelle, aspirare ad un'esistenza migliore, tema attorno al quale ruota tutta la storia. Alla fine ho fatto una cernita tra gli aspetti più rilevanti e ho deciso di rimanere vicina al testo fonte.

Ho cercato di pensare a come fosse una zanzara, non dal punto di vista entomologico, ma come la zanzara appare a chiunque di noi profani del mestiere. Un insetto leggero, gracile, esile, ma allo stesso tempo fastidioso e noioso. Un po' come Jason appare alla stessa Regina. Ho optato per "una zanzara gialla," che, se anche non dice esplicitamente che Jason era mulatto, a mio parere, rende visivamente il personaggio.

Ci sono, poi, delle "perdite assolute" che riguardano i casi in cui non è assolutamente possibile tradurre un termine, poiché quel termine non esiste nella lingua d'arrivo e tentare di tradurlo comporterebbe una forzatura e, in taluni casi, si perderebbe il senso producendo un effetto straniante. (Eco, 95). In questo caso l'ultima spiaggia per il traduttore è la nota a piè di pagina che spieghi di cosa si tratta, se questa spiegazione è necessaria alla comprensione della porzione di testo successivo, oppure, si può ignorare il riferimento e spiegarlo in un secondo tempo (in una postfazione, ad esempio).

È ciò che mi è successo nel brano di "Jeremy Franklin Simmons" quando la protagonista racconta dei giochi con cui il suo gruppo di amici soleva trascorrere il tempo: la Juba Dance e i Dozens. Avrei potuto cercare un gioco simile nella nostra cultura, ma non sarebbe stata la stessa cosa visto che "la Juba Dance" e "i Dozens" funzionano esattamente in quel modo e portano a tutta una serie di conseguenze che, altrimenti, mi avrebbero costretto a modificare gran parte del testo successivo. La sostituzione in questo caso avrebbe comportato una rinuncia troppo grande e quello che Eco definisce "effetto straniante." A questo proposito riporto un suo aneddoto utile a capire in cosa consista il fenomeno dello straniamento.

Eco racconta che quattordicenne andò al cinema a

vedere *Going my way*, un film americano degli anni '40. Al processo di traduzione in italiano erano stati sottoposti tutti gli elementi del film, persino i nomi propri. Per cui Father O'Malley era diventato Padre Bonelli. Il giovane Eco apprezzò il film, ma si stupì del fatto che tutti in America avessero nomi italiani (Eco, 175).

Quindi, forzare la traduzione di nomi propri, toponimi, oggetti, usanze o concetti che non hanno un corrispettivo nella cultura d'arrivo rischia di produrre un effetto straniante, appunto. Nel caso della "Juba Dance" ho preferito, quindi, aggiungere una nota a piè di pagina e spiegare di cosa si trattasse.

Un qualcosa di simile è accaduto in "Sister Detroit," ma in questo caso ho deciso di prendere un'altra strada. Nelle prime battute si parla delle auto:

… il bisogno di avere le ruote più grandi e migliori continuò a spingere la gente ad acquistare le automobili: Mustangs, Barracuda, Cougars, Mercs, Caddies o Falcons, le più veloci o le carrette di fabbrica FOB oppure tagliate su misura per le esigenze del proprietario"

L'acronimo FOB non designa la marca di un'automobile, come si potrebbe pensare a primo acchito, ma significa "Fresh of the Boat," termine dispregiativo utilizzato per descrivere gli immigrati arrivati di recente negli Stati Uniti in cerca di ammissione. Si noti che nel mio tentativo di spiegare in queste poche righe il significato di tre lettere, ho impiegato ben diciassette parole, troppe per l'economia del testo. Ho cercato di mettere in pratica l'insegnamento di Eco che invita i traduttori a "resistere alla tentazione di aiutare troppo il testo, quasi sostituendosi all'autore" (Eco, 108). Per essere certa di non violare questa regola e al tempo stesso di non togliere niente al lettore italiano, ho sottoposto la lettura di questo breve passo ad alcuni amici madrelingua americani. Quasi nessuno di loro ha pensato al vero significato di FOB, attribuendolo erroneamente, come avevo fatto anch'io in un primo momento, alla marca di un'automobile. In questo caso ho preferito lasciare l'acronimo senza spiegazione e senza nota, poiché, secondo me, nel contesto generale del racconto la spiegazione non avrebbe dato o tolto niente alla comprensione generale.

Di tutt'altro avviso sono stata, invece, per l'acronimo BART che, come spiego in una nota all'interno del racconto "Imogene," si riferisce alla metropolitana della baia di San Francisco.

Nel momento in cui raggiunse la BART... Un treno sibilò sopra la sua testa... Si fermò per un attimo a guardare il treno scomparire dietro la curva... L'intersezione sull'altro lato del cavalcavia della BART era sgombro da automobili...

Dove si trova la protagonista? Perché all'improvviso spunta un treno sopra la sua testa? Omettere il significato di BART, a mio avviso, toglie al lettore un dato importante che da solo dice tanto. Di solito, infatti, la metropolitana passa nella periferia delle città. Sono di solito zone mal frequentate, buie, poco sicure. Nel testo tutto ciò non viene precisato, ma è intuibile per quella che Eco definisce "conoscenza del mondo" (Eco, 31). La protagonista si trova, quindi, nella periferia della città, ha camminato per molti chilometri in cerca di qualcuno, è notte. Cosa ci fa una donna sola a quell'ora di notte in una strada buia della periferia di una città? Si inizia a delineare meglio il personaggio.

In "Più di una nozione," invece, ho dovuto interpretare il significato di un termine molto noto alla luce degli eventi successivi e cercare di riprodurre l'effetto voluto dall'autrice.

Staffer e Mitch stanno chiedendo alla famiglia il permesso di assumere a lavorare Brother al posto del defunto Smalls. Per un'incomprensione tutti pensano che i due bianchi siano interessati a Lucien, ma i due uomini specificano subito: "Non stiamo chiedendo che Lucien lavori per noi. Stiamo parlando del *ragazzone* qui," e indicano lo zio Brother. Nel testo originale quello che io ho tradotto come "ragazzone" è reso con un semplice "boy." A primo acchito ho pensato di trovarmi davanti a un rarissimo caso di "sinonimia secca" (Eco, 35) in cui A nella lingua fonte corrisponde ad A nella lingua d'arrivo, ma poche righe sotto la reazione dello zio Roman, della zia Fern e ancor di più della zia Maddie che sbotta: "questo non è tempo di schiavitù" mi hanno fatto intendere che dietro quel sostantivo si celava altro. Da un confronto con l'autrice emerge che al tempo della schiavitù le parole "boy" and "girl" - "ragazzo" e "ragazza" - venivano usate dai bianchi in modo irrispettoso per rivolgersi agli uomini e alle donne nere di una certa età, privandoli così del riconoscimento di adulti. Di conseguenza l'uso di "boy" in questo dialogo da parte di Staffer per indicare lo zio Brother, che ragazzo non è, suscita nei parenti una comprensibile reazione negativa.

Nel mio intento di riprodurre l'effetto del testo fonte, mi sono dovuta scontrare con la lingua italiana e, come dice Eco, ribellarmi ad essa perché introduceva effetti di senso diversi da quelli della lingua fonte (Eco, 111). In italiano se da un lato il termine "ragazzo" si usa in riferimento a un adolescente, dall'altro non reca con sé un'accezione negativa, anzi, talvolta, se utilizzato nel contesto giusto e con i modi giusti, dare del "ragazzo" a un adulto può essere considerato un complimento. Ho esplorato, quindi, le varie risorse della lingua italiana: ragazzino, ragazzetto, ragazzotto, ragazzaccio, ragazzone, ragazzuccio. Mi serviva una forma alterata del nome "ragazzo" che sminuisse Brother, ma che non avesse un senso peggiorativo. L'intenzione dei due uomini, infatti, non è quella di offendere lo zio Brother o la sua famiglia, ma, al contrario, quella di convincerli ad accettare la loro proposta. Utilizzano il termine "ragazzo", ma non in senso negativo. In poche parole, sbagliando, vogliono in qualche modo "coccolarlo" per indurlo ad accettare. Alla fine ho scelto l'accrescitivo "ragazzone" che secondo me porta con sé gran parte delle caratteristiche sopra elencate. Certo, in qualunque caso si perde la connotazione negativa riferita al periodo della segregazione razziale, ma la spiegazione sarebbe stata ancora una volta troppo lunga e fuori luogo. Con "ragazzone" ho in parte giustificato la reazione spropositata dei familiari di Brother.

Per quanto riguarda i titoli delle canzoni citate all'interno dei racconti, "Fine Brown Frame," o "Ain't nobody business" solo per citare due esempi, ho preferito lasciarle in originale. In questi casi, malgrado la curiosità mi abbia portato a cercarle e ascoltarle su una nota piattaforma web di video sharing, ho preferito non appesantire la traduzione con eccessive spiegazioni in nota, lasciando anche al lettore il gusto di approfondire se e quando l'avesse desiderato.

Non è stato così per il titolo di un'altra canzone degli anni '40, "A dance with a dolly with a hole in her stocking," che da il titolo all'ultimo racconto della collezione. Essendo appunto un titolo, quindi il primo approccio al racconto, ho pensato fosse meglio mettere il lettore a proprio agio davanti a un testo, per quanto particolare, in una lingua nota. Questa volta, però, ho utilizzato la nota a piè di pagina per evidenziare il rimando alla canzone che, altrimenti, sarebbe andato perso.

Sempre in "Ballo con una bambola con un buco nella calza", invece, mi sono trovata davanti a un tipico caso di necessario "rifacimento". Eco afferma che è da considerarsi un atto di fedeltà se il testo d'arrivo mantiene il volere e le intenzioni dell'autore (Eco, 129).

Josephine Ethel Barron sta ascoltando insieme agli altri studenti le indicazioni della "molliccia Miss Thayer" sui comportamenti da tenere in ospedale e Terri Morton si sta facendo largo tra i colleghi per raggiungerla. In quel momento Josephine ripensa alla loro giovinezza e a quando Terri trascorreva delle ore "a insegnarle a dire *luna* in modo che non suonasse come *lana*" e a quando lei trascorreva:

   altrettanto tempo a tirar via il suo accento del Kentucky dalle parole come *celere* e *calare* in modo che non suonassero come *cale-re*. Ma entrambe dicevano ancora, "La piccola orfanella Annie va *zpesso* a *zpasso* tra i negozi."

   Mi sono chiesta cosa fosse importante in questo scambio.

   Le due ragazze erano state certamente due bambine intelligenti, ma con qualche difetto di pronuncia. Dovevo cercare di ricreare la stessa situazione linguistica nel testo d'arrivo. Quindi non era necessario in questo caso tradurre esattamente i termini usati dall'autrice, ma era importante ricreare le stesse "storpiature" fonetiche. Ecco, quindi, che *length* e *lint* sono diventati rispettivamente *luna* e *lana*, mentre *celery*, *salary* e *sale-ry* sono diventati *celere*, *calare* e *cale-re*.

   Sono rimasta più vicina al testo fonte nella traduzione di "La piccola orfanella Annie va *zpesso* a *zpasso* tra i negozi." La strofa è tratta dal poema "Little Orphan Annie" scritto da James Whitcomb Riley nel 1885 e nella strofa del testo d'origine si presenta così: "Little *awf'un* Annie *awf'un* goes to the store". Il primo *awf'un* sta per "orphan"(orfana) mentre il secondo sta per "often"(spesso) che per un difetto di pronuncia vengono articolati nello stesso modo.

   La traduzione di un testo simile richiede, quindi, una continua negoziazione tra il testo di partenza e il testo di arrivo. Se il compito del traduttore è quello di capire l'intenzione del testo fonte e interpretarlo per riprodurlo nella lingua d'arrivo tenendo conto della sensibilità, della cultura e delle conoscenze enciclopediche del lettore del testo di destinazione per compiere quel lungo e complesso lavoro di "trasposizione interculturale"

(Dongu, 74), il traduttore dovrà fare molto di più che cercare su un dizionario.

Il Confronto con l'autore e l'autore-revisore

Non sempre il traduttore ha l'opportunità e la fortuna di lavorare a stretto contatto con l'autore dell'opera su cui sta lavorando. Molto più spesso il traduttore deve compiere un sottile processo di mediazione immaginando, senza conferme, ciò che l'autore volesse dire in quel determinato momento con quella determinata parola. Lavorare con l'autore in uno scambio continuo e fecondo è di grande beneficio per entrambi, in particolare nei casi dubbi.

Quando paventai all'autrice il desiderio di tradurre questa sua opera, Colleen McElroy accolse positivamente il mio entusiasmo, incoraggiandomi, ma mettendomi al tempo stesso in guardia su quelle che sarebbero state le difficoltà che avrei incontrato. Mi disse subito che le storie erano ispirate ad avvenimenti quotidiani e pertanto portavano con sé i colloquialismi tipici del contesto. La collaborazione tra autore e traduttore sarebbe stata fondamentale. E così è stato.

Pur rimanendo il più possibile fedele al testo fonte, il traduttore compie sul testo d'origine un sottile lavoro di rielaborazione, creandone un nuovo, inevitabilmente diverso per suoni, parole e stile da quello originale. La traduzione, quindi, non è un processo meccanico, ma al contrario creativo che si pone come obiettivo la realizzazione di un punto di congiunzione tra mondi e esperienze lontane. "L'autore che rimaneggia materiali altrui, rivendica una sua qualche autonomia rispetto ad essi, ma allo stesso tempo non pretende di coprirne la voce con la sua" (Dongu, 80).

Abbiamo visto che sono numerosi i processi decisionali che si attuano durante la lavorazione di un testo e talvolta la collaborazione autore-traduttore può portare non solo il secondo a trovare la soluzione più efficace per rendere un'idea, ma talvolta anche il primo a riflettere su un aspetto che gli era in qualche modo sfuggito.

Nel racconto "I limiti di Jason Packard," Regina Blackwell viene descritta durante la sua attività di solista nel coro della chiesa Rock of Ages.

Quando Regina cantava... tutti sembravano scordarsi che Regina durante tutta la settimana andava in giro in silenzio col volto simile a quello di una prugna secca.

Nella versione originale l'autrice aveva scritto:

When Regina sang... everyone seemed to forget that Regina walked around in prune-faced silence all week long.

Ho passato un'intera serata a cercare di immaginare quel viso simile a una prugna. Ho cercato delle immagini che mi aiutassero a visualizzare meglio quel volto, ma ancora non coglievo il senso. Ho quindi interpellato l'autrice che, nel chiedermi espressamente di utilizzare nella versione italiana la stessa immagine metaforica della prugna che aveva utilizzato nella versione americana, aggiunse che quel termine suggeriva sia il colore della pelle, che le rughe profonde che si formavano sul volto di Regina Blackwell ogni qualvolta che si fermava a pensare. Nemmeno a dirlo, è stato un confronto illuminante. Insomma, l'autrice intendeva dire che Regina, quando rifletteva per conto suo, si accigliava, marcando le rughe tra le sopracciglia e ai lati della bocca. Ho deciso di tradurre quel "prune" come "prugna secca," (quindi, "dried prune"), lasciando intatta l'immagine metaforica come richiesto dall'autrice e rendendo al tempo stesso la sua reale intenzione.

Il lavoro di traduzione, tuttavia, non si limita a una mera "trasposizione interlinguistica", ma si tratta di un vero e proprio "*transfer* culturale" (Dongu, 80). Il binomio lingua e cultura è indissolubile e ciò complica notevolmente il processo di traduzione. Insomma, la lingua non può prescindere dalla cultura e non si può tradurre bene se non si tiene presente la cultura in cui una data espressione della lingua A viene utilizzata o la storia in cui una data espressione della lingua A è nata. Se questo è vero per qualsiasi cultura e lingua, è particolarmente vero per quello che l'autrice del libro definisce il "linguaggio del razzismo" che porta con sé una serie di messaggi criptati.

Ricordiamo che durante gli anni della schiavitù, gli schiavisti nel tentativo di distruggere il desiderio di fuga e il ricordo della libertà perduta, vietarono agli africani qualsiasi forma di organizzazione sociale che fosse riconducibile alla loro terra d'origine. A quei tempi era severamente proibito imparare a leggere e scrivere, comunicare nella lingua d'origine e persino utilizzare i tamburi per paura che, per loro tramite, le varie tribù comunicassero tra loro e organizzassero delle rivolte. Vivendo in una società repressiva e ostile come quella degli Stati Uniti schiavisti, la popolazione africana trovò in alcune forme di espressione l'unica via per mantenere vivo il senso dell'unità di gruppo: la danza, il canto, la musica e il racconto. Il linguaggio del racconto, tuttavia, non poteva essere esplicito perché spesso parlava delle sofferenze del popolo, della voglia di riscatto, del desiderio di libertà e del rapporto con i "Massa," i padroni, che, l'ironia vuole, spesso si dilettavano ad ascoltare le storie considerandole innocue alla vita della piantagione.

Gli schiavi svilupparono in questo modo un linguaggio parallelo, fatto di metafore che potevano essere capite solamente all'interno di un gruppo specifico. Nel corso degli anni e attraverso le generazioni quelle frasi e quelle parole hanno mutato il loro messaggio, rafforzandosi o debilitandosi al passo del mutare dei tempi.

In "Ballo con una bambola con un buco nella calza" la protagonista ripensa alle parole di sua madre:

283

"Anche tu puoi vivere abbastanza da diventare vecchia o morire, sorella," mi aveva detto mia madre.

L'espressione "Sister Woman," che io ho tradotto con "sorella," è un chiaro rimando culturale a tempi antichi. Per gli schiavi africani il riconoscimento di "sorella" o "fratello" nasceva per sigillare un legame indissolubile tra coloro che avevano subito l'oppressione delle catene e la segregazione razziale. Queste espressioni sono tuttora molto utilizzate tra gli afroamericani in riferimento a una persona con la quale si condividono o si sono condivise le stesse esperienze culturali e di vita. Non si parla, quindi, di un vero legame genetico (nel racconto "sorella" è utilizzato da una madre per rivolgersi alla propria figlia), ma del riconoscimento dell'altro come compagno di vita.

In "Gesù e Martedì Grasso" Toulouse, il protagonista, ripensa al rapporto con sua madre e a ciò che lei desiderava per lui.

"Ma non avevo lasciato Pointe Coupee Parish per ballare jim-jack in qualche angolo di strada di New Orleans"

Il jim-jack è un altro esempio di rimando culturale a tempi antichi. È una sorta di ballo vaudevilliano (ma non così formale) che i neri più poveri solevano rappresentare in pubblico talvolta per puro divertimento, più spesso per racimolare qualche spicciolo – i movimenti esagerati scimmiottavano le danze a quadriglie dei bianchi del sud suscitando l'ilarità dei presenti.

E quelli su esposti sono solo due dei numerosi esempi tratti dal libro di influenza culturale di cui il traduttore deve tener conto.

L'interazione lingua-cultura porta, quindi, il traduttore a compiere un viaggio importante, spostandosi continuamente dal proprio mondo a quello altrui, per ri-creare, nel mondo che gli appartiene, una situazione comunicativa accettabile nel nuovo contesto. Il confronto-conflitto tra codici diversi diviene così una ricchezza.

"Writers write what they know," mi disse Colleen McElroy qualche anno fa. "I know this history and you have the daunting task of translating this into a different set of language and historical values." E così è stato.

Ringraziamenti

Ringrazio il dott. Michael Faucette del Seattle College per il paziente lavoro di revisione dell'opera e la dott.ssa Tatiana Seu dell'Università degli Studi di Cagliari per il prezioso lavoro di rilettura finale alla ricerca di imperfezioni.

Bibliografia

- BRIGUGLIA CATERINA, "Riflessioni intorno alla traduzione del dialetto in letteratura", *inTRAlinea.online translation journal* - inTRAlinea Special Issue: The Translation of Dialects in Multimedia (2009).
- CHERRY KELLY, Magic in Our Path: reviews "Locomotion" by Elizabeth Evans and "Jesus and Fat Tuesday and Other Short Stories" by Colleen J. McElroy, *American Book Review*, Volume 10, Number 1, March/April 1988, Tenth Anniversary Edition.
- CHRISTIAN BARBARA T., "Metafore Duttili: Il racconto afroamericano" in *Volo di ritorno - Antologia di racconti afroamericani*, Firenze: Le Lettere, 1996.
- DONGU MARIA GRAZIA, "Al margine. Prospettive per uno studio della traduzione". *Quaderni della Facoltà di Lingue e Letterature Straniere*, vol. 2, Università degli Studi di Cagliari, 2. Carocci editore, 2000, pp. 73-88.
- ECO UMBERTO, *Dire quasi la stessa cosa: esperienze di traduzione*, Milano: Bompiani, 2012.
- FRY DONN MCELROY'S, art isn't pure poetry, *The Seattle Times*, 11 June 1987.

- HEMLEY ROBIN, Book Review, *Obsidian II*, Spring 1989, pp. 82-85.

Indice

www.ingramcontent.com/pod-product-compliance
Lightning Source LLC
Chambersburg PA
CBHW070444030726
47503CB00004B/887